Dolce Agonia

NANCY HUSTON

Dolce Agonia

ROMAN

À mes amis,
les vivants et les morts
à toi, G., qui viens de
chevaucher l'abîme.

Ceci est l'air commun où baigne le monde.

Walt WHITMAN

Que l'agonie te soit douce, ô mon pote !
Le signe fatal est sur toi !

GREG

« Une dernière fois, dit Dieu. Allez, AMOUR. «
Corbeau se convulsa, bâilla, rota et
La prodigieuse tête sans corps de l'Homme
S'épanouit sur terre, bulbeuse, roulant
les yeux,
Jacassant son désaccord.

Ted HUGHES

I

PROLOGUE AU CIEL

*Q*UAND JE RENCONTRE *les créateurs des autres univers, je m'efforce toujours d'être modeste. Plutôt que de me vanter de l'excellence de mon œuvre, je les félicite pour la beauté et la complexité de la leur... Mais, à part moi, je ne puis m'empêcher de trouver que la mienne est supérieure, car je suis le seul à avoir inventé une chose aussi imprévisible que l'homme.*

Quelle espèce ! Souvent, à regarder les êtres humains accomplir leur destinée sur Terre, je me laisse emporter presque au point de croire en eux. Ils me donnent l'impression singulière d'être dotés de libre arbitre, d'autonomie, d'une volonté propre... Je sais bien que c'est une illusion, une notion saugrenue. Moi seul suis libre ! Chaque tour et détour de leur destin a été planifié d'avance par mes soins ; je connais le but vers lequel ils se dirigent et le chemin qu'ils emprunteront pour y parvenir ; je connais leurs effrois et leurs espoirs les plus secrets, leur constitution génétique, les rouages les plus intimes de leur conscience... Et pourtant, et pourtant... ils ne cessent de m'étonner.

Ah, mes chers humains... Comme cela m'enchante de les voir patiner et patauger ! Aveugles, aveugles... toujours là à espérer, à tâtonner... Voulant à tout prix croire en ma bonté, comprendre leur destin, deviner quels sont mes projets pour eux... Oui, les pauvres, ils ne peuvent s'empêcher de chercher le sens de tout cela ! Il suffit que je leur ménage une petite rencontre avec la naissance ou la mort et, aussitôt, ils sont convaincus

9

d'avoir saisi quelque chose. Bouleversés chaque fois. Secoués jusqu'à la moelle.

Prenons ce petit groupe d'hommes et de femmes venus passer la soirée de Thanksgiving dans la maison de Sean Farrell. Ils n'ont rien de bien spécial, même si chacun se considère (c'est là une des spécificités touchantes de l'espèce) comme le centre de l'univers. Ils ne sont pas particulièrement sympathiques, ni bizarres, ni cinglés. Presque tous ont la peau blanche, presque tous ont dépassé la jeunesse, presque tous sont d'origine judéo-chrétienne et balancent entre agnosticisme et athéisme. Plusieurs d'entre eux ont vu le jour dans une autre partie du monde, mais ils sont rassemblés pour la soirée près de la limite orientale de cette motte de terre qui s'appelle, depuis deux ou trois petits siècles, les États-Unis d'Amérique.

Pourquoi cette histoire-là, précisément ? Pourquoi ces individus, à cette époque et en cet endroit ? Eh ! ce n'est pas parce que j'ai lu ma propre œuvre dans tous les sens que je n'ai pas mes événements de choix, mes épisodes préférés dans l'histoire des hommes sur la Terre. La guerre de Cent Ans, par exemple. La mort de Cléopâtre. Le repas de Thanksgiving chez Sean Farrell, circa 2000... Il ne faut pas en chercher la raison. Tout ce que je peux dire, c'est qu'une foule de menues coïncidences et de convergences inattendues ont fait de cette soirée un poème. Brusquement la beauté. Brusquement le drame. Des cœurs qui prennent feu, des rires qui fusent.

Les voici donc et, plutôt que de plonger in medias res dans un groupe de parfaits inconnus, qu'on me permette de fournir un petit index pour fixer les principaux repères.

D'abord : Sean Farrell. Né en 1953 dans le comté de Cork, en Irlande. Poète, et professeur de poésie à l'université.

Le premier cercle se constitue de gens qui connaissent et aiment Sean. Deux sont des collègues au département d'anglais : Hal Hetherington, romancier, né en 1945 à Cincinnati, et Charles Jackson, poète et essayiste, né en 1960 à Chicago. Deux sont d'anciennes amantes : Patrizia Mendino, secrétaire, née en 1965 à South Boston, et Rachel, professeur de philosophie, née en 1955 à Manhattan. Trois ont connu Sean pour des raisons professionnelles et sont devenus ses amis plus ou moins proches : son avocat Brian, né en 1953 à Los Angeles, le peintre de sa maison Leonid Korotkov, né en 1933 à Choudiany (Biélorussie) et son boulanger Aron Zabotinsky, né en 1914 à Odessa (Ukraine).

Les autres convives, ceux qui forment le second cercle, sont venus fêter Thanksgiving chez Sean surtout parce que leur conjoint y était invité. C'est le cas de Katie l'épouse de Leonid (qui tient une boutique d'artisanat), née en 1948 en Pennsylvanie ; Derek l'époux de Rachel (également professeur de philosophie), né en 1954 à Metuchen dans le New Jersey ; Beth Raymondson l'épouse de Brian (médecin), née en 1957 près de Huntsville dans l'Alabama ; Chloé la nouvelle épouse de Hal, née en 1977 à Vancouver (dont je dirai la profession le moment venu) et leur fils de onze mois, Hal Junior.

Les voici donc réunis dans cette histoire qu'un romancier raconterait à la manière qu'affectionnent les humains : avec protagonistes et antagonistes, un apogée et un dénouement, une fin tragique ou heureuse. Mais de mon point de vue, rien ne se « produit » jamais, il n'y a ni début ni fin, seulement une sorte de tourbillonnement, une vibration, un entrelacement infini de causes et d'effets... Pour des raisons évidentes, la narration n'est pas dans ma nature. Je ne suis pas doué pour étirer en longueur le récit, révéler tel détail et en receler tel autre, faire durer le suspense. Étant donné que c'est moi qui ai inventé le temps, tous les moments me sont simultanément présents et je peux passer en revue l'éternité d'un bout à l'autre dans l'espace d'un clin d'œil. Épouser la temporalité humaine est pour moi une tâche ardue : je dois ralentir, freiner brutalement et sortir les mots au compte-gouttes, un à un. Outil grotesquement maladroit que le langage...

Tout de même, j'ai envie d'essayer.
Bien.
Un peu de lumière, s'il vous plaît.
Mehr Licht !
Fiat lux !

II

PRÉPARATIFS DU REPAS

LE FUMET se répand telle une douleur dans la maison : Ça m'a toujours été pénible, se dit Sean, l'odeur de la bonne cuisine, pire depuis le départ de Jody mais ça m'a toujours été pénible, dans toutes les maisons où j'ai vécu, la viande surtout, ragoûts de bœuf de mamie à Galway, soupes au poulet de m'man à Somerville, osso buco somptueux de Jody, le fumet de la viande qui cuit une souffrance à chaque fois, un élancement de nostalgie : passe encore d'entrer dans une maison et de consommer un repas de viande, mais en humer l'odeur tout au long de sa cuisson est une torture, pas à cause de la faim mais à cause de l'idée insinuante, désespérante, sans cesse transmise et retransmise aux tripes, de la dinde en train de dorer lentement dans ses jus, faisant perversement miroiter des promesses de chaleur bonté bonheur, simples plaisirs domestiques, toutes choses qu'on ne peut avoir et qu'on n'a jamais eues, pas même enfant.

Ça fait longtemps que personne n'a fait la cuisine ici. Ce qui s'appelle faire la cuisine. L'odeur, l'odeur encore, l'odeur. Ah se concentrer sur autre chose, Jésus, il n'est que deux heures, encore quatre heures à patienter, la bête est monstrueuse, elle pèse douze kilos : « Autant qu'un enfant de trois ans ! » a dit Patrizia tout à l'heure en la flanquant fièrement sur la table et en lui écartant les cuisses et en y fourrant de pleines poignées de farce... Ce sont Katie et Patrizia qui s'occupent de la partie nourriture de la soirée et Sean est agité, agité, il n'avait pas prévu cette suspension interminable dans l'infernal arôme sublime de la dinde en train de cuire, en attendant la tombée de la nuit.

Revenir au niveau velouté. Juste, trouver la dose juste. Pas en mesurant, non, il ne veut plus jamais mesurer mais se maintenir au bon niveau, le niveau velouté en permanence. Un doigt, deux, trois, ah voilà. Calme doré liquide. Cigarette bonne et âcre. Bien. Petit soupir. Petite toux. Puis il se met à feuilleter le *New Yorker*. L'un des dessins humoristiques le fait rire tout haut et Patchouli vient se frotter le museau contre sa jambe et se faire gratter derrière l'oreille. Sean lui-même avait une fois inventé une blague qu'il avait voulu envoyer au magazine : « La moutarde au goût idéal pour vos saucisses : franc, fort » était la blague, jeu de mots sur les saucisses de Francfort, mais Jody l'en avait dissuadé en disant qu'il n'y avait pas d'illustration possible pour un calembour aussi débile. Ça c'était vers la fin : pendant leurs premiers mois ensemble elle n'aurait jamais usé du mot « débile » pour le qualifier, lui ou une chose qu'il aurait pu dire, écrire, concevoir, de jour ou de nuit. Également vers la fin il lui avait collé un œil au beurre noir pour avoir traité sa mère de masochiste professionnelle (ce souvenir surgit inopinément dans son esprit et le fait frémir de honte : la seule fois qu'il eût levé la main sur une femme ou sur quiconque ; effet calamiteux). Terminé, depuis cinq ans terminé. Il ne sait même plus sur quel continent elle vit.

Plus rien dans son verre. Il le pose et dirige son regard par la fenêtre vers le ciel gris acier, un ciel qu'aucun poète de l'histoire n'a jamais tenté de mettre en vers ni aucun cinéaste en images, un ciel qui défie toute définition, bafoue toute métaphore et confond tout espoir, un méchant ciel de novembre, si gris qu'il infecte de gris les arbres et la barrière et la remise. Ce n'est que partie remise, se dit Sean et il rit à nouveau, tout bas cette fois, se demandant si cette trouvaille ne pourrait s'intégrer à un poème. Nul, nul, répète le ciel de façon lancinante, et personne ne semble prêt à le contredire. Le noir sera mieux, se dit Sean. Le noir est une quantité connue. On peut faire des choses avec le noir. Quand on allume les lampes et qu'il fait noir dehors ça change quelque chose. Ça fait cosy, foyer, réconfort… Le fumet le dérange à nouveau.

Prendre le taureau par les cornes. Il avance à pas tranquilles vers la cuisine en pensant «porter des cornes» : je savais jadis d'où venait cette expression, je ne le sais plus, salut Alzheimer, heureux de faire votre connaissance, ah bon vous dites qu'on s'est déjà rencontrés ? Tiens ça a dû me sortir de la tête, ha ha elle n'est plus qu'une vaste sortie ma tête, bon, mais pourquoi un mari trompé porterait-il des cornes ? Est-ce parce que la lune en porte et que le mari devait avoir la tête dans la lune ? Certainement pas. Ne t'inquiète pas, m'man. Je n'aurai pas le temps de battre ton record en matière d'oubli.

Il découvre Patrizia seule à la cuisine, de dos, les rubans de son tablier noués en joli nœud autour de sa fine taille italienne, les longs cheveux noirs remontés en chignon pour éviter qu'ils ne tombent dans les aliments, une courte jupe noire serrée mettant en valeur les courbes de ses fesses ; le sexe de Sean remue dans son pantalon et, venant derrière elle, il fait glisser ses mains sur les os iliaques de Patrizia et jusque sur son abdomen. Il a toujours considéré qu'elle avait les os iliaques les plus extraordinaires dans l'histoire de la gent féminine, deux saillies douces à travers le tissu noir de sa jupe. («J'aime tes seins aussi, faut pas croire», lui avait-il susurré une fois, du temps où ils étaient amants, conscient que les femmes ayant allaité pouvaient être sensibles au sujet de leurs seins, or Patrizia avait déjà ses deux fils à l'époque, alors qu'aucun fils n'était sien, ni aucune fille, ni ne serait jamais, Jody ayant tué… «Tes seins sont superbes mais tes os iliaques sont uniques au monde, un don de Dieu.»)

16

Elle bouge contre lui pour le sentir durcir un peu plus et Sean, tout en lui mordillant la nuque aux cheveux rendus moites par la vapeur de la cuisine, se penche par-dessus son épaule pour voir ce que contient la casserole. Des airelles avec du zeste d'orange râpé. Les baies commencent juste à éclater. Comme le pop-corn mais en plus doux, plus mouillé, plus coloré, presque inaudible. Dès qu'elles sont écloses (Sean se rappelle l'avoir appris de Jody lors d'une de ses tentatives pour l'initier à l'art culinaire), on éteint le feu sous la sauce, on la laisse refroidir et ensuite, pour une raison insondable, elle se transforme en gelée.

« Mmm ça sent bon, souffle-t-il, effleurant des lèvres le lobe duveteux de l'oreille gauche de Patrizia.

— *Secret d'un vieux livre*, dit celle-ci. Un nouveau parfum français. Ça te plaît ?

— Je parlais de la nourriture, dit Sean. La nourriture sent bon.

— Oh ! » fait Patrizia. Faussement vexée, elle fait mine de lui écraser le pied sous son talon aiguille. En chaussures à talons elle a tout juste sa taille, une taille plutôt modeste pour un homme ; pieds nus elle lui arrive aux sourcils. Il apprécie ses chemisiers en dentelle, ses jupes serrées, sa féminité d'une autre époque : les Américaines ne s'habillent plus ainsi. Entendant Katie tirer la chasse au bout du couloir, il s'écarte légèrement, poliment, du corps de Patrizia, un corps toujours jeune et ferme (bien que pas aussi jeune et ferme, naturellement, qu'il y a sept ou huit ans, quand elle venait d'être embauchée comme secrétaire par le département des langues romanes et que Sean était passé de son pas nonchalant devant la porte ouverte de son bureau et avait abruptement freiné dans le couloir et fait trois grands pas à reculons, se tournant ensuite pour diriger vers Patrizia son irrésistible regard sombre et mélancolique, elle était encore mariée à l'époque, lui pas encore, maintenant elle est divorcée et lui aussi, c'est le moins qu'on puisse dire) – et là, après lui avoir effleuré une dernière fois les fesses, il intime à sa triste queue l'ordre d'aller se recoucher, glissant même une main dans sa poche pour la pousser sur le côté avec une petite tape péremptoire.

«Tout baigne», proclame Katie, débarquant maintenant dans la cuisine et s'affairant à rentrer dans son pantalon sa chemise exagérément violette. Sous sa crinière blanche elle a le visage ridé et cramoisi comme un vieux coussin en cuir. «La farce est dans la dinde, la dinde est dans le four, le four est dans la maison, la maison est dans la forêt... Et maintenant – d'un grand geste théâtral elle s'empare d'un sac en papier brun et en retire une citrouille plutôt ratatinée (*morte*, se dit Sean, bizarre comme tout me semble mort en ce moment) – en avant pour la tarte au potiron!

— Tu es sûre qu'il est encore comestible, ce bonhomme-là?» Les mains sur ses hanches galbées, Patrizia se penche pour renifler le globe aux crêtes orange.

«Bien sûr que oui! C'était le chef-d'œuvre de ma petite-fille, regarde! Tu as vu ce rictus sinistre, cette cicatrice sur la tempe? C'est pas magnifique ça?

— Magnifique c'est une chose, comestible en est une autre, insiste Patrizia sans méchanceté.

— Je l'ai gardé au frais dans la cave depuis Hallowe'en, dit Katie, ça devrait aller. Il me reste plus qu'à gratter la cire de bougie collée à l'intérieur, puis je vais le bouillir, l'éplucher, l'écraser, le faire mijoter, le remuer, le sucrer et le transformer en dessert. Tu parles d'une sorcellerie! C'est comme embrasser les crapauds. Mon pauvre Leo... Ça fait trente ans que je l'embrasse, et il s'est toujours pas transformé en beau jeune prince!»

Sean et Patrizia rient – pas assez fort, toutefois, pour laisser croire à Katie qu'ils entendent cette blague pour la première fois.

C'est ça le genre de soirée que ça va être? se demande Sean – et, aussitôt, il éprouve le besoin d'avoir son verre à la main, la brûlure dorée au fond de la gorge, le chaud nuage qui lui monte au cerveau.

«Eh Sean! Tu as vu la sauce aux airelles de Patrizia? dit Katie.

— Mm-hm, dit Sean. J'étais justement en train d'admirer Patrizia en général et sa sauce aux airelles en particulier quand tu es arrivée.

— Patrizia, je vais écrire une ode à ta sauce aux airelles, dit Katie.

— C'est une promesse ou une menace? demande Patrizia.

— Non, mais regarde-moi ça! dit Katie. A-t-on jamais vu chose aussi sublime? Versée dans des moules de cristal, constellée de mouchetures or et orange, mille rubis liquides tremblotant dans la lumière, joyaux douteux d'une couronne gagnée dans le sang. Ô sombre rouge de la grenade de Perséphone, tellement plus près du péché que la pâle pomme d'Ève! Hein Sean, qu'en dis-tu, c'est pas mal?»

Elle rejette en arrière sa crinière de cheveux blancs et éclate d'un rire fort et joyeux. Puis, saisissant une hache de boucher, elle fend la pauvre citrouille en deux – Sean se retient de pousser un cri – mais non, elle est vide, il n'y a pas d'entrailles qui en giclent. Il quitte la pièce pour aller chercher son verre, sa bouteille, ses cigarettes, son cendrier, les accessoires essentiels et indispensables de son être.

Quand il revient quelques instants plus tard, Katie est en train de rassembler les autres ingrédients de la tarte. De l'étagère à épices elle a descendu des bocaux de cannelle, de muscade, de gingembre, et de clous de girofle... Tous ont le couvercle crasseux, Theresa ne lave jamais ce genre de chose et Sean est bouleversé par la vue de ces bocaux d'épices au couvercle sale, plus personne ne s'en sert depuis le départ de Jody, excellente cuisinière Jody, inoubliable cuisinière, bocaux d'épices qui doivent remonter à, Jésus, ils me survivront c'est sûr, je serai décomposé et mangé par les vers et cette absurde étagère à épices que m'man nous a achetée sur catalogue et offerte comme cadeau de noces sera toujours là en train de dire persil, flocons d'ail, cardamome, crotte.

« Zut ! s'exclame Katie soudain. Je voulais apporter du sirop d'érable et puis j'ai oublié. Tu en as, Sean ?

— Bonne question. »

Coopératif, il ouvre la porte du réfrigérateur. Patrizia est en train de tamiser les farines pour le pain de maïs, un mélange de farine blanche et de polenta, comment les femmes font-elles pour savoir ce genre de choses ? Cachent-elles les recettes dans leur corsage pour y jeter un coup d'œil quand nous avons le dos tourné ?... Ce que m'man chérissait par-dessus tout en Amérique c'était la liberté bon marché ; sa liberté avait un goût de croquettes de poisson surgelées, de chop suey en sachet, de sauce de salade italienne instantanée, ça faisait gagner du temps, oui comme ça on avait tout le temps pour vivre sa vraie vie, n'est-ce pas m'man ? Qu'est-ce que je cherchais encore merde qu'est-ce que j'étais en train de chercher, ah oui le sirop d'érable : tout au fond du réfrigérateur, Sean aperçoit un gracieux petit flacon de sirop d'érable du Vermont, cadeau de cette brillante romancière rousse – Lizzy ? Zoé ? – je suis sûr qu'il y avait un *z* dans son nom – qui, venue à l'université il y a deux trois ans, ayant donné une brillante lecture rousse et l'ayant accompagné chez lui après, attirée par son nom et sa célébrité sinon par, bon, passons, lui avait fait une fellation merveilleuse à la lumière des bougies tout en refusant de le laisser réciproquer de quelque façon que ce soit, il ne sait plus pourquoi, peut-être avait-elle ses règles ou alors un petit ami, toujours est-il que le lendemain matin elle lui avait fait des crêpes et s'était scandalisée de ne pas trouver dans sa maison la moindre goutte de sirop d'érable. Il s'empare du petit flacon gracieux et se redresse enfin, rougissant d'être resté là cinq bonnes minutes à fixer bêtement le contenu du réfrigérateur mais les femmes n'ont remarqué ni son retard ni son embarras, elles font la cuisine, heureuses, heureuses de faire la cuisine, comment Katie peut-elle être heureuse à nouveau? se demande Sean, mais la voilà heureuse à nouveau, oui, apparemment la même, plaisantant comme avant, éclatant de rire, jouant avec ses petits-enfants, tournant ses pots, gérant sa boutique d'artisanat et pondant ses poèmes atterrants, la seule trace palpable de l'horreur étant le subit blanchissement de ses cheveux.

«Dis donc Sean, fait Patrizia, pourquoi tu traînes là dans la cuisine? Tu ne vois pas que tu es dans nos pattes? Tu n'as rien de mieux à faire? Va t'occuper de quelque tâche virile : préparer le feu, par exemple!»

Feu, le mot de feu, suivi de la visualisation des gestes inhérents à la préparation d'un feu de cheminée, provoque en Sean une légère sensation de nausée. Âtre vide, cageot vide, rien dans la remise à part du bois d'allumage et deux trois bûches énormes entassées dans un coin, merde.

«Merde, dit-il. Bon Dieu de merde, ajoute-t-il pour faire bonne mesure. J'ai oublié de demander à Daniel de commander du bois. Il est venu mardi, on aurait eu le temps…

— Quoi? Il n'y a pas de bois du tout? dit Katie.

— Rien que des grosses bûches.

— Eh bien va les transformer en petites bûches! dit Patrizia. L'exercice te fera du bien.

— Oui, dit Katie. Ce n'était pas une tâche indigne de Tolstoï…»

Sean regarde leurs visages humides et rayonnants dans la chaleur de la cuisine, il n'a pas la moindre envie de les quitter, d'être chassé dehors dans la grisaille froide et méchante : allez, Sean, va souffrir un peu, va souffrir comme un homme, allez, petit poète frileux efféminé, elles trouvent ça marrant, elles trouvent ça drôle, il endosse sa parka, amer, furieux.

«Emmène Patchouli avec toi, dit Patrizia. Je parie que tu ne l'as pas sorti de la journée!»

Il claque la porte derrière lui comme un enfant, tout en sachant qu'elles rient en murmurant «comme un enfant », « ce cher Sean », « il ne changera jamais », « on l'aime comme il est ». Maugréant, il descend vers la remise et sent qu'il a les mains qui tremblent, ce n'est pas le froid ni le whisky, c'est juste qu'il n'avait pas envie d'être seul ce soir, surtout dans cette remise glaciale, tenant à la main une hache lourde et peu maniable, les yeux fixés sur un tas de bûches poussiéreuses, Jésus, bon sang de Jésus-Christ.

« Ce cher Sean », dit Katie tout en pelant la peau épaisse des morceaux de citrouille maintenant ramollis par la cuisson.

Patrizia fredonne en malaxant la pâte pour le pain de maïs, elle prend plaisir à la texture granuleuse et grumeleuse du mélange jaune sous ses paumes mais fredonne avec un certain volontarisme, parce que le psychologue à l'hôpital lui a dit de ne pas se laisser aller à l'angoisse. « Votre angoisse ne fait du bien à personne, madame Mendino, lui a-t-il dit. Ni à votre fils, ni à vous-même. Ce dont Gino a besoin en ce moment, c'est d'une maman optimiste et souriante. Voilà la meilleure chose que vous puissiez faire pour sa santé », alors elle fredonne tout en malaxant la pâte à pain et en dirigeant délibérément ses pensées vers autre chose, vers la sensation des mains de Sean se croisant sur son ventre à l'instant pour lui saisir les hanches, la sensation chaude et ferme du corps de Sean appuyé contre le sien – ah ! comme elle avait été amoureuse de ce corps ! à s'en pâmer ! Elle avait eu d'autres amants avant et depuis mais de tous les hommes qu'elle a connus, Sean était peut-être le seul à réellement aimer faire l'amour aux femmes. Les autres se servaient de leur pénis comme d'une massue ou d'un tisonnier ou d'une carte de crédit mais Sean non, Sean, gémissait avec chaque avancée lente, le corps arc-bouté et le visage contracté de plaisir ; on sentait que c'était son être même qui bougeait en vous. Ceci dit, ils avaient su depuis le début que leur histoire n'était pas une grande passion, plutôt une aventure amicale : Patrizia était bien trop attachée à la vie quotidienne pour supporter les longues bouderies de Sean; et Sean, pour sa part, trouvait agaçant l'enthousiasme naïf de Patrizia pour tout ce qui poussait, gazouillait ou étincelait dans la nature. « La nature, c'est bon pour les ploucs, lui avait-il dit une fois, et les oiseaux ont une cervelle d'oiseau. » Elle passait des heures à la cuisine, par exemple, à leur concocter un gratin d'aubergines mais, le temps que le repas soit prêt, Sean était ivre mort et il arrivait à table en titubant sous le poids des souvenirs anciens, indifférent au contenu de son assiette. En plus, il ronflait la nuit. Par contre, il chantait formidablement sous la douche. Cette chanson pseudo-country qu'il avait écrite pour elle, comment c'était déjà les paroles ? « J'suis rien qu'un vagabond, le vague à l'âme, divaguant à l'envi sur les chemins de ton cœur... »

« Comment va Gino ? demande Katie, qui écrase patiemment la chair de citrouille avec une fourchette, préférant ne pas perturber l'harmonie tranquille de la pièce en jetant les morceaux dans un mixeur qui aurait vrillé leur cerveau par son hurlement électrique pendant trente secondes.

— Les radios ne sont pas très rassurantes, répond Patrizia, sans lever la tête. Il a une tumeur de la taille d'une noix.

— Oh non, dit Katie.

— Au moins c'est au tibia et pas au cerveau, dit Patrizia, dont la meilleure amie est morte d'un cancer au cerveau il y a quelques années. Plus facile de vivre avec une demi-jambe qu'avec un demi-cerveau, hein ?

— Plus amusant aussi.

— Comme tu dis. Alors, voilà, on attend les résultats de la biopsie. » C'est gentil d'avoir posé la question, se dit-elle. Katie aurait pu faire comme si le problème de Gino était négligeable comparé à la mort de son fils à elle, mais à l'endroit des enfants les problèmes négligeables n'existent pas ; tout est crucial, les comparaisons sont interdites. On aime les mollets de son fils, quoi. On s'étonne de les voir allonger si vite. On les regarde bronzer et se couvrir de bleus et de piqûres de moustique, l'été. On s'attendrit à sentir sur soi leur poids soudain accru lorsque, affalé avec vous sur le canapé à regarder un vieux film, votre enfant s'abandonne au sommeil.

« Ça ne doit pas être facile de vivre ça toute seule, dit Katie, certaine qu'elle-même n'en supporterait pas l'angoisse, impressionnée comme toujours par le cran, la détermination, l'incroyable force d'endurance des mères seules.

— Oh! j'ai l'habitude, fait Patrizia. Et au bureau tout le monde est très compréhensif. J'ai pris je ne sais combien de demi-journées… » (Lui revient en mémoire son rêve de ce matin, où, au lieu de planter des fleurs et des légumes dans le sol, elle les y *enterrait*. Un peu de terre les fait vivre, se dit-elle maintenant, mais trop les tue. Tout est question de degré.) « Il serait temps que j'arrose à nouveau cet oiseau, tu ne crois pas? »

Ouvrant le four, Patrizia se penche en avant, fait avancer précautionneusement la plaque et verse par grandes cuillerées le jus de cuisson sur la dinde dont la peau commence à dorer et à grésiller. (« Du reste, dit la recette de *Joy of Cooking*, après une évocation détaillée des différentes écoles de pensée en matière de cuisson des dindes, en rôtissant n'importe quel oiseau vous vous trouvez face à un vrai dilemme. » À lire cette phrase ce matin, Patrizia avait ri tout haut : les blancs sont cuits avant les cuisses, voilà le dilemme – et, le temps que les cuisses soient à point, les blancs sont trop cuits! Des dilemmes comme ça, j'en veux bien, s'était-elle dit. Tu peux m'en donner autant que tu veux, cher bon Dieu.)

D'où lui vient sa force? se demande Katie. Pourquoi moi je ne suis pas forte? Les femmes de Biélorussie sont fortes, celles qui ont regardé leur mari gonfler ou se ratatiner, devenir tout noir, saigner et mourir, celles qui ont fait fausse couche sur fausse couche, celles qui n'osent plus faire l'amour, de peur de concevoir un monstre, celles qui font l'amour et mettent au monde un monstre et l'inondent de leur amour et de leur affection jusqu'à ce qu'il meure à l'âge de sept ans. Comment font-elles pour tenir le coup ? Elle-même, Katie, a de plus en plus besoin de son mari depuis la mort de David ; elle sent la tension de son absence même ici, dans la maison de Sean, à trois kilomètres de la leur, alors qu'elle sait avec certitude où il est et ce qu'il est en train de faire (installer les doubles vitrages pour l'hiver) ; depuis la mort de David elle a besoin de savoir où se trouve chaque membre de sa famille à chaque instant, sans quoi ils pourraient être happés, frappés, foudroyés, oui, des forces malveillantes rôdent partout, bavant et écumant, oh elle voudrait que Leo soit là, tout de suite, à ses côtés, elle voudrait annuler l'étendue de temps et d'espace qui les sépare, faire en sorte que l'horloge indique dix-huit heures déjà et qu'elle entende son pas sur la véranda, elle reconnaîtrait son pas entre mille, la forme et le poids spécifiques de ce corps-là, marchant, oh marche toujours Leo, ne prends jamais fin mon bien-aimé, soixante-sept ans seulement, pas vraiment vieux, encore bien des années devant nous, n'est-ce pas mon ange ? Bien des années. Ce Thanksgiving était le premier qu'ils passaient sans enfants, deux d'entre eux étant mariés, un enterré, et même la cadette Sylvia partie à Philadelphie avec son petit ami... Katie fouette la chair de la citrouille jusqu'à obtenir une crème épaisse et lisse, la verse ensuite dans un bain-marie et y ajoute les sucres et les épices, mais je voudrais qu'il soit là, Leo, *là*, dans la pièce avec moi.

La sueur l'inonde d'un coup, détrempant son chemisier : Heureusement qu'il fait chaud dans la cuisine, se dit-elle avec un petit haussement d'épaules, j'ai les joues rouges de toute façon.

Sean est trempé de sueur, lui aussi. Il a accroché sa parka sur la patère en bois derrière la porte de la remise. Ses mains tremblent toujours, ses bras se sont mis à trembler aussi et ses jambes aussi, il a tout le corps qui tremble… Il a horreur de ça : pourquoi l'oblige-t-on à jouer les hommes forts ? Je suis un homme faible, je l'avoue, que vous faut-il de plus, mes ancêtres étaient de pauvres paysans du comté de Cork, des bouffeurs de patates avec un teint de porridge et de la Guinness dans les veines, et vous voudriez que je me mue en bûcheron musclé de Nouvelle-Angleterre ? Je gagne assez d'argent pour payer des hommes forts pour faire ce genre de travail. D'ailleurs, pourquoi faire un feu de cheminée, bande d'artistes pseudo-rustiques, ma maison a le chauffage central, bon Dieu de merde.

Il n'a fait qu'entailler superficiellement la bûche sur laquelle il s'acharne depuis dix bonnes minutes. La hache ne tombe jamais deux fois au même endroit. Elle s'enfonce dans le bois et se coince ; il l'en arrache, haletant et suant, la hisse à nouveau au-dessus de sa tête, chancelle sous le poids, les bras tremblants, et la fait tomber encore ailleurs. Peut-être le bois est-il assez sec – tu savais faire ça, toi, p'pa ? T'est-il arrivé de couper du bois une seule fois au cours de ton existence solitaire-misérable-sale-animale-et-brève ? Non, hein ? Que Tolstoï aille se faire voir chez les moujiks ! –, peut-être le bois est-il assez sec pour que je la scie. Où est la putain de scie ? (Il ne met presque jamais les pieds dans la remise. Les outils datent de bien avant son achat de la maison il y a vingt-quatre ans, quand l'université – fière d'avoir capturé ce précoce génie de poète, lauréat de plusieurs prix – l'avait titularisé à l'âge sans précédent de vingt-trois ans.) C'est ça mon truc, p'pa – ch'est à cha que che sers, ch'est cha que chais faire. Pas couper du bois, pas arroser une dinde, pas réussir un mariage – *écrire des poèmes*, si seulement tu avais été dans les parages pour les lire. Qui sait, vieux ? peut-être que nous aurions picolé et rigolé ensemble tous les deux, peut-être que toi aussi tu avais un penchant pour la poésie, même si m'man ne m'en a rien dit – la poésie chantante des pubs, les vers brisés des violons, les douces cadences désespérées de la vieille veine irlandaise –, hein p'pa ?

(Le père de Sean lui calottant affectueusement les oreilles en guise de bonjour. L'odeur moite et sombre des pubs où Sean devait aller le dénicher pour le ramener à la maison à l'heure du souper. « Ah ! oui allons-y, mon fils à moi. J'avais pas vu le temps passer. » Titubant en murmurant son nom. « Mon p'tit Sean. Mon seul p'tit gars à moi. » Sean marchant dans les rues noires et mouillées en lui serrant très fort la main. La lueur vacillante des lampadaires. Les cirés lisses et luisants des pêcheurs qui s'apprêtaient à reprendre la mer avant l'aube. L'odeur du poisson. La courbe des filets soigneusement étalés sur la plage avant d'être réenroulés en spirale dans les bateaux. Le remugle de la pisse dans le corridor de la maison où ils habitaient. L'aspect marron et moite de toute chose. La sensation étrange des seins de sa mère qui tremblaient contre sa poitrine quand elle le prenait dans ses bras, fière de ses notes à l'école ou de sa récitation de versets bibliques pour le catéchisme. « Ne vend-on pas deux moineaux pour un sou ? et pourtant aucun d'eux ne tombe à terre à l'insu de votre Père. » Ce passage de saint Matthieu avait laissé Sean perplexe : cela voulait-il dire que Dieu était responsable de la mort des moineaux ? qu'il les faisait tomber exprès ? « Mais vous, même les cheveux de votre tête sont tous comptés. Ne craignez donc pas : vous valez plus que beaucoup de moineaux. » Merci, Dieu. Moi aussi je les compte tous les jours, mes cheveux. J'espère que tu prends bien soin de ceux que j'ai perdus.)

« Aaaah ! Merde merde merde, Jésus oh doux Jésus bon Dieu de merde ! » Manœuvrée avec maladresse et énervement par sa main droite, la scie vient de trancher la chair tendre près de l'ongle du pouce gauche, faisant sourdre du sang brillant. Sean porte à sa poitrine la main blessée, resserre les doigts autour du pouce en sang, met la main droite autour de la gauche pour la protéger, baisse la tête, plie les genoux, s'affaisse sur le sol, sanglote. Joyau de grenade. Couleur d'airelles. Intérieur du corps. Et je retournerai dans la maison et les femmes se moqueront de moi, gentilles, condescendantes, sans méchanceté mais elles se moqueront de moi, sans comprendre, l'intérieur du corps... « Ça ne m'a pas l'air fameux, monsieur Farrell » – quinze jours depuis cet après-midi à la clinique où les mots du médecin avaient roulé lentement à travers l'air, telles des perles rondes et blanches, avant de lui déchirer brutalement la conscience comme les dents de la scie, à l'instant, sa chair... « Ça ne m'a pas l'air fameux, monsieur Farrell. Très franchement. Pas fameux du tout. » « Vais-je mourir bientôt, docteur ? » « Je ne suis pas Dieu, monsieur Farrell. » « Ah d'accord. » Cheveux comptés, jours comptés.

Dès qu'il ouvre la porte, l'arôme riche et brun et onctueux de la dinde le frappe comme un coup de pied dans l'âme. À voir son air mauvais et renfrogné, les femmes comprennent qu'il vaut mieux ne pas rire : elles connaissent Sean, elles l'aiment et elles l'acceptent ; elles soignent sa blessure comme des mères (oui, se dit Sean, comme les mères d'antan, quelque part, dans les contes de fées, peut-être), sans lui poser de question car elles connaissent d'avance la réponse : aucune bûche ne sortira de la remise ce soir.

« Tu sais quoi ? fait Katie. Je vais appeler Leo et lui dire de remplir le coffre de bûches – on a des tonnes de bois stockées dans le garage, tout près de la voiture. » Sous sa masse de cheveux blancs, elle a le visage qui s'empourpre de plaisir et de déséquilibre hormonal : un prétexte pour appeler Leo ! entendre sa voix ! joie, ô joie !

Sa main sur le combiné. À voir la main de Katie sur le combiné du téléphone, Sean se dit Ah ! quelle vie palpitante il a menée, ce combiné, au long des années. Toutes les mains qui l'ont saisi, serré et tripoté, laissant des traces et des odeurs qu'éliminerait ensuite, deux fois par semaine, le chiffon de Theresa. Toutes les bouches qui ont soufflé dans ce téléphone. Toutes les paroles qu'il a absorbées : tendresses chuchotées, reproches et plaintes. Sa voix à lui priant Jody de revenir, la suppliant, encore et encore, à travers les trous dans le graphite gris, jusqu'à se briser : « Je ne peux pas *vivre* sans toi ! Jody ! Jody, je te jure ! *Rien* ne m'intéresse dans ma vie sur Terre, *rien*, je te dis, pas même mon travail, si tu n'es pas là pour le partager avec moi. » « Allons, Sean, je t'en prie. Pas de mélodrame... »

« Un petit verre, mon ami ? dit Patrizia. Ça servira peut-être d'anesthésique pour ton pauvre pouce. » Heureusement que Sean a organisé un repas ce soir, se dit-elle. Coup de chance pour moi. J'aurais passé la soirée seule à grimper aux rideaux, avec Gino et Tomas chez leur père pour le long week-end. « Leur père » : voilà ce qu'est devenu Roberto.

(Roberto à dix-neuf ans, choisissant avec elle des œufs au marché italien de Haymarket, les soupesant de ses doigts longs et bruns, tant de grâce. Ses yeux noirs qui semblaient lui promettre tout ce qu'elle avait jamais pu désirer ! Et comme il lui avait roulé une pelle devant tout le monde, à l'église, alors qu'elle se tenait debout entre son père et le curé, toute raide, surexcitée et terrifiée dans sa robe de mariée en taffetas blanc, l'intrusion soudaine de la langue de Roberto dans sa bouche une surprise telle qu'elle avait failli mouiller sa culotte. Et comme elle se réveillait, chaque matin pendant leur lune de miel, pour contempler la tête bouclée de Roberto pesant de tout son poids sur sa poitrine nue, son visage enfantin dans le sommeil. Et le jour où il avait pris Tomas dans les bras pour la première fois, son fils, son nouveau-né, le regardant dans les yeux et fondant en larmes. Et le jour où il avait offert à Gino une batte de base-ball miniature pour son troisième anniversaire, et lui avait appris à s'en servir. Puis le jour de son licenciement, où Patrizia l'avait trouvé affalé devant la télévision à trois heures de l'après-midi, en train de siffler de la bière. Sa fureur, quand elle avait décroché cet emploi de secrétaire à l'université... Ce n'était pas son salaire qu'il lui enviait mais son épanouissement. Née dans cette petite ville, elle en connaissait tous les habitants et toutes les ressources : se trouver ainsi au centre d'un tourbillon de professeurs et d'étudiants, et savoir répondre avec grâce et efficacité à leurs demandes toujours urgentissimes lui procuraient un sentiment d'euphorie. Roberto ne le lui avait jamais pardonné. Il avait refusé de s'apercevoir qu'elle le trompait avec Sean, puis avec d'autres ; indifférent, il ne l'approchait plus, ne la touchait plus... Il s'était mis à morigéner leurs fils, puis à les tabasser, puis à la tabasser, elle... jusqu'à ce qu'elle lui annonce enfin qu'elle était allée voir un avocat. Le même homme pourtant. Ses doigts bruns sur les œufs, tant de grâce.)

« Ça ne serait pas de refus », dit Sean, dont le pouce est maintenant lavé, désinfecté et méticuleusement pansé, alors Patrizia va lui chercher sa bouteille et son verre et, tout en lui administrant ce remède-là – preste, sec, pur, net, comme il l'aime –, elle dépose un baiser sur le noble front humide et dégarni de son pauvre cher Sean blessé.

Une mèche noire s'est échappée de son chignon pour lui retomber en courbe autour du menton, tel un point d'interrogation, un trait à la Modigliani qui lui encadre joliment la moitié du visage, et Sean, en refermant les paupières, parvient enfin à repousser le cancer du poumon jusque dans un coin de ses pensées, un coin énorme mais un coin néanmoins, ce qui lui permet d'exulter dans la pression momentanée des lèvres de son amie contre sa peau.

« Leo sera là vers cinq heures pour préparer le feu », dit Katie en se détournant du téléphone avec un gigantesque sourire, sans même chercher à dissimuler son plaisir. « Aïe, ma garniture ! » Elle traverse à grands pas la cuisine, s'empare de la cuiller en bois et se met à touiller la sauce. C'est comme la terre glaise ; il y a une bonne consistance et une seule. Trop épaisse ou trop liquide : pas de pot, pas de tarte. C'est le même mouvement rotatoire aussi. (Oh cette paix que lui donne le fait de tourner, façonnant de ses mains la matière grise et lisse. Matière grise : oui, comme s'il s'agissait de son propre cerveau, comme si c'étaient ses propres pensées qu'elle lissait et modelait ainsi de ses mains, en s'efforçant de les rendre rondes et régulières et symétriques tandis que son pied droit veillait à maintenir constante la vitesse de la roue et qu'elle se penchait, concentrée et absente, son regard se perdant dans la glaise grise humide qui montait et ondulait sous ses doigts, s'humectant les mains juste ce qu'il fallait pour que la terre reste malléable, c'est une chose que l'on sait instinctivement, nul besoin d'y réfléchir, les doigts le savent tout seuls.)

Elle verse la garniture dans la pâte. Sean est encore plus maussade et erratique que d'habitude ce soir, se dit-elle. Curieux qu'il ait choisi Thanksgiving pour nous inviter chez lui : la fête la plus familiale de l'année, chez cet homme sans famille. Plus de parents, plus un seul depuis la mort de sa mère l'été dernier. Pas d'enfants non plus, guère du genre paternel. Encore que… quand Jody s'est fait avorter sans le lui dire, il était effondré. Il a passé des heures à pleurer dans les bras de Leo. « La seule chance de ma mère d'avoir un petit-enfant ! Le seul rêve, le seul espoir qu'il lui restait : pulvérisés. » Certes, il a un fort penchant pour l'exagération. Mais c'est vrai qu'il adorait sa mère. Nous, on ne l'a jamais rencontrée mais il nous a tenus au courant des étapes de son déclin. Son esprit telle une falaise avec, au début, de minuscules cailloux qui glissent en silence le long de sa face pour être engloutis par les vagues de l'oubli. Ensuite des pierres, des rochers, déboulant de plus en plus vite, emportant avec eux de grosses mottes de terre jusqu'à ce qu'enfin la falaise entière s'écroule et qu'il ne reste plus personne. De longues soirées d'humour noir et de gin-fizz. Maisie, elle s'appelait. Sean nous a parlé de son nouveau projet d'écriture : un long cycle de poèmes qui aurait fait l'inventaire de tout ce qu'avait oublié sa mère. Leo a suggéré un titre : *Le Monde perdu de Maisie*. Non, a dit Sean. *Ce que Maisie ne savait plus.* Les premiers poèmes remplis des détails banals de sa vie de vieille dame dans une banlieue de Boston : l'endroit où elle avait rangé ses clefs, le jour où elle s'était lavé les cheveux pour la dernière fois, la partie de son sac à main où elle avait mis son porte-monnaie. À mesure qu'avançait le cycle, les détails oubliés deviendraient plus émouvants et plus significatifs : les noms de ses amis, de ses frères et sœurs, du pays où elle vivait, l'année de la mort de son mari. Et le dernier groupe de poèmes, aux couleurs riches et aux accents déchirants, évoquerait les impressions les plus profondément gravées dans son esprit, en principe ineffaçables : ses souvenirs d'enfance. Un incendie à la cuisine quand elle avait deux ans ; un sale petit garçonnet voisin qui lui a glissé une main dans la culotte pour y déposer un crapaud ; un protestant abattu dans une rue de Galway, la tête éclatée, le sang se mêlant à la boue et à la pluie dans le caniveau. Ça pourrait être un livre formidable, se dit Katie, si jamais il s'y attelle vraiment...

« Je vais faire cuire la tarte dans le four micro-ondes, dit-elle tout haut, sans quoi elle risque d'avoir un goût de dinde. »

Sean hoche la tête sans l'entendre. Lunettes en demi-lune sur le nez, penché à son tour sur *Joy of Cooking*, il vérifie la liste d'ingrédients pour sa propre contribution au repas. De l'ananas frais (il l'a acheté en boîte), des fraises fraîchement cueillies (il les a achetées surgelées), un demi-litre de rhum, un demi-litre de jus de citron, un tiers de litre de jus d'orange, un quart de litre de grenadine, deux bouteilles de cognac et deux litres de Canada Dry. Il a envie qu'à la fin de la soirée tous ses invités sans exception soient imbibés – même Beth la vertueuse, Beth l'abstinente – et rien ne vaut le punch pour la consommation involontaire de grandes quantités d'alcool. À croquer, la caissière qui lui a additionné tout cela au supermarché. «Vous donnez une fête, monsieur Farrell ?» avait-elle demandé. «Aussi vrai que votre collant est rose bonbon, Janice, lui avait-il répondu, après avoir lu son nom (pas pour la première ni pour la deuxième fois) sur son badge. Ça vous tenterait de venir ?» Elle avait pouffé de rire, sans même se donner la peine de lui répondre. Il blaguait, bien sûr. Il ne pouvait pas s'imaginer sérieusement qu'une soyeuse nymphette de dix-sept ans comme elle viendrait se glisser entre les draps d'un croulant chauve et décrépit comme lui. *Och*, qu'importe.

Tournant le dos aux deux femmes pour qu'elles ne se mettent pas en tête de l'aider, il attaque la boîte d'ananas avec l'ouvre-boîte, sa maladresse exacerbée par le pansement à son pouce gauche. Pourquoi les femmes sont-elles si serviables ? se demande-t-il, alors que du jus d'ananas gicle sur la table et que Patrizia se précipite avec une éponge pour l'essuyer. Pourquoi faut-il qu'elles courent toujours à droite à gauche pour venir en aide aux gens ? Elles ne pourraient pas s'occuper de leurs oignons, au lieu de constamment nettoyer ranger astiquer et repasser les affaires des autres ? Où serais-je, moi, sans mes faux plis ? J'aime les faux plis, et na ! Mes poèmes en regorgent. Les faux plis sont ma raison d'être, ma joie profonde, ma vocation sacrée. Sean Faux Pli Farrell, je m'appelle.

Il fait glisser les tranches d'ananas dans le bol à punch, maudissant ses mains de trembler de façon si visible et s'efforçant d'oublier… Oh, prête-moi ta mémoire, m'man. Je pourrais faire bon usage de tes trous noirs.

À nouveau, Patrizia s'est penchée pour arroser l'oiseau mort. Sa jupe remonte un peu et la chair de ses cuisses ainsi révélée rappelle à Sean certaines facettes moins irritantes de la gent féminine. « Il mange les os de dinde, Patchouli ? » demande-t-elle, mais Sean ne l'entend pas car elle a la tête pour ainsi dire à l'intérieur du four – comme la sorcière, se dit-elle, juste avant que Gretel la fasse basculer en avant. Tous les enfants rêvent-ils de faire basculer leur mère dans le four, tête la première, et de la rôtir à point ?

« Pardon ? dit Sean, qui se débat maintenant avec les fraises (elles ont tellement durci dans le congélateur qu'elles refusent de sortir de leur boîte, qu'il doit alors déchirer et décoller petit bout par petit bout).

— Il mange les os de dinde, Patchouli ? » répète Patrizia, se redressant et se tournant vers lui avec un sourire. D'un geste charmant, elle relève la mèche de cheveux qui est tombée à nouveau et la glisse dans son chignon, d'où elle retombe aussitôt.

« Je n'en sais rien, c'est la première fois que je fais une dinde, dit Sean, comme si c'était lui qui la faisait. Ça n'aurait pas tendance à se fendiller et à se coincer dans sa gorge et à l'étouffer, non ? » L'image du fendillement ranime dans son cerveau sa récente et déplaisante expérience avec la bûche.

« Mais non, dit Katie. C'est pour les chats, ça. Les os de volaille ne posent aucun problème pour les chiens, ils les avalent sans même les mastiquer. Patchouli va avoir le festin de sa vie. »

(Elle dure depuis des décennies, cette plaisanterie ou plutôt ce mythe au sujet de Patchouli. Quand le père de Sean est mort en 1962 et que, sous prétexte qu'elle avait un vague cousin quelque part dans la région de Boston, sa mère a décidé de tenter sa chance en Amérique, Patchouli a fait son apparition sur le bateau pendant la traversée. Depuis lors, il n'a ni vieilli ni changé d'aucune manière ; c'est toujours un chiot bâtard noir et blanc exubérant et aimant qui, dans sa folle recherche d'approbation, a tendance à tout renverser sur son passage et à semer la pagaille. Sean lui a consacré de très nombreux poèmes. Il le nourrit d'os et de restes, le promène dans la forêt deux fois par jour et, assis à son bureau, le flatte tout en tapant ses poèmes et en buvant du whisky jusque tard dans la nuit. Aucun de ses amis n'a jamais vu Patchouli mais tous le respectent; tous s'inclinent devant la foi de Sean en lui.)

III

PATRIZIA

AH, MES CHÈRES FLEURS. *Boutons ou bourgeons, écloses ou fanées, toutes devront venir rejoindre leur créateur...*

Prenons pour commencer, si vous le voulez bien, Patrizia Mendino. Rassurez-vous, je n'ai point l'intention de m'immiscer dans les affaires de son fils Gino, du moins dans l'immédiat. Il s'en tirera très bien. Les chirurgiens enlèveront la tumeur bénigne sur son tibia et ce sera terminé ; il pourra mener une vie normale. Il deviendra bijoutier, s'installera au Nouveau-Mexique, se mariera et aura un fils qu'il nommera Roberto d'après son père. Tomas, en revanche, je le subtiliserai à l'âge de vingt-six ans dans un carambolage sur le boulevard périphérique de Boston, la terrible route 128.

Quand elle apprend la mort de son fils, le corps de Patrizia réagit de manière étrange : il se met à produire du lait. À l'âge de cinquante ans, ses seins gonflent douloureusement. C'est angoissant, et très gênant. Il n'y a pas de nourrissons dans les parages pour la soulager et elle n'a pas le courage, à son âge, d'entrer dans la pharmacie du coin pour louer un tire-lait. Bains froids, compresses chaudes, rien n'y fait... Ah, je me suis glissé en elle. L'enflement se résorbe au bout de quelques semaines, mais son destin a ouvert boutique dans sa jolie poitrine, sous la forme d'une tumeur. Patrizia ne s'en aperçoit pas. Le temps passe. Lentement, tranquillement, la maladie fait des ravages dans son corps.

Elle prend sa retraite à soixante ans et c'est seulement alors qu'elle découvre sa véritable raison d'être : nourrir *les oiseaux. Elle les nourrit. Elle chantonne et roucoule pour eux. Elle aurait envie de les allaiter. Ses seins la font souffrir. Elle a des douleurs lancinantes, d'abord aux seins, puis aux épaules, aux aisselles, aux bras, à la poitrine, au dos. Elle ne va pas chez le médecin. Elle ne voit plus personne. Ses cheveux deviennent gris et clairsemés. Ses yeux sombres rapetissent et se remplissent de méfiance. Elle perd le contact avec toutes les facettes de la réalité autre que les oiseaux – qui, eux, affluent par centaines dans son jardin et s'y régalent. Dès qu'elle sort de la maison, ils descendent sur elle dans un joyeux battement d'ailes et se posent en sautillant sur sa tête, sur ses bras, sur ses épaules, faisant entendre un concert chaotique de gazouillis. Elle travaille dur pour les nourrir. Elle sait répartir, entre les différentes espèces : insectes écrasés, graines, zeste d'orange, margarine. Elle leur mijote des petits plats, tout comme sa grand-mère le faisait jadis pour la famille. Elle dit le bénédicité avec eux, leur chante des airs d'opéra et de vieilles aubades siciliennes. Elle retrouve la langue perdue de son enfance et, tout en éparpillant à la ronde des graines et des miettes de pain, elle jacasse avec eux en italien :* Venite, carissimi miei, uccelli miei, bellissimi miei, mangiate, mangiate, buon appetito…*

Cela dure un certain nombre d'années. Pour les enfants du voisinage, Patrizia est «la dame aux oiseaux», «la folle», «la sorcière». Elle hurle contre eux dès qu'ils approchent, de peur qu'ils ne fassent s'égailler ses oiseaux chéris. Le cancer s'étend encore, enfonce ses griffes dans son cerveau, ronge sa raison; bientôt elle n'est plus à même de faire son ménage ni sa cuisine; les voisins, inquiets de l'odeur qui émane de sa maison, passent quelques coups de fil et une employée efficace des services sociaux de la banlieue ouest débarque chez elle pour faire une «évaluation de fragilité». Une fois le questionnaire rempli, elle estime qu'il y a suffisamment de fragilité chez Patrizia pour justifier son transfert immédiat dans une institution; là, on procède à des examens médicaux de routine et, à la vue des résultats, les sourcils des médecins se lèvent. Patrizia délire maintenant ; elle passe son temps à prier tout haut saint François d'Assise et à enguirlander le reste du monde ; les médecins sont impressionnés par son langage ordurier ; elle les vitupère du matin au soir, dans un ahurissant mélange d'anglais et d'italien, hurlant jusqu'à se déchirer les cordes vocales, jusqu'à ce que sa voix ne soit plus qu'un gémissement.

Au bout de trois jours dans l'institution, trois jours aux cours desquels elle perd le peu de prise qu'elle avait encore sur la réalité, je n'en peux plus. Oui : même si c'est moi qui ai décidé d'avance de leur destin, il m'arrive d'avoir pitié de mes créatures. Il n'y a pas de doute, Patrizia sera mieux avec moi. Ça y est, ragazza. C'est bon. Allez, viens.

IV

SALUTATIONS ET ACCOLADES

En jetant un coup d'œil par la fenêtre, Sean voit avec soulagement que le lugubre gris métallique du ciel de novembre a cédé la place au noir.

Katie fait le tour du séjour à pas tranquilles pour allumer les lampes, produisant de chauds cercles de lumière ocre et or entrelacés. Le parquet reluit, on entend presque ronronner les tapis et les coussins, et les patchworks fredonnent un air d'une autre époque, une époque où les femmes restaient assises au coin du feu pendant les longues soirées d'hiver, à coudre et à soupirer et à se confier à voix basse de tristes secrets. Katie regarde l'âtre vide, puis sa montre. Presque cinq heures. Dans son for intérieur, elle appelle Leo de toutes ses forces. Ses pensées courent en ricochant d'Alice à Sylvia à Marty, puis aux deux fils d'Alice, puis à sa petite-fille Sheila, la fille de Marty, celle avec laquelle elle a sculpté la citrouille et qui, au mois de septembre, le lendemain de son cinquième anniversaire, lui avait murmuré à l'oreille : « C'est dur d'avoir cinq ans, tu sais, mamie. Les gens attendent tant de choses de toi. » Katie essaie de se rappeler sa réponse mais elle échoue car David est là maintenant lui aussi, sur sa scène intérieure, avec son blue-jean qui lui glisse sur les hanches : ce serait plus facile s'il y avait un feu dans la cheminée, se dit-elle, un feu vous donne autre chose à regarder que vos pensées.

Sean, voyant que les douze petits moules de sauce aux airelles en train de « prendre » occupent toute la place au réfrigérateur, pose le bol de punch dehors, sur la véranda.

«Alors qui vient ce soir?» demande Patrizia, tout en s'emparant du couteau redoutable qu'elle a apporté avec elle cet après-midi et en le brandissant au-dessus des formes serrées, brillantes et bariolées des légumes amoncelés sur la table : patates douces, épis de maïs, poivrons rouges et verts, courgettes, haricots, oignons, ail, persil. Toute l'agressivité des femmes s'exprime dans la cuisine, se dit Sean en tirant fort sur sa cigarette. Et de fait, Patrizia se met maintenant à poignarder toutes ces chairs multicolores, à les éplucher les trancher les hacher et les réduire en julienne, en cubes parfaitement homogènes et impuissants.

«Tu verras bien, lui répond-il.

— Tu ne veux pas me le dire?

— J'aime pas les listes.

— C'est une surprise alors?

— Mettons.

— On sera douze…

— Treize à la douzaine.

— Treize? Mais tu ne m'as donné que douze moules. Attention, Sean! Je suis une Italienne superstitieuse, ma *mamma* m'a toujours dit que treize à table portait malheur.

— On ne sera que douze à table. Le treizième invité étant mineur, on l'enverra se coucher à l'étage.

— Mineur? C'est-à-dire?

— Très mineur. Moins d'un an.

— Tu as invité un *bébé*?

— Non, un adulte de onze mois.

— Mais à qui appartient-il?

— Tu verras bien.»

Une fois, se souvient Patrizia, quand Tomas avait onze mois et apprenait juste à marcher, il avait perdu l'équilibre et basculé en avant, heurtant du front l'angle saillant d'un mur : entaille profonde, giclement de sang, panique totale, l'enfant hurlant attrapé dans les bras et porté en courant à la salle de bains, de l'eau, éponger la plaie, linges, eau, rincer la plaie, compresses, tenir l'enfant le serrer, le bercer, oh mon Dieu oh mon Dieu, mais Tomas n'avait fait que hurler de plus belle, il pissait le sang et Roberto n'était pas là... Pour finir elle avait réussi à mettre son petit garçon entre les mains d'un médecin, on lui avait fait des points de suture, encore maintenant il avait une pâle cicatrice en forme de faucille au milieu du front, le médecin et Roberto et Tomas avaient effacé cet incident de leur mémoire mais Patrizia...

« Voilà Leo ! s'écrie Katie, s'évertuant à donner à son sprint vers la véranda l'apparence d'une allure normale.

— Tu n'aurais pas une brouette, Sean ? »

On fait entrer le bois, on l'entasse, on allume le feu : gestes immémoriaux de virilité auxquels Sean ne fait même pas semblant de prendre part, son pouce blessé lui suffisant largement comme prétexte, pas la peine d'en rajouter, se montrer sarcastique et condescendant, non, il s'agit d'être un bon hôte ce soir, affable...

« Je peux ?

— Assieds-toi. »

Les hommes au salon avec la bouteille de whisky, les femmes à la cuisine avec les casseroles, tant pis si c'est un cliché, se dit Sean, au fond tout le monde est très heureux comme ça. Contact de leurs deux verres, contact des yeux marron de Sean avec ceux, gris, de Leonid, difficiles à atteindre maintenant à travers son déguisement de vieux : lunettes, rides, bajoues, sourcils broussailleux et le reste ; la vieillesse ressemble toujours à un déguisement, se dit Sean, on est persuadé que les gens finiront par éclater de rire et arracher leur masque, révélant leur vrai visage jeune en dessous : oui la jeunesse est la vérité, c'est pourquoi la Bible nous assure que nous ressusciterons lors du Jugement dernier avec chaque cheveu à sa place : moi aussi, hein, Dieu ? Tous mes cheveux dont tu as gardé le compte auront repoussé, j'aurai de nouveau les joues pleines, les mains calmes et les jambes capables de me conduire çà et là au pas de course. Mais pourrai-je toujours écrire de bons poèmes ? *Och*, voilà la question.

« À la tienne. »

Ils ne se parlent pas beaucoup, n'en ont pas besoin, amis toutes ces années, cet âge mûr de Sean que Leonid quitte peu à peu pour entrer dans la vieillesse – mais c'est toujours un homme puissant et baraqué, jamais il ne viendrait à l'esprit de Sean d'installer ses propres doubles vitrages, ni de gravir six fois les marches de la véranda les bras chargés de bûches. Ils ne se parlent pas beaucoup parce qu'ils sont à l'aise ensemble et, même s'ils ont oublié bien des détails de la vie l'un de l'autre, ils en connaissent l'essentiel : combien d'enfants il a, ou avait, ou aurait voulu avoir, où il a grandi, comment ses parents sont morts.

(Ceux de Leonid sont morts à un an de distance presque jour pour jour – son père en 1984 et sa mère en 1985 – et, bien que son père ait trépassé dans son lit et sa mère dans un lit de rivière, ils sont tout de même morts *grosso modo* comme sont censés mourir les vieux paysans biélorusses, oui, comme étaient morts leurs aïeuls, génération après génération de paysans biélorusses dans le village de Choudiany où ils avaient vécu toute leur vie, sans se douter que moins d'un an plus tard l'air de Choudiany serait électrisé par cent quarante-neuf becquerels et que ses habitants seraient en train de contracter des maladies fatales en mangeant les salades de leur jardin ou en pique-niquant sur les rives du Pripiat. Leonid n'était pas retourné chez lui pour les obsèques de ses parents : le voyage coûtait cher. Il y est retourné depuis, par contre. Une fois.)

« On dirait qu'il va neiger.

— Ah oui ? » C'est par politesse que Sean tourne la tête vers la fenêtre. Comme il n'a aucune intention de remettre les pieds dehors ce soir, les prévisions météorologiques le laissent indifférent. « Tiens, tiens. »

Leonid s'est fait un tour de reins en montant l'échelle avec les doubles vitrages tout à l'heure, il a failli tomber, Dieu merci il n'est pas tombé mais la douleur est maintenant installée, familière et abominable, une partie du *nucleus pulposus* s'est infiltré dans une fissure de l'*annulus*, c'est ce que lui avait dit le médecin quand la même chose s'était produite il y a deux ans, et maintenant il pense non pas ça mon Dieu, pas ça, je t'en prie, pas encore le lumbago la cortisone la léthargie et le brouillard, toute l'âme aspirée par la douleur, peut-être le Chivas de Sean me soulagera-t-il la colonne vertébrale.

« Qu'est-ce qu'elle sent bon, cette dinde ! dit-il.

— J'ai horreur de ça », dit Sean.

Leonid part d'un rire tonnant, espérant vaguement que la vibration de sa voix dans sa cage thoracique pourra lui engourdir les reins.

« Pourquoi tu fêtes Thanksgiving si tu n'aimes pas la dinde ?

— Oh ben la dinde en elle-même j'aime bien, dit Sean – imitant, pour des raisons qui lui sont obscures, l'accent traînant du Sud. C'que j'supporte pas, vois-tu, c'est *l'odeur* d'la dinde en train de cuire. Ça m'rend tout tristounet, ça m'fait mal au cœur et quand j'dis cœur c'est ben du *cœur* que j'parle, ça m'donne la nostalgie d'une espèce de chez-soi qu'a jamais existé, vois-tu un peu c'que j'veux dire ?

— Tout à fait, acquiesce Leonid. J'ai connu la même chose, enfant. Tous les dimanches, on allait déjeuner chez ma grand-mère et quand on arrivait il y avait du bacon en train de frire… Ce n'était que du bacon, hein, je ne te parle même pas de rosbif… Mais c'est vrai, chaque fois que je humais cette odeur de bacon en entrant chez elle je me sentais…

— Un peu de musique ? » En posant son verre sur la table basse, Sean renverse le cendrier : une douzaine de mégots de Winston et un nuage de cendres flottent et chutent jusqu'au tapis à différentes vitesses. « Merde, Patch ! s'exclame-t-il. Tu peux pas faire attention ? Regarde ce que tu viens de faire ! C'est sympa les chiens, ajoute-t-il à l'intention de Leonid. À bien des égards, c'est plus sympa que les enfants. Mais quand ils font des bêtises… impossible de leur apprendre à nettoyer après. »

Leonid rit de nouveau, moins fort cette fois puisque sa récente tentative tonnante n'a en rien soulagé son lumbago. Il ne va tout de même pas se lever pour aller chercher la pelle et le balai ; il y a des limites à son altruisme. Porter le bois tout à l'heure était déjà une connerie majeure. « Sacré Patchouli ! » fait-il, en hochant la tête.

De ses mains nues, Sean ramasse ce qu'il peut du contenu du cendrier et le jette dans la cheminée, puis il s'essuie les mains sur son pantalon et, du talon, écrase dans le tapis les cendres restantes. (Jody détestait son tabagisme ; elle-même avait cessé de fumer grâce à une unique séance d'hypnose à Manhattan, et elle s'en vantait à tous ceux qui voulaient l'entendre. « C'est facile, Sean. Tu devrais le faire, Sean. Tu veux te retrouver malade dans vingt ou trente ans, à tousser et à t'étrangler du matin au soir ? Si *toi*, tu ne t'aimes pas assez pour arrêter de fumer, ajoutait-elle, fais-le pour moi, parce que *moi* je t'aime. » « Oui c'est ça, répondait Sean. Tu m'aimes, à condition que je me soumette à l'hypnose et à la psychothérapie et au jogging quotidien et à des cours avancés de théorie féministe – à condition, en d'autres termes, que je devienne quelqu'un d'autre. » Ç'avait été une de leurs disputes préférées. Ils avaient arpenté ce terrain-là une bonne cinquantaine de fois, avant le départ de Jody.)

« Je nous mets quoi ? Miles ?

— Parfait. »

Leonid se glisse un coussin sous les reins pour atténuer son mal, il s'agit de se décontracter plutôt que de se raidir, l'important est de ne pas trop *sentir* la douleur parce que si les muscles se crispent pour lutter contre, elle ne fait qu'empirer. Il a avalé une poignée d'aspirines avant de partir mais pour le moment elles n'ont eu aucun effet. «Vous ne devriez plus soulever d'objets lourds, monsieur Korotkov», lui a dit le médecin. (Chose étonnante, le corps de David n'avait rien pesé du tout ce jour-là : c'était une plume ! et lui, un être d'une infinie puissance : se penchant tel Dieu de son Ciel, il avait ramassé le long corps de son fils cadet et s'en était drapé l'épaule comme d'une cape de plumes ; aucune force n'avait manqué en lui, ce jour-là.)

«Hein que c'est beau, dit Sean.

— *Bitch's Brew*, c'est ça ?

— Oui-i-i. Voilà une chose, au moins, qui sera belle à tout jamais. Quand les gens du XXXIe siècle se pencheront sur le nôtre avec ses montagnes de cadavres, au moins aurons-nous Miles pour nous racheter. Au moins pourrons-nous dire : mais on a produit Miles, ce n'est pas rien ! Pour Billie et Chet et Miles, l'espèce humaine vaut la peine d'être sauvée, non ?... Tu nous sauveras bien pour eux, hein, Dieu ?

— Mais si, mais si. »

Quelques secondes s'écoulent.

«On m'a dit une fois, dit Leonid quand elles se sont écoulées, que si le téléphone sonnait quand Miles travaillait, il décrochait et disait quelque chose comme «Bla bla bla ?! » puis il raccrochait. Savait même plus dans quelle *dimension* il se trouvait.

— Mmm », fait Sean, hochant la tête d'un air approbateur.

Ai-je jamais connu ce genre de transe, en peignant ? se demande Leonid. Non... Même quand j'y croyais encore, quand je venais d'arriver à New York et pensais avoir une chance de réussir, je me laissais distraire. Des amis passaient à l'improviste et, au lieu d'être furieux, j'étais content. Préférais toujours leur parler. Sortir boire un verre avec eux, humer l'air du temps : «Alors, quoi de neuf ? » Ils ne me dérangeaient pas. La peinture pouvait attendre, les gens, non. Dès qu'une des jumelles entrait dans la pièce où je bossais, je posais ma palette et me tournais vers elle : « Comment va ? » (Depuis la mort de David, Leonid a posé sa palette une fois pour toutes ; il ne peint plus que les maisons des autres. Comme ça, les choses sont claires : ce qu'on attend de lui est précis, carré, quatre murs et un plafond, cadres de fenêtres, peintures à l'eau ou à l'huile, papier de verre, teintes choisies et mélangées sur commande, il sait à quoi s'en tenir et il s'améliore avec le temps, c'est du reste ainsi qu'il a fait la connaissance de Sean, en repeignant sa maison, il y a au moins quinze ans de cela, elle aurait besoin d'une nouvelle couche, elle aurait besoin d'une nouvelle couche, ils ne cessent de se le dire, sans savoir s'ils s'y résoudront un jour.)

Sean se lève à moitié, leur ressert à boire et se rassoit, ah ça commence à aller mieux, c'est presque tolérable maintenant, il s'est habitué au fumet de la dinde et, dehors, ce n'est plus le jour qui décline mais la nuit qui point, on ne peut pas dire d'une nuit qu'elle point, mais pourquoi pas, peut-être que même la nuit pourrait poindre si elle y mettait du sien... L'aube de la nuit... Il sent la manière dont la musique de Miles, avec ses saccades et ses secousses, se glisse dans son cerveau : ses pensées épousent les rythmes de la ligne mélodique jouée par la trompette... Jody n'aimait que le baroque, elle a tout fait pour me convertir et Dieu sait que j'ai fait un effort, passé des heures à rouler en voiture en écoutant des cassettes de Monteverdi et de Frescobaldi, m'endormant presque au volant, que veux-tu, je n'aime pas les choses harmonieuses et symétriques, mon nom c'est Faux Pli je te dis...

« Je voulais te poser une question, dit Leonid.

— Hm ? dit Sean.

— Où est-ce que tu achètes tes chaussettes ?

— Mes chaussettes ?

— Oui... Elles ont l'air de bonne qualité. Elles le sont ?

— Celles-ci ? Euh... c'est-à-dire...

— Tu vois, parce que je ne sais plus comment faire. Je n'arrive pas à m'habituer à l'idée que les chaussettes de bonne qualité n'existent plus. Ça me donne le cafard. Tu achètes une paire de chaussettes, tu les mets deux, trois fois et voilà que ton gros orteil sort au bout. Je suis prêt à payer plus cher, à condition qu'elles tiennent plus d'une semaine.

— C'est sûrement un complot capitaliste, dit Sean un peu distraitement.

— Ça me met hors de moi ! insiste Leonid. Je vais au supermarché, j'étudie les étiquettes sur les chaussettes et tu sais ce que je vois ? « Acrylique majoritaire. » C'est une *tragédie*, Sean, tu te rends compte ? Ils n'essaient même plus de nous rassurer avec du coton ou de la laine : non, « acrylique majoritaire » ! Si c'est *ça* le seul ingrédient qu'ils osent avouer, on se demande ce qu'il y a d'autre là-dedans ! »

Sean rit. La sonnerie retentit et il jette un coup d'œil à sa montre : six heures moins dix.

« Cent contre un que c'est Derek et Rachel, dit-il.

— Tu as reconnu le bruit de leur voiture ?

— Non, mais Rachel vit avec dix minutes d'avance.

— Ah oui ?

— Ça me rendait fou, autrefois. »

Il se lève, donne du temps à son cerveau pour s'adapter à la station debout, puis se dirige vers la cuisine.

« Je vous attends là, dit Leonid, redoutant l'instant où il devra s'extraire du fauteuil.

— Ouais, bouge pas. »

(Non pas que Sean lui-même soit souvent en retard ; il n'a aucune raison, voire aucune occasion de l'être ; son séminaire de poésie ne se réunit qu'une fois par semaine, les mercredis de quatorze à seize heures, et le reste de la semaine est une durée à laquelle il est bien obligé de survivre comme il peut… mais l'obsession de Rachel pour le temps lui avait été insupportable. Ils n'étaient pas compatibles. Par exemple ils allaient ensemble à Boston, flâner amoureusement dans la rue Charles... et, voyant clignoter le feu vert des piétons, Rachel s'élançait sur la chaussée en traînant Sean avec elle, désireuse de traverser à tout prix avant que le feu passe au rouge : « Hé ! protestait Sean. On n'est pas pressés ! » « Oh ! disait Rachel, si tu ne fumais pas autant, tu pourrais courir. » Non, ce n'était pas Rachel qui disait ça, c'était Jody : gravissant d'un bond les marches de la véranda, les yeux brillants et la peau reluisante après une heure de jogging matinal dans la forêt, pour venir trouver son mari, assis devant sa machine à écrire avec son sixième café-cigarette de la matinée. Non, Rachel ne lui avait jamais fait de reproches au sujet des cigarettes. Je t'adore, Rache, vrai de vrai. On n'était pas compatibles, voilà tout...)

« Ah.

— Sean ! » La peau de Rachel. « Sean », répète-t-elle tout bas, tout près de son oreille ; oh la douceur exquise de sa joue frôlant la sienne. Elle rougit, comme à chaque fois qu'ils s'embrassent devant son mari.

« Salut, Sean », fait Derek.

Les deux hommes se donnent l'accolade. (Sean n'a pas spécialement envie d'étreindre Derek. Il ne le ferait pas spontanément, de son propre gré, dans un autre contexte, mais là, il n'a guère le choix, étant donné que lui et Derek, à leur corps défendant, ont deux fois été amoureux de la même femme. Lin Lhomond, la première épouse de Derek – galvanisée par la foi de Sean en elle comme danseuse – était partie démarrer une carrière internationale au Mexique, laissant Derek avec leurs deux petites filles sur les bras. Et Rachel, meilleure amie de Lin depuis le lycée et, brièvement, parfaite partenaire en désespoir de Sean, avait épousé Derek dès que son divorce mexicain avait été entériné. Sean n'a jamais compris ce que deux femmes aussi exceptionnelles que Lin et Rachel pouvaient voir en ce typique bûcheur universitaire juif qu'était Derek ; nonobstant, il étreint le grand corps revêtu d'une canadienne et attend que soit révolu leur instant de proximité obligatoire.)

« Qu'est-ce qu'il fait froid ! dit Derek en tapant des pieds, comme si ses chaussures étaient déjà couvertes de neige. Il va neiger, c'est sûr. » Sean a l'air malade, se dit-il. Il vieillit mal. Les yeux bien trop brillants. Éméché déjà, on dirait. Mauvais signe, qu'il s'y soit mis si tôt. Ah la la, pourvu qu'il ne nous fasse pas une de ses scènes...

« Il serait temps, dit Rachel. C'est rare de n'avoir pas eu le moindre flocon de neige à Thanksgiving. Salut, Katie ! »

Les baisers et les poignées de main se poursuivent un moment, puis Rachel dévoile son gâteau au chocolat : seul dessert qu'elle sache faire, mais succulent. Célèbre.

« Qui est aux commandes ici ? demande-t-elle. Où dois-je poser ça ?

— Sur la véranda, dit Patrizia. Le frigo est plein à craquer.

— Ça ne va pas geler, au moins ? »

Elle ressort avec le gâteau. Ils avaient fait l'amour sur cette véranda une fois, se souvient-elle, sans couvertures ni draps, se laissant râper la peau par les planches rugueuses, et, plus d'une fois, ils avaient pleuré ici dans les bras l'un de l'autre... Patrizia a les yeux rouges, se dit-elle. Est-ce qu'elle va mal ? Je n'ose pas lui poser la question : Theresa m'a dit qu'un de ses fils avait un problème de santé, assez grave. C'est peut-être simplement ses verres de contact. Ou le fait d'avoir passé l'après-midi aux fourneaux...

« Je ramène le bol de punch ?

— Oui, dit Sean. Son heure est venue. »

Il constate que les cheveux courts de Rachel sont plus sel que poivre maintenant, et que, vue de près, sa peau est craquelée de fines ridules, mais son visage aux os délicats et aux angles pointus n'a pas bougé : elle a toujours cet air fragile et lutin à la Audrey Hepburn... quel âge ça lui fait, deux ans de moins que

moi, quarante-cinq ans. (« Arriverai-je à la cinquantaine, docteur ? » « Je ne suis pas Dieu, monsieur Farrell. » « Ah d'accord. »)

Rachel ramène dans la maison le grand bol en cristal, faisant mine de chanceler sous son poids… Tiens !
ce serait drôle si, non, ça ne serait pas drôle du tout,
à peu près aussi drôle que le jour où Sean m'a lancé
un verre de whisky à la figure, ou le jour où il a secoué
une bouteille de champagne, avant de la débou-
cher entre ses cuisses pour m'arroser de sa semence
pétillante… Se livrait-il à ce genre de plaisanteries
avec ses autres amantes, ou me laissait-il le monopole
de son humour noir ? Elle pose le bol sur la table, traverse la cuisine et commence à sortir du placard les
verres à punch.

Sans la moindre hésitation, observe Derek. Après
toutes ces années, elle sait toujours où se trouvent les
verres de Sean. Et moi, je suis toujours jaloux. Las
d'être jaloux. Sean est une ruine. De plus en plus
voûté. Ne prend jamais d'exercice. Il faut rester actif,
c'est ce que je dis toujours à Violet en Floride. (« Pourquoi tu passes tes journées à traîner à la maison,
maman ? je lui dis. Pourquoi tu ne vas pas te baigner ? » « Me baigner, moi ? Tu dois être *meshugga*, j'ai
passé toute ma vie à Metuchen dans le New Jersey,
entourée d'autoroutes et d'usines, et mon fils voudrait
que je me transforme tout à coup en belle baigneuse.
Regarde-moi, j'aurais l'air de quoi dans un maillot ?
D'une ridicule, voilà. Une de ces folles obèses en
bikini, les Ours polaires, qui sortent sur la plage de
Coney Island en plein hiver et jouent à se lancer
de grands ballons en cuir. Me baigner. Non, mais. Il
veut que je me baigne, mon fils. Et pourquoi pas
voler, pendant que j'y suis ? Une blague. Mais je m'en-
nuie. La musique *klezmer*, je peux supporter une fois
par an, pas tous les jours. » « Pourquoi tu n'essaies pas
de lire, alors ? » « Lire ? Moi, lire ? Est-ce que j'ai jamais
eu le temps de lire ? C'est toi le lecteur de la famille,
c'est toi l'homme de lettres, ton père n'a jamais lu, il

était trop occupé à diriger son usine de prêt-à-porter pour que tu puisses aller à l'université et décrocher tes diplômes et lire autant que tu voulais, et même participer à un colloque au moment de sa mort. Alors pour toi, c'est bon – lis, lis ! Mais pour moi, non. »)

« Salut, Charles », dit Sean.

Derek s'était tenu à l'écart jusque-là, en appui contre la porte de la véranda, regardant les autres remplir leurs verres de punch mais n'écoutant pas leur badinage, entièrement absorbé par sa conversation avec sa mère en Floride. Maintenant il s'écarte d'un bond de la porte et laisse entrer l'invité suivant.

C'est de bon cœur que Sean serre contre sa poitrine cet homme-là : Charles Jackson, un Noir d'une quarantaine d'années, crispé et élégant, nouveau venu dans le département, qui a tout de suite plu à Sean parce que, bien que célèbre dans tout le pays pour un étincelant recueil d'essais intitulé *Noir sur blanc*, il a refusé de donner un cours de poésie afro-américaine. Insisté pour enseigner les poètes qu'il aimait, de Catulle à Césaire et de Whitman à Walcott.

Charles fait le tour de la cuisine en serrant machinalement les mains des convives : « Bonsoir... Enchanté... fait plaisir... » Il en connaît déjà certains mais, le cerveau commotionné par l'atroce dispute qu'il vient d'avoir au téléphone, il n'enregistre rien des noms ni des visages, n'entend que sa femme Myrna lui hurlant dessus depuis la maison à Chicago, qu'il n'a toujours pas fini de payer : « Non ! Tu ne les auras pas à Noël non plus, le juge a dit un mois l'été et c'est tout, *espèce de salaud* ! Pas de week-ends, *espèce de salaud* ! » Son vocabulaire semble s'être réduit à ces trois mots. « Je vais te traîner en *justice* ! » « Mais enfin Myrna, à t'entendre on croirait que j'ai commis un meurtre ! » « Justement ! *c'est* un meurtre ! Tu m'as tuée, *moi* ! Tu as tué ma *vie* ! Tu as tué mon *amour* pour toi ! Il est *mort* ! C'est *fini*, Charlie ! » « Ne m'appelle pas Charlie. » « Charlie Charlie Charlie ! C'est fini, mec ! T'es foutu ! Tu l'auras voulu, c'est toi qui as tout fichu en l'air ! Je t'enverrai les enfants par avion, mais je ne veux plus jamais te voir ici, tu m'entends ? Tu ne remettras plus les pieds dans cette maison !... » (De *cela* à *ceci*. De *cela* : un seul après-midi passé à explorer dans une chambre d'hôtel le délectable corps brun foncé d'Anita Darven, jeune poétesse de la Caroline du Sud invitée par l'université pour animer un stage de poésie – à *ceci* : un nouveau poste dans une nouvelle fac, à mille quatre cents kilomètres de ses fils Randall et Ralph... et, surtout, de sa fille Toni, prunelle de ses yeux, joyau de son cœur, nommée Toni parce que Myrna, à la différence de Charles, adulait la romancière Toni Morrison, petite Toni n'avait que trois ans, elle ne se souviendra pas de moi ni même qu'on a vécu ensemble, je serai son papa lointain, l'« *espèce de salaud* ».) Presque un an s'est écoulé et il ne se remet toujours pas du choc d'avoir été ainsi arraché à cette épouse, à cette maison, ces projets, cet avenir... Il en titube encore.

Debout immobile dans un coin de la cuisine, il revit l'horrible dispute, vidant deux ou trois verres de punch sans remarquer ni parler à personne... puis il voit Derek venir droit sur lui, comme les Blancs le font souvent quand ils voient les Noirs tout seuls, de crainte qu'ils ne se sentent exclus, arrivant donc à sa hauteur et disant :

« Rebonjour. »

S'il me demande comment je trouve l'université, se dit Charles, si je m'y habitue sans trop de mal, si elle est très différente de Chicago, je fous le camp au salon. Ou s'il dit la moindre chose à propos du punch.

« Ça ne va pas ? dit Derek. Excusez-moi, je vous connais à peine mais... vous avez l'air...

— Bah ! dit Charles, pris de court par sa sincérité. J'ai des problèmes avec mes gosses.

— Grands ou petits ?

— Petits.

— Petits enfants, grands problèmes.

— Et vous ?

— Oui, à vrai dire moi aussi j'ai des problèmes avec mes gosses.

— Petits ou grands ? demande Charles.

— Grands, dit Derek.

— Grands enfants, grands problèmes », dit Charles. Derek rit. « J'ai deux filles, poursuit-il. Dix-huit et vingt et un ans. Angela, l'aînée, est à Manhattan... en train de faire ce que font un million d'autres jeunes femmes à Manhattan.

— Elle rêve de devenir comédienne, dit Charles.

— Exactement.

— Et travaille comme serveuse en attendant.

— Dans le mille.

— Et celle de dix-huit ans ?

— Marina. Oui, c'est elle qui me donne des soucis. Elle ne mange rien.

— Tient ça de sa mère ? demande Charles, lançant un regard vers Rachel émaciée qui, de l'autre côté de la pièce, vient de glisser deux cigarettes entre ses lèvres, de les allumer toutes deux et d'en tendre une à Sean.

— Non, dit Derek. Non, Rachel n'est pas la mère de mes filles. Leur mère est partie quand elles étaient petites.

— Ah bon.

— Marina s'est évanouie en classe l'autre jour, poursuit Derek. Elle étudie à Sarah Lawrence, à Bronxville. Elle se spécialise dans l'holocauste.

— Ah. C'est sa spécialité. L'holocauste.

— Mm-hm.

— À propos, vous ne trouvez pas qu'on devrait avoir un département d'esclavage ici ? Sérieusement. Instaurer des doctorats en esclavage avancé ?

— Bonne idée, dit Derek.

— Genre : grâce à un cours intensif, j'ai enfin accumulé assez d'UV pour mon DEA en torture, et d'ici un an ou deux j'espère décrocher une maîtrise en génocide. »

Les deux hommes sirotent leur punch un moment.

S'il veut me parler de ses enfants, se dit Derek, il le fera. Maintenant ou plus tard. Ou pas. Jamais.

La sonnerie retentit à nouveau : c'est Beth et Brian («les Poilus», comme Sean les appelle, à part lui, parce que Brian porte une barbe fournie d'avocat gauchiste et que Beth a gardé, de sa période baba cool, les cheveux longs et frisés) – et la cuisine est soudain très remplie : leurs gros ventres, leurs voix fortes et leurs rires forcés occupent de la place, produisent un changement d'ambiance... Ne gâche pas tout, Beth, se dit Sean; ça commençait juste à prendre de l'allure. Ils ont amené dans leur voiture Aron Zabotinsky le boulanger, beau vieillard décharné qui entend mal et parle peu mais dont les yeux saphir brillent d'éloquence... Presque octogénaire maintenant, se dit Sean, non, largement octogénaire, né à Odessa avant la révolution; tous les habitants de la ville le vénèrent pour la perfection de son pain de seigle et ses *bagels*, mais c'est également un connaisseur de poésie : Brodsky, Milosz, moi.

Remue-ménage de manteaux, d'écharpes et de gants : «Commence à faire sérieusement froid, répètent-ils tous. Il va neiger, il va neiger.» Que ferait-on, se demande Sean, si on n'avait pas la météo comme sujet de conversation? Une fois, il avait eu une brève aventure avec une fille de Port-au-Prince et quand il lui avait dit, lors de leur première conversation téléphonique : «Ma maison est enveloppée dans un linceul de brouillard... Quel temps fait-il là-bas?» elle lui avait ri au nez. «Désolé, Sean, change de sujet. En Haïti il fait toujours le même temps, chaud et ensoleillé!» «Vous parlez de quoi alors, pour ne rien dire?» «Des assassinats politiques. Tu as vu qu'un tel vient d'être lynché à Cité Soleil?» Il a oublié le nom du politicien assassiné ce jour-là. La fille avait un joli nom, en revanche : Clarisse. Ça, je ne l'ai pas oublié, m'man. *Can't take that away from me.*

Beth est en train de sortir des petits sacs des grands – ah oui, les amuse-gueule : chips *nacho*, *guacamole*, cacahuètes, bretzels, le tout marqué «allégé en matières grasses», «peu de calories», «peu de cholestérol», «peu de sel»... Les yeux étincelant d'ironie, Rachel rencontre le regard de Sean... puis se tourne vers le placard pour chercher des bols où entasser ces péchés insipides, ces dangers dilués, ces transgressions calibrées.

Beth est dans un état de détresse contrôlée et de convoitise incontrôlable. Oh mon Dieu, cet énorme repas devant nous et que vais-je réussir à refuser? Ses yeux enregistrent la tarte à la citrouille sur le comptoir, ses narines lui transmettent les odeurs de dinde et de patates douces, Aron a apporté toutes sortes de pains frais, sans parler du gâteau au chocolat de Rachel qu'elle a vu en passant sur la véranda... D'ici minuit, se dit-elle, j'aurai absorbé dix mille calories et pris cinq kilos, j'aurai la nausée, je serai définitivement dégoûtée de moi-même et de toute chose comestible, Vanessa refuse que je vienne la voir dans sa pension, elle dit qu'elle m'aime mais qu'elle a honte, elle ne veut pas qu'on sache que je suis sa mère, oh je n'aurais jamais dû accepter cette invitation, je n'aime pas Sean Farrell de toute façon, ne l'ai jamais aimé, les alcooliques et les boulimiques sont trop semblables, au moins quand je m'empiffre je ne deviens pas méchante, seulement malheureuse, je voudrais disparaître, me retrouver seule dans le noir, passer le reste de ma vie à hiberner dans ma grotte de graisse.

Patrizia pardonne à Beth tous ses défauts, au physique comme au moral, parce que c'est vers elle qu'elle s'est tournée lors de la terrible maladie de son amie Daniela, elle qu'elle a interrogée ces derniers temps au sujet du tibia de Gino – et, lors de chacun de leurs échanges, au téléphone, au café ou à la caisse du supermarché, Beth a su parler à Patrizia de ce qui se passait dans le corps de ses proches avec calme et précision. Dans ces moments-là, on ne veut pas entendre des banalités comme «tout va s'arranger» ou «il n'y a pas de quoi fouetter un chat» : on veut que votre histoire soit prise au sérieux, saisie et analysée par quelqu'un qui vous connaît et qui s'y connaît ; on veut, s'il le faut, se préparer au pire.

Pauvre Beth, se dit Rachel. Elle évite de rencontrer le regard des autres, ses yeux zigzaguent d'une casserole à l'autre – vais-je manger *ça* ? Vais-je vraiment manger *tout ça* ? Oh ! je connais bien sa terreur. Même si elle ne le croirait jamais, je suis, de toutes les femmes présentes, celle qui la comprend le mieux. S'affamer et s'empiffrer sont les deux faces d'une même médaille, l'essentiel étant l'animosité permanente et implacable entre votre corps et la nourriture. Lin et moi à dix-sept ans, rivalisant pour voir laquelle de nous deux pouvait tenir avec le moins de calories. Au petit déjeuner : rien. Au déjeuner : une demi-pomme. Au dîner : un yaourt. Maîtrise, maîtrise. On aurait voulu faire comme ces yogis indiens : avaler l'un des bouts d'un long ruban, le faire avancer à travers notre appareil digestif, centimètre par centimètre, l'expulser par le bas puis le tirer d'avant en arrière pour nettoyer jusqu'à la moindre impureté en nous. Oui, on aspirait à la lucidité et la limpidité, à la domination totale de la matière par l'esprit. Et, même si je ne compte plus les calories, j'éprouve encore une satisfaction perverse à manier ces amuse-gueule en sachant que mon corps n'en absorbera pas la moindre parcelle.

Tout en remplissant les bols de ces mets impurs, Rachel remarque que Derek est parti au salon. Il ne supporte pas, se dit-elle, de voir comme je suis encore à l'aise dans cette cuisine, comme mes mains se tendent automatiquement vers la bonne étagère pour attraper le bon objet. (Certaines choses que Sean et elle avaient achetées quinze ans plus tôt sont toujours là : les grands verres turquoise de Rockport, les assiettes noires de Soho ; rappels de ces brèves semaines au cours desquelles ils avaient cru pouvoir se rendre heureux en dépit des mille preuves flagrantes du contraire, notamment le fait que tous deux pataugeaient depuis l'enfance dans les eaux glauques de la mélancolie et avaient peu de chances de se transformer en hédonistes hilares du jour au lendemain, quelque époustouflants que pussent être les miracles opérés par l'Amour. « *Amour* », disait justement Dieu, dans le poème de Ted Hughes que Sean lui avait lu une nuit, une de ces terribles nuits noires au cours desquelles ils avaient mélangé gin et vodka et sperme et larmes jusqu'à ce que non seulement leur tête mais leur âme et tout leur être semblent sur le point d'éclater – et Corbeau, l'élève stupide de Dieu, au lieu de répéter *Amour*, n'avait fait que se convulser, bâiller et roter, engendrant ainsi l'Homme. « Bâiller et roter, railler et botter… » Ivre mort, Sean avait longuement formé et déformé les mots du poème dans l'oreille de Rachel… Et moi je devais me lever à l'aube pour donner un cours sur Aristote ; lui n'avait jamais besoin de se lever tôt le matin mais moi si… puis il s'endormait comme une souche et se mettait à ronfler.)

Elle se dirige vers le salon avec le plateau chargé d'amuse-gueule. S'arrêtant devant Charles et Patrizia, elle le leur présente avec une petite révérence ironique ; ils se servent, et, à les voir se lécher involontairement le sel sur leurs lèvres, elle *devient*, bizarrement, ce sel – mais c'est une impression fugace et ineffable, qui se dissout avant que Rachel ait eu le temps de la saisir.

« Et vous ? demande Patrizia à Brian et Beth, remplissant leurs verres de punch avec la prestance professionnelle d'une serveuse de bar ou d'un curé pendant l'Eucharistie. Où sont vos enfants ce soir ? »

Brian vide son verre cul sec, s'essuie les moustaches et lui tend le verre à nouveau, tandis que Beth demande, méfiante : « Il y a de l'alcool ?

— Oh, à peine ! dit Patrizia, mentant avec effronterie. Alors, reprend-elle, comment se fait-il que vous soyez sans enfants, un soir de Thanksgiving ? Vous n'êtes pas divorcés ; vous n'avez même pas l'air séparés ! »

Elle veut être drôle ? se demande Brian. C'est pas drôle du tout. Derechef, il vide son verre et s'essuie la barbe. (Il a pris la décision de se saouler rapidement ce soir, dans l'espoir que le ronron de l'alcool dans sa tête diminuerait un peu son acouphène, ce bourdonnement qu'il entend depuis de longues années dans l'oreille droite.) D'une part, elle oublie que je suis bel et bien divorcé, que Cher ma fille aînée a trente ans, habite Palo Alto et n'a pas daigné m'adresser la parole depuis huit ans ; d'autre part, Jordan est en taule à nouveau. Bon, d'accord, ça, je peux le lui dire.

« Jordan est en taule à nouveau, fait-il.

— Oh ! dit Patrizia, ses yeux s'emplissant aussitôt de sympathie. Je suis navrée. »

Et, troisièmement, Vanessa a préféré passer Thanksgiving chez une amie à Manhattan plutôt que de se colleter avec la boulimie de Beth.

« Et Nessa passe le week-end chez une camarade de classe », ajoute-t-il platement, comme si c'était la chose la plus naturelle du monde, comme si deux cent cinquante millions d'Américains n'avaient pas fait tout leur possible pour être *près* plutôt que *loin* de leur famille ce soir.

Traversant le salon, Rachel tend le plateau vers Aron « le Vieux Sage », qui s'est installé dans le fauteuil à bascule de Sean. Aron lève les yeux vers elle, la reconnaît et lui sourit tout en hochant négativement la tête. Rachel est une de ses clientes les plus fidèles. Chaque dimanche, à dix heures sonnantes, elle ouvre la porte de sa boulangerie – nommée *Tinsky's* parce que Aron s'était vite lassé d'épeler Zabotinsky pour les Américains – achète trois *bagels* et un pain de seigle et repart en le saluant avec chaleur. (Aron ne l'a dit à aucun habitant de cette ville ni de cet État ni de tout l'hémisphère nord, mais il n'a pas toujours travaillé comme boulanger, à vrai dire il n'a appris ce métier qu'assez récemment, il y a vingt ans, lorsque, ayant pris sa retraite comme professeur d'anthropologie sociale à l'université de Durban en Afrique du Sud, il a immigré aux États-Unis – d'abord dans le Connecticut où il avait de la famille, ensuite ici. «Je ne suis pas de ceux qui délaissent leur patrie…» Comme le vers d'Anna Akhmatova le tourmentait, lui cognant jour et nuit dans le cerveau, il avait décidé de ranimer les gestes datant d'un demi-siècle plus tôt, d'avant le premier exil, quand, aux côtés de son père à Odessa, il avait appris à tresser le pain pour la Pessah, à façonner la pâte des *bagels* en anneaux épais et à les glisser dans de l'eau salée pour les ébouillanter avant de les faire cuire au four, à les saupoudrer ensuite de graines de sésame ou de pavot ou d'oignons finement hachés ; à entasser les couches successives de pommes, de noix, de raisins secs et de pâte feuilletée pour les *strudels* de noces… Ah ! la vue des grandes mains rougies de son père en train de retirer les plateaux brûlants du four, puis de glisser la pelle en bois sous les pains et de les faire tomber dans le grand panier en osier pour attendre la bénédiction du rabbin… En 1931, quand Aron avait seize ans, la famille avait réussi à fuir l'Ukraine grâce à quelques pots-de-vin et à la proximité de la mer Noire. Son père ignorait tout de l'Afrique du Sud à l'époque mais, comme l'Ukraine souffrait de graves problèmes d'économie et d'estomac en raison du réquisitionnement du blé, il avait été content de pouvoir s'en laver les mains et rejoindre avec sa famille Pretoria, où son frère possédait déjà une grande usine de montres.)

« Comment vont les affaires ? » demande Leonid, essayant d'attirer Aron dans la conversation avec Sean au coin du feu ; mais Aron n'a envie de rien dire pour le moment. (Leurs villes natales d'Odessa et de Choudiany ne sont pas plus éloignées l'une de l'autre que Boston et Detroit, et cela crée entre Aron et Leonid un lien ambigu, ce lien qui unit tous ceux ayant vécu dans l'ombre de l'Union soviétique pendant ces années tendues, mensongères et meurtrières ; Aron sait que Leonid n'est pas juif et, étant donné la longue et glorieuse tradition antisémite des Biélorusses, il ne tient pas trop à l'interroger sur sa jeunesse ; ils n'ont jamais évoqué le passé dans le détail car ils savent combien les détails, en l'espèce, peuvent être accablants et, de toute manière, Aron est un homme de silences et de secrets, Leonid est même surpris de le voir ici ce soir – non, à bien y réfléchir ce n'est pas si surprenant, car il est de notoriété publique qu'Aron est un connaisseur de poésie : en entrant chez *Tinsky's*, Leonid a plus d'une fois remarqué un recueil de Sean dépassant de la poche du boulanger. Leonid lui-même ne comprend rien à la littérature : il aime les poèmes de sa femme parce qu'il aime sa femme, point à la ligne.)

« Bien, bien », dit Aron. C'est vrai, les affaires marchent bien et il ne désire rien dire de plus ; désire, maintenant qu'il est dans la phase ultime de la vie, se reposer et renoncer aux bavardages, à tout ce qui est superflu et superficiel : ces amuse-gueule que fait circuler Rachel, par exemple. (Bien qu'athée, il a toujours pensé qu'il y avait quelque chose de magnifique dans la préparation des mets selon des lois sacrées, leur bénédiction par le rabbin – les vaches et moutons abattus comme ceci, le blé moulu comme cela, pour rester en accord avec le Très-Haut. Sa femme Nicole, née catholique dans l'île de Groix en Bretagne et convertie aux idéaux communistes par ses études de philosophie à la Sorbonne dans les années trente, n'avait jamais compris le respect que témoignait Aron pour les rituels religieux. Elle-même n'y voyait que salmigondis et charabia, une ruse pour distraire les pauvres des réalités de leur souffrance. « Mais quel mal y a-t-il à cela ? lui demandait Aron. Tous les esprits humains, et pas seulement ceux des opprimés, ont besoin de décoller du réel de temps à autre… Faut-il priver le prolétariat de son unique bonheur : sa capacité de léviter, de sacraliser son existence ? » Aron lui-même n'a jamais oublié la magie de cet instant où, chaque vendredi soir, il regardait sa mère allumer les bougies…)

« Encore un peu de punch, Aron ? » demande Katie. Mais le boulanger n'a même pas touché à son verre ; il lui sourit sans répondre, et Katie s'éloigne.

« Quel coup de génie, dit Derek, venant s'accroupir près du fauteuil à bascule d'Aron. Non, sérieusement. Un coup de génie, d'avoir ouvert une authentique boulangerie de *shtetl* au beau milieu de cette ville remplie de yuppies wasps. Jusqu'à votre arrivée, j'ignorais à quel point les vrais *bagels* me manquaient ! C'est vrai, on ne se rend pas compte ! On se laisse imposer n'importe quoi. Des *bagels* à l'ananas, des *bagels* au chocolat, des *bagels* sans calories... Vient le jour où on s'abaisse jusqu'à acheter un *beignet* ! Et puis, quand revient le *Bagel* En Soi, c'est tellement bon qu'on en pleurerait. On ne peut plus quitter notre lit le dimanche matin, Rachel et moi, sans la perspective d'un brunch de chez *Tinsky's*. »

Aron le gratifie d'un sourire. Il voit que Derek est vite devenu mal à l'aise dans sa position accroupie : les Zoulous peuvent rester ainsi des heures d'affilée, même les plus vieux et les plus décrépits d'entre eux, mais, chez les Blancs, c'est une position qui dénote la jeunesse et Derek n'est plus jeune, il peut feindre une ou deux minutes de l'être, mais ensuite les muscles de ses cuisses se tétanisent et sa ceinture lui scie la panse et là il est devenu urgent qu'il change de position, soit pour s'asseoir sur le tapis, soit pour se remettre debout, tout dépendra de la manière dont Aron réagira à ses compliments, mais Aron n'y réagit pas, il se contente de sourire en se balançant dans le fauteuil comme un petit vieux, prenant un plaisir vaguement sadique au spectacle d'inconfort offert par l'homme accroupi.

Enfin Derek se redresse, si difficilement qu'Aron entend presque craquer ses genoux, et répète : « Sérieusement, un coup de génie. »

Plus sourd que je ne croyais, se dit-il, en se détournant d'Aron. Ou alors il a décidé de baisser son appareil acoustique pour prendre un bon bain de silence.

Il l'a bien mérité – il y a droit, j'imagine. J'aurais bien aimé offrir quelques années de silence à mon père avant sa mort. Un écrivain français – Queneau? Quignard? – a fait remarquer que les oreilles n'ont pas de paupières. On peut choisir de fermer les yeux, non les oreilles. Les oreilles nous rendent vulnérables aux autres, nous mettent à la merci de leur insolence et de leur mauvais goût. Pauvre Sidney. Si tu avais pu écouter autre chose que les machines à coudre du matin au soir et Violet du soir au matin, ç'aurait été quoi? De la musique? Mmh, pas évident… Pas cette musique-là, en tout cas. Tu n'as jamais aimé le jazz, tu trouvais ça vulgaire. Regarde la collection de disques de Sean… rien qu'en jazz, il doit y en avoir un bon millier. Tu n'aimais pas beaucoup les Irlandais non plus, hein? Tu disais que c'étaient des *schnorrers*. « S'ils ont envie de passer la journée à traîner dans les pubs et à chanter, ça les regarde. Moi, j'ai du boulot. » Tu avais raison, d'ailleurs : Sean est un *schnorrer* au sens propre. Heureusement qu'il ronfle la nuit, sinon Rachel n'aurait peut-être pas trouvé le courage de le quitter, et je n'aurais pas eu de deuxième épouse. Elle disait qu'elle était prête à mourir pour lui, mais pas à l'écouter ronfler à trois heures du matin. C'était injuste, disait-elle. Ils se disputaient la moitié de la nuit, ensuite lui se mettait à ronfler et elle restait là jusqu'au matin sans fermer l'œil. Au réveil, Sean était prêt à se réconcilier et Rachel était une loque, brisée, suicidaire.

« Et toi, Derek? Je te ressers? » demande Katie.

Il lui tend son verre avec un grand sourire. « Comment vas-tu, Katie? J'ai l'impression que ça fait un siècle qu'on ne s'est pas vus…? » Il espère que ce n'était pas à l'enterrement de David. C'était quand au juste? se demande-t-il. Deux ou trois ans déjà. (Le temps passe vite sur le campus, surtout depuis que les filles sont parties et que les saisons ne sont plus scandées par leur passage d'une année à l'autre à l'école. Toutes les années se ressemblent, le calendrier des examens et des vacances tourne et tourne, de façon aussi inepte et inexorable qu'un hamster dans sa cage; les jeunes étudiants déferlent, vague après vague, chaque année plus blonds et un peu plus fades, lui semble-t-il, ayant moins lu et moins réfléchi – étant moins prêts, surtout, à faire un effort pour comprendre les textes. « Spinoza aurait dû revendiquer sa judaïté » : voilà ce qu'ils disaient maintenant.)

« Non, il n'y a pas si longtemps que ça, dit Katie. On s'est croisés l'an dernier à la fête du 4-Juillet, tu te rappelles ?

— Ah, bien sûr, dit Derek.

— Tu as même dansé avec moi ! » dit Katie.

Il se rappelle cela aussi – mais il a beau sourire et hocher la tête, il n'arrive pas à réprimer une vague de pitié pour les Korotkov. (*La pire chose, la pire chose possible* : ces mots lui reviennent en mémoire – David Korotkov avait été au lycée avec sa fille Angela; il avait même joué du violon pour l'un de ses spectacles de danse... et puis... il était *mort*. Derek avait été parmi les premiers à l'apprendre, Theresa la femme de ménage le lui avait dit, le lendemain du jour où Katie et Leo avaient retrouvé le corps – « David Korotkov est mort » – le mot l'avait frappé comme un coup de poing au ventre, lui soulevant tout le corps, le laissant estomaqué convulsé chamboulé, et il s'était dit que *cela*, perdre un enfant, était la chose la pire qui puisse arriver à quelqu'un... Aussitôt, il avait extrapolé follement à ses propres enfants, se demandant si ses filles n'étaient pas en train de se shooter, elles aussi, si Marina ne s'injectait pas de l'héroïne dans les veines à cet instant précis... « David Korotkov est mort »... et, à mesure qu'il répétait cette phrase, répandant la nouvelle parmi leurs amis, il avait remarqué, consterné, que l'émotion la quittait peu à peu, que le fait de raconter l'histoire, encore et encore, la transformait en une fiction; il disait toujours « la pire chose, la pire chose qui puisse arriver », mais il ne ressentait plus la *vérité* de cette idée; en l'espace de quelques heures, la douleur avait cessé de le toucher. Il regardait le visage des autres s'emplir d'horreur, se transformer sous l'effet du choc, et il leur enviait leur émotion, honteux de voir la rapidité avec laquelle la sienne s'était retirée de l'événement pour aller se cacher derrière les mots ; *comment cela était-il possible ?* Et là, ce soir, plus trace de douleur ; plus rien que de la pitié.)

Katie est allée rejoindre son mari ; elle se penche sur lui, l'homme de sa vie, et dépose un baiser sur les frisettes gris-blanc de sa nuque rose : « Et toi, mon ange ? Un verre de punch ? Ah non, vous êtes au whisky, vous autres, il vaut mieux pas mélanger. »

Leonid lève une main derrière lui et s'empare fermement de la tête de sa femme, lui encadrant la mâchoire d'abord puis glissant les doigts parmi ses cheveux blancs et lui massant le cuir chevelu comme pour lui dire, avec le bout de ses cinq doigts : *Je suis là, tout va bien.*

« Oui, je suis pas mal rond déjà, dit-il tout haut. Entre la musique, le Chivas et la conversation pétillante de Sean…

— Scintillante, pas pétillante, dit Katie.

— Pour moi elle est pétillante, comme du champagne, insiste Leonid, toujours sur la défensive à l'endroit de sa maîtrise de l'anglais. Quelle heure peut-il bien être, d'ailleurs ? Je meurs de faim. Tout le monde est là ? »

Sa riche et belle voix de basse porte jusqu'aux oreilles de Patrizia à la cuisine, et celle-ci s'écrie en protestant : « Non non, pas encore ! On n'est pas prêts ! La table n'est même pas mise ! »

V

CHARLES

CHARLES SERA le dernier à partir. Il a quatre longues décennies devant lui. Argent, célébrité, und so weiter. *Mais ses trois enfants ne feront que s'éloigner de lui de plus en plus, ne venant le voir que parce qu'ils y sont contraints, venant le moins possible – mal à l'aise, les uns et les autres, quand ils se retrouvent ensemble, parce qu'ils n'ont plus les mêmes mots, ni les mêmes manières. Il se remariera deux fois, mais n'aura plus d'enfant. Plus jamais d'enfant vivant dans la même maison que Charles, en train de rire ou de pleurer ou de jouer, de courir dans les escaliers ou de se réveiller en pleine nuit, les yeux voilés par la fièvre... Peut-être pour compenser cette perte, il publiera plusieurs livres, excellents, sur la possibilité d'amour, de désir et de passion entre Blancs et Noirs, pas toujours et exclusivement le viol et la possession,*

même dans les siècles passés, même sous l'institution de l'esclavage. Une plaidoirie pour que la peau café au lait (comme celle de ses enfants) puisse parfois signifier, au lieu de scission suicidaire et haine de soi, un double héritage d'amour.

Un homme malheureux, dans l'ensemble.

Il ne sentira rien du tout. En l'espace de quelques secondes, sa troisième épouse sera veuve, et les ébauches de poèmes éparpillées sur son bureau, un recueil posthume.

Grande maison élégante dans le quartier le plus cossu de La Nouvelle-Orléans. (Oui : c'est la faculté de Tulane qui, en fin de compte, lui a fait l'offre la plus lucrative.)

Ah ! malgré tout, c'est avec plaisir qu'il s'installait chaque jour à son bureau, préparait ses cours, consultait des livres de poésie et d'histoire et prenait des notes en rêvassant, les yeux fixés sur la petite cabane des esclaves à l'autre bout de la pelouse, qui ne contenait plus que des outils de jardinage... Regardez comme c'est beau, tout cela : le vent léger, qui entre par la fenêtre ouverte, fait onduler les rideaux, feuillette les pages des livres posés sur la table de travail... Dehors, sous l'effet d'une averse récente, les plantes vertes luxuriantes dégouttent et se balancent encore... Sur la véranda : une paire de vieilles pantoufles dans lesquelles Charles devait glisser les pieds à son retour. Sauf que, cette fois-ci, il n'y aura pas de retour. Charles est couché sur la chaussée brûlante, face contre terre. Ses lunettes ont volé à plusieurs mètres de l'impact de la moto qui, après l'avoir heurté, est repartie en trombe. Ah, mon ami... il n'aurait pas fallu quitter le rebord du trottoir ! Mais la collision n'a même pas eu le temps de s'enregistrer dans son cerveau : la libération subite d'une forte quantité de glutamate a éliminé de la mémoire de Charles toute trace des dix minutes précédentes, minutes au cours desquelles il avait distraitement préparé sa serviette et, après un passage aux toilettes, s'était dirigé vers la rue. S'il y avait eu des témoins, ceux-ci auraient entendu le bruit de son crâne en train de se fendre. Plusieurs vagues idées poétiques y flottaient encore, en attendant qu'il vienne les examiner de près et les développer en vers. Tout cela s'est déversé sur l'asphalte chaud : l'image de son chausse-pied, celle du tablier de madras de sa maman et de la gelée de pomme sauvage de sa grand-maman, les étonnants plis et replis de la terre rouge dans le canyon de Chelly – exposés, évaporés, de l'air.

VI

LES RETARDATAIRES

« ON ATTEND encore Hal et Chloé, dit Sean au même moment.

— Qui est Chloé ? demande Katie. Non... Ne me dis pas que Hal s'est encore acoquiné avec une nymphette !

— Je vais mettre la table », dit Charles, que Myrna, au cours de leurs dix années de mariage, avait initié aux joies de la vie quotidienne (les courses, la cuisine... et surtout le soin de petits enfants) – pour les lui arracher, ensuite, dès son premier faux pas. « Dites-moi où se trouvent les assiettes. Ça me fera plaisir de mettre la table. » Cela lui rappellera le temps jadis, d'avant, l'époque où il avait encore une famille à nourrir et une femme à aimer et toutes ces choses qui, s'en aperçoit-il maintenant, lui tenaient infiniment plus à cœur que sa titularisation et les chiffres de vente de ses livres ou son nom dans le *New York Times*. Il n'écoute pas les autres parce qu'il ne connaît pas Hal Hetherington et ne s'intéresse donc pas encore aux vicissitudes de sa vie amoureuse.

« Si si, dit Sean, sauf que cette fois il l'a épousée et lui a donné un enfant.

— Non ! s'exclame Patrizia. C'est *ça*, le mineur dont tu me parlais tout à l'heure ? L'enfant de *Hal Hetherington* ? Je ne te crois pas.

— J'ai horreur de cette expression « lui donner un enfant », dit Beth. Comme si c'était le sien qu'il donnait. Comme s'il l'avait porté en lui d'abord, puis avait généreusement décidé de le passer à sa femme.

« Pas de discours ce soir, ma jolie, dit Sean.

— Je ne suis pas ta jolie, dit Beth en rosissant de colère. Je t'interdis de m'appeler ta jolie.

— Vous voulez bien arrêter vos chamailleries, tous les deux ? dit Patrizia. On est au beau milieu d'un ragot palpitant et j'ai envie d'en savoir plus. Sérieusement, Sean. Raconte l'histoire.

— Il est trop vieux pour être père, marmonne Beth.

— Je ne la connais que dans ses grandes lignes, dit Sean. Vous vous rappelez que Hal était parti à Vancouver, il y a deux ans, en congé sabbatique, faire des recherches pour son nouveau roman. Eh bien, le destin l'attendait, là-bas, sous la forme – une forme plutôt ravissante ai-je cru comprendre – d'une certaine Chloé. Donc, ayant demandé et obtenu de l'université une rallonge exceptionnelle, il l'a épousée et amenée en voyage de noces sur la côte ouest. Leur fils est né à Santa Barbara, paraît-il.

— Tu n'as pas encore rencontré la Chloé en question ? dit Leonid.

— Eh non. Il me la cache.

— Quel âge a-t-elle ? demande Rachel.

— Vingt-trois ans.

— *Vingt-trois ans ?* s'écrie Beth, ahurie. Et il a quoi, Hal, cinquante-cinq, dans ces eaux-là ? Mon Dieu, il pourrait être son père !

— Je croyais qu'il était trop vieux pour être père, dit Sean.

— Va te faire cuire un œuf », marmonne Beth.

Il y a un moment de silence, au cours duquel tous les invités (à part Aron Zabotinsky, qui n'écoute pas mais, l'appareil auditif baissé, fixe le feu de cheminée en pensant à ce poème de Pouchkine que lui récitait sa mère quand il était petit, elle le balançait sur ses genoux au coin du feu et lui chantonnait la terrifiante mise en garde, aussi doucement que s'il s'agissait d'une berceuse : *Ô gore, gore nam ! Vy deti, ty zhena !/Skazal ja, vedajte : moja dusha polna/Toskoj i uzhasom ; muchitel'noe bremja/Tjagchit menja. Idjët ! uzh blizko, blizko vremja :/Nash gorod plameni i vetrom obrechën ;/Onv*

gli i zolu vdrug budet obrashchën, I my pogibnem vse,
kol'ne uspeem vskore/Obrest'ubezhishcha; a gde?
o gore, gore [1]*!*, elle savait donc, se dit Aron, qu'on allait
devoir fuir) tentent de se mettre au diapason pour se
préparer à l'arrivée d'une personne jeune. Mal à l'aise,
ils se demandent comment cette Chloé va les perce-
voir. Et ils connaissent la réponse : comme des vieux.
Même Patrizia, la cadette du groupe, est plus âgée de
moitié que la nouvelle épouse de Hal. Alors qu'en réalité, vieux, ils ne le sont *pas* – et s'accordent, s'entendent entre eux là-dessus. Au fil des ans, ils ont vu
apparaître les uns chez les autres rides, bourrelets,
cernes, poches, bosses, doubles mentons... mais,
chaque fois qu'ils se voient, ils effacent ces marques
avec magnanimité, les oublient, parviennent à se faufiler derrière elles, ou plutôt en dessous, à l'intérieur,
jusqu'à l'essence et à l'âme. Et là, on vient de les
condamner à exposer, malgré eux, leur corps ce soir :
leur corps décati, objectivé, jugé. Merde, Sean. Pas
sympa de ta part, de nous avoir réservé cette surprise.

(Mais comment Sean aurait-il pu ne pas inviter
Hal ? De grands noms sur le campus l'un et l'autre,
ayant partagé deux décennies d'étudiants et de réunions et de débats littéraires, le frêle et tremblant
poète irlandais alcoolique et le romancier corpulent
et bruyant originaire de l'Ohio sont devenus de grands
amis presque malgré eux. En son for intérieur, chacun
en veut à l'autre d'avoir été le témoin de son absence
de courage et d'initiative au long des années : car tous
deux ont préféré se planquer, se cacher, profiter de
leur sinécure de luxe dans cette fac en pleine cambrousse... plutôt que de vraiment vivre, de vraiment
sauter à pieds joints dans l'existence. Ponctuellement,

---

1. « Ma femme et mes enfants ! Malheur sur nous, malheur ! /
Apprenez-le : mon âme est pleine de terreur / Et d'un chagrin hor-
rible : un lourd fardeau m'accable, / Me torture. Elle vient, cette
heure inéluctable : /Notre ville est vouée à la flamme et aux vents, /
Elle sera réduite en décombres fumants / Et nous périrons tous.
Malheur ! Vers quel asile / Diriger notre fuite, ô destinée hostile ?»

l'un ou l'autre se lance dans une tentative de vie de couple, échoue lamentablement et retourne à ses bouquins ; ils n'apprécient pas trop, du reste, les écrits l'un de l'autre ; Sean trouve les romans de Hal verbeux, boursouflés et désespérément réalistes tandis que les poèmes de Sean, selon Hal, sont d'une opacité rebutante pour ne pas dire maladive ; encore moins apprécient-ils leurs conquêtes féminines respectives : les blondes idiotes dont s'éprend systématiquement Hal n'inspirent à Sean que de l'ennui, et Hal est intimidé par les brillantes femmes névrosées qui suscitent l'intérêt de Sean… N'empêche que, cahin-caha, les deux hommes sont très amis.)

Le front baigné de sueur, Katie s'est assise sur le tapis pour s'adosser contre la cuisse de Leonid, et celui-ci, de sa main droite à la peau rugueuse, lui caresse les cheveux. Il sait ce qu'elle se dit : vingt-trois ans, c'est tout juste l'âge de notre Alice, et vingt-trois ans c'est l'âge de David à sa mort, s'il avait vécu il aurait vingt-cinq ans maintenant mais étant mort il aura vingt-trois ans à tout jamais, c'est la courbe définitive de son destin, de zéro à vingt-trois, une petite courbe enserrée à l'intérieur des courbes plus longues de la vie de ses parents au lieu de les entrelacer et de s'élancer au-delà, comme elle était censée le faire.

Et voilà que cette inconnue va débarquer ici, une fausse note dans la musique si soigneusement orchestrée et dirigée par Sean : cette Chloé, âgée de vingt-trois ans, la seule à ne rien savoir de nous, la seule à ignorer que la mère de Sean est morte d'Alzheimer l'été dernier, que la drogue nous a enlevé notre fils d'une façon horrible il y a deux ans, que les tantes et les oncles de Rachel ont été gazés à Birkenau, que Jordan le fils adoptif de Brian et de Beth est en prison pour vol, que Charles est dans les affres d'un divorce… Et la présence, ici ce soir, d'une personne jeune et innocente et pleine d'espoir maintiendra par nécessité la conversation à son niveau le plus banal : météo et politique, avec de vagues commentaires de films en guise d'épice culturelle. Une erreur, Sean, se dit Katie, d'avoir invité cette Chloé ici ce soir ; ou alors une erreur, Hal, de l'avoir épousée et amenée parmi nous. Dès qu'elle mettra les pieds dans cette pièce, les femmes deviendront crispées et garces et les hommes rivaliseront bêtement pour lui plaire... Oh Dieu je t'en prie, fais qu'elle ne vienne pas, fais par exemple que leur retard soit dû à une maladie de leur enfant – non, ne jamais souhaiter la maladie des enfants ; fasse alors qu'il y ait eu une urgence, le père de Chloé est en train de mourir et ils ont dû sauter dans un avion pour Vancouver – non, ne jamais souhaiter la mort des parents ; mais, bon, tu vois ce que je veux dire, Dieu, fais en sorte que cette jeune femme ne vienne pas.

« Il est presque sept heures, dit Rachel, sans consulter sa montre. Peut-être qu'on devrait se mettre à table quand même ?

— Oui, sans quoi la dinde risque d'être trop cuite, dit Patrizia. Les blancs *et* les cuisses. » (Elle rit toute seule, puisqu'elle est la seule à être au courant du dilemme évoqué dans *Joy of Cooking*.)

Juste à ce moment, des phares balaient les fenêtres et un klaxon retentit : TA, ta-ta TA-TA – TA-TA.

« Voilà Hal ! dit Katie.

— Ça doit être eux », dit Charles, à moitié pour lui-même. Il essaie de se blinder, saisi d'angoisse à l'idée de voir un bébé ce soir, alors que ses propres enfants se trouvent au loin, qu'ils grandissent et se transforment désormais sans lui, « espèce de salaud », alors qu'il s'était juré qu'il ne serait pas comme son propre père, toujours absent, en voyage, occupé, travaillant pour la Cause, rédigeant des discours pour le King, « Ne repars pas, papa s'il te plaît, s'il te plaît joue avec moi, papa »... chaque heure passée avec Ralph et Randall précieuse, irremplaçable, sa conscience perpétuelle de cela, les questions timidement posées à l'heure du coucher, « T'avais peur du noir, toi papa, quand t'étais petit ? »... les rires qui fusaient autour de la table du petit déjeuner... Toni donnant le biberon à son dauphin en peluche… et les problèmes qui surgissaient tout à coup et leur paraissaient insurmontables, puis s'évanouissaient comme par magie le lendemain… Tu rates une journée, tu l'as ratée ; elle ne reviendra plus.

Sean se met debout et le monde tangue vers la droite, il pose une main sur le dos du fauteuil de Leonid pour le stabiliser, puis jette un œil sur la bouteille de whisky, vide aux trois cinquièmes, pas mal, je l'ai ouverte à deux heures de l'après-midi et je l'ai partagée, j'ai vu pire, nettement pire… « Chut ! fait-il. Taistoi, Patchouli ! Ce n'est pas ainsi qu'il faut accueillir notre nouvelle amie Chloé. Tu vas lui faire une peur bleue, à aboyer de la sorte ! »

Tout le monde rit, soulagé de sentir se briser le lourd silence : bon gré mal gré, il faut que la soirée avance vers son étape suivante.

En traversant la cuisine (sans tituber, sans chanceler, sans renverser de chaises, pas encore, non : plutôt fier, au contraire, de la ligne assez droite que tracent ses pas) Sean aperçoit le couteau à légumes sur le comptoir, là où Patrizia l'a posé après l'avoir nettoyé. Étincelant. Scalpel. « Il va falloir couper à travers la peau du côté du thorax », lui avait dit le médecin. Oui, on pratiquerait dans sa chair une longue incision en forme d'arc, sectionnant les muscles intercostaux et écartant les côtes afin d'exposer la plèvre, puis on découperait et exciserait le lobe atteint du poumon gauche. Ou peut-être le poumon entier. « Tout dépend. Nous aurons besoin de faire d'autres examens. Mais la première chose à faire, monsieur Farrell, c'est de cesser de fumer. Cessez de fumer, vous pouvez au moins faire ça pour vous-même ? Arrêtez de fumer. » En passant devant le comptoir, Sean attrape le couteau et glisse le manche entre ses dents. C'est un pirate qui sort sur la véranda, un sourire dément aux lèvres, pour accueillir les retardataires.

La neige s'est mise à tomber. Détachés et glacials, les premiers flocons virevoltent dans le rai de lumière jaune de la lampe d'extérieur. Et voici ce que voit Chloé tandis que, portant dans les bras son bébé emmitouflé contre le froid, elle avance vers la maison où elle doit rencontrer les amis de son nouveau mari pour un repas de Thanksgiving : un fou ; un personnage légèrement voûté qui vient vers eux, hilare, un énorme couteau entre les dents. C'est une plaisanterie ou quoi, Hal ? C'est le genre d'humour qu'apprécient tes amis ? Elle s'arrête net.

« C'est Sean ? fait-elle à voix basse.

— Mmmoui.

— Bon ben, si on rentrait chez nous ? »

Déjà, l'idée de cette soirée la remplissait d'appréhension. Déjà, elle redoutait d'être présentée à ces gens qui connaissaient par cœur les faiblesses de Hal et avaient vu défiler toute la série de ses autres petites amies. Elle s'était attendue à faire face à leur condescendance, à leurs ricanements refoulés par politesse : « Alors voici le numéro 21 »... mais cela... non, à cela elle ne s'était *pas* attendue. Elle est sur le point de faire demi-tour et de se diriger d'un pas ferme vers la voiture quand Hal part d'un gros rire. Il jette les bras autour de Sean, écrase l'homme plus petit contre sa poitrine et lui siffle entre deux éclats de rire : « Hé mec, range-moi ce truc, tu es cinglé ou quoi ? Non mais, c'est pas vrai, tu es déjà fin saoul avant le début du repas ? Allez, Sean, fais un effort, j'ai envie qu'elle *t'aime*, Chloé, c'est important pour moi... » Il parle vite et bas, laisse résonner à nouveau son rire explosif – et, se retournant, fait un grand geste du bras pour encourager son épouse à gravir les marches de la véranda – « Allez viens, Chloé, n'aie pas peur, c'était pour rire, allez viens ! » – et Chloé, réticente, les yeux baissés, gravit enfin les marches en portant l'enfant – *son épouse, son fils !* L'ineffable beauté de cette paire ! Hal n'en peut plus de fierté en les présentant : « Sean, voici Chloé ! Et voici notre fils, Hal Junior !

— Toutes mes excuses. » Passant prestement du mode pirate au mode prince, Sean saisit des deux mains la main droite de Chloé et se penche dessus pour y déposer un baiser galant. « Je ne sais pas ce qui m'a pris.

— Vous vous êtes coupé avec le couteau ou quoi ? dit Chloé, déconcertée par le pansement au pouce de Sean.

— Oh, ça ! Non non », dit Sean, gêné, furieux contre lui-même pour ce qu'il vient de faire : geste claire-ment lié au cancer mais aussi, plus obscurément, à Phil Green son premier beau-père, l'homme qu'avait épousé Maisie quand Sean n'avait que onze ans. Phil s'appliquait à gâcher toutes les fêtes qu'ils passaient ensemble (Thanksgiving, Noël, anniversaires), soit en injuriant Maisie de la manière la plus obscène, soit en délivrant à Sean un coup magistral sur la tête, allant même une fois jusqu'à sortir un revolver de sa poche et annoncer son intention de faire sauter la cer-velle de tout le monde y compris la sienne. Où es-tu maintenant, Phil Green ? se dit Sean, en portant à ses lèvres la chair douce et parfumée de la main droite de Chloé. J'espère que tu pourris en prison quelque part, de préférence au Texas, dans le couloir de la mort. « Entrez, je vous prie, dit-il, en regardant Chloé avec tant d'intensité qu'elle n'a d'autre choix que de lever les yeux vers lui, et de céder. Tous les invités sont impatients de faire votre connaissance – en partie parce que vous êtes la femme de Hal, et en partie parce qu'ils meurent de faim. »

Hal a l'impression d'avoir déjà vécu cet instant. Pas avec une autre femme, avec Chloé. Oui, il se souvient de *cela*, exactement : ils se débarrassent de leurs man-teaux et de leurs écharpes dans le couloir de Sean et sa gorge se noue à voir la beauté si délicate de Chloé, sa robe mi-longue d'un rouge profond qui lui moule le corps et s'ouvre à la gorge, de sorte que son cou s'élance de la fleur rouge sang de son corps telle une blanche corolle gracieuse, culminant dans la cou-ronne dorée de ses courtes mèches blondes ; les yeux de Chloé, emplis d'incertitude, s'accrochent aux siens avant de se baisser vers les doux replis des couvertures du bébé dans ses bras : oui, tout cela il l'a déjà vécu ; l'impression se renouvelle de façon exaspérante, de seconde en seconde, jusqu'à ce qu'ils entrent dans le salon ; puis elle s'évanouit.

L'enfant est réveillé par le flot de chaleur, d'odeurs et de voix : il remue dans les bras de sa mère et pousse un petit cri de surprise. Écartant les couvertures, Chloé découvre sa grosse tête blanche. Les adultes viennent plus près ; ils sourient en hochant la tête ; ils forment un cercle autour de Hal et Chloé et se poussent du coude, rivalisant pour avoir la meilleure vue du petit. Hal Junior regarde autour de lui et, ne reconnaissant rien, se fige ; ses yeux aux longs cils s'écarquillent de stupeur. Il se tourne vers sa mère – le pôle Nord – puis, rassuré, se retourne à nouveau pour contempler le reste du monde. Sa bouche s'ouvre dans une mimique de perplexité si extrême que les adultes éclatent de rire. Effaré par ce bruit brutal, l'enfant s'agrippe convulsivement à sa mère et enfouit le visage dans sa poitrine, provoquant une nouvelle rafale de rires qui le fait fondre en larmes.

Il a l'air humain comme un chimpanzé a l'air humain, se dit Sean. Et de conduire la petite famille jusqu'à la chambre à l'étage, où Theresa a préparé ce matin un petit lit à même le sol.

On oublie, se dit Patrizia. Même si on croit s'en souvenir, on oublie ce que c'est vraiment que de tenir un bébé, de serrer dans les bras et nourrir et chérir un petit bébé à soi. Une sensation à nulle autre pareille. (Elle-même avait souffert aux mains d'une mère distraite et surmenée. Elle avait été cadette, la petite dernière, le post-scriptum, et sa mère – déjà harassée par ses huit enfants à elle, sans parler de ceux qu'elle gardait comme nourrice pour joindre les deux bouts – n'avait jamais de temps pour elle : ni temps ni place ni patience, la maison un capharnaüm... Heureusement qu'il y avait eu sa *nonna*, dont elle se savait la préférée... C'est aux côtés de sa grand-mère que

Patrizia avait appris à cuisiner avec méticulosité, générosité et... « Et ? L'ingrédient le plus indispensable, dans chaque recette ? » « Le sel ? » « Non ! L'amour ! *L'amore*... », à hacher oignons persil et ail très fin avec une *mezzaluna*, à comprendre le vrai sens des paraboles de Jésus : « Quand il y a l'amour, il y a toujours assez à manger, c'est l'amour qui multiplie les pains et les poissons, *capito* ? », à distinguer un merle d'un moineau : « *Venite, venite bellissimi, mangiate !* » et un hibiscus d'un bignonia : « *Ma si*, tu peux parler aux fleurs aussi, le bon Dieu les a faites belles comme toi ! » C'est à travers sa *nonna*, née à Agrigente en Sicile, que Patrizia avait imaginé, petite, le pays de ses ancêtres, avec ses *piazze* d'église pavées, ses temples anciens où on pouvait jouer à cache-cache, ses spectacles de marionnettes, sa chaleur écrasante, ses oliviers et ses cigales ; c'est aussi grâce à sa *nonna* qu'elle aimait l'opéra et avait pris l'habitude, chaque fois qu'elle faisait le ménage, de mettre un disque de Puccini ou de Verdi, chantant à tue-tête avec la Callas tout en passant l'aspirateur... Elle chantait constamment pour ses fils aussi, de vieux airs siciliens, certes elle leur criait dessus mais elle chantait pour eux aussi, ils avaient le menu complet, toute la gamme des *mamma* de la bonne fée à la méchante sorcière, tant pis, *è così*, mais ô comme tu m'as gâtée, ma *nonna* chérie !)

Katie, elle aussi, regarde avec nostalgie l'enfant dans les bras de sa mère. Quel plaisir érotique insurpassable que l'accouchement ! Chacune des quatre fois, la sensation de sa propre force au moment d'expulser l'enfant une jouissance fabuleuse – *voilà !* – un *être humain* – sortant de *moi !* – assez forte pour faire *ça !* – et, les jours suivants, une impression extraordinaire de paix et de sérénité, parce qu'on avait fait une chose aussi inouïe – et, quelques jours plus tard, le choc de quitter l'hôpital, de contempler les rues de Manhattan où se pressaient les foules et de se dire : Dieu, se peut-il vraiment qu'un jour, chacun de ces êtres soit... *NÉ* !!! ?

Ma Toni, se dit Charles, est autrement plus mignonne que cette espèce de nain chauve et crayeux. Oh la soyeuse douceur de sa peau brun clair et de ses boucles brun foncé! («*Black is beautiful*, certes, lui avait dit Myrna une fois, alors que leur fils Ralph n'avait que douze mois, mais rien ne vaut le café au lait!» «Noir sur blanc», lui avait dit Charles dans un murmure, la couvrant de son corps et entrant en elle, l'aimant et la labourant avec enthousiasme. «Noir sur blanc», lui avait-il répété, son souffle chaud sur le visage de sa femme, et elle avait ri en lui léchant le cou et en nouant les jambes derrière son dos, car tel était déjà le titre de son livre.)

À cet âge-là ils sont encore sympas, se dit Leonid, mais ensuite ils se mettent à boire ta térébenthine, à bouffer tes pinceaux et à mimer ta créativité en barbouillant de peinture bleue le canapé du salon. Ah, je suis quand même content d'être sorti de cette phase-là. (Le matin même, il avait téléphoné à Selma, une de ses filles de son premier mariage, et le bruit de la marmaille en arrière-fond l'avait brusquement ramené à l'époque où il était un jeune père luttant pour s'imposer comme peintre dans le sud de Manhattan. Trop fauché pour se louer un atelier, il invitait chez lui des artistes mieux établis pour leur montrer son travail, dans le vague espoir d'entrer en contact avec une galerie par leur intermédiaire. Il leur faisait du café dans le coin du salon qui lui servait d'atelier, mais il n'arrivait pas à suivre leurs élucubrations sur l'art contemporain, préoccupé qu'il était à l'idée que Selma et Melissa pourraient renverser leurs tasses, se cogner la tête sur un coin de la table ou plonger leurs petites mains poisseuses dans le bol à sucre. «Ceux qui méprisent la vie matérielle seront condamnés à s'y noyer», disait sentencieusement Birgitta, son épouse de l'époque – était-ce une citation, ou l'avait-elle trouvé toute seule? – et, petit à petit, il avait dû se rendre à l'évidence qu'il n'était *pas* un vrai artiste, qu'il n'avait ni la cruauté ni la ténacité ni l'égoïsme qu'il fallait pour le devenir; les exigences de sa famille lui paraissaient toujours plus importantes ou en tout cas plus valables que les siennes. Et là, ce matin, c'était Selma qui, pas moins de sept fois au cours de leur conversation de cinq minutes, avait dû poser le combiné pour s'occuper de minuscules urgences : « Il m'a tiré les cheveux ! » « Attention ! » « Fais pas ça ! » « Elle a fait pipi par terre ! » « Eh ! touche pas à ça ! » Pleurs, fracas. « Combien de fois faut-il que je te le dise ? » « Tu ne peux pas rester tranquille *trois secondes* ? »)

« Qui va découper la dinde ? » demande-t-il maintenant – et, s'extrayant enfin de son fauteuil (après avoir vérifié que Katie était au loin, à la cuisine, et qu'elle ne verrait donc pas ses traits se tordre, sa main remonter involontairement au bas du dos pour le soutenir), il est transpercé comme prévu par une cuisante lame de douleur dans la région lombaire.

Patrizia allume les bougies et se rappelle comment, adolescente, elle dérobait des cierges à la cathédrale pour ensuite, dans la solitude de sa chambre, mettre à l'épreuve son stoïcisme en laissant goutter la cire fondue sur la peau nue de ses seins et de son ventre...

Le festin arrive : avec soin, avec amour, les mets sont posés sur la table... Corne d'abondance ! se dit Sean, revenant momentanément à ses spéculations de tout à l'heure sur ce mot étrange de *corne*. Oui, derrière chaque corne se dissimule une trompe, car sonner d'une corne c'est sonner d'une trompe, et un mari corné est un mari trompé...

Ils sont installés maintenant, tous les douze autour de la table; ils contemplent la peau brune luisante de l'oiseau cuit à point, peau d'où giclent les jus quand on la pique d'une fourchette, les salades vertes constellées de croûtons à l'ail – pas de danger là, se dit Leonid en regardant Katie mélanger les salades, la laitue américaine n'est pas contaminée. Aux États-Unis, se dit Katie, on peut manger la laitue et les tomates et les concombres sans avoir peur de contracter un cancer de la thyroïde ou de donner naissance à un bébé qui ressemble à un sac, entièrement fermé, sans la moindre ouverture. Hal brandit un couteau (pas le couteau à légumes de Patrizia, mais un couteau à découper électrique acheté sur catalogue par Maisie pour le trentième anniversaire de Sean et pas une seule fois utilisé jusqu'à ce jour) ; il tranche avec dextérité le fil qui resserrait les cuisses de la dinde, les écarte grandement et les scie en deux, sortant ensuite de l'intérieur de la bête d'immenses cuillerées de farce dans laquelle les jus charnels de l'oiseau ont marié tous les autres ingrédients, chapelure et oignons, céleri et abats, foie et noix et épices. Remplis de sauce aux airelles, les moules en cristal étincellent comme des rubis, faisant miroiter mille promesses de douceur ; Sean a débouché trois bouteilles de l'excellent vin français apporté par Charles – et il y en a d'autres, plein d'autres, à la cuisine ; le pain de seigle d'Aron et le pain de maïs de Patrizia ont été coupés en tranches et disposés en éventail dans des paniers où s'amoncellent également de petits pains croustillants aux graines de cumin ; des bols de légumes multicolores font le tour de la table : haricots, maïs, choux de Bruxelles, patates douces au sirop d'érable, pommes mousseline dorées au beurre – oh mon *Dieu*, se dit Beth, au comble du plaisir et de l'inquiétude, avons-nous vraiment besoin de toute cette nourriture, cela ne s'arrêtera-t-il donc jamais ? – et il y a des condiments divers, des chutneys et des moutardes, de minuscules assiettes de betteraves et de concombres en saumure, il y a du riz sauvage aux amandes effilées et grillées, il y a du sel, il y a du poivre.

« Qu'est-ce qu'on a apporté, nous ? » demande Chloé à Hal dans un chuchotement, voyant que chacun a contribué d'une manière ou d'une autre au repas ; et Hal de lui répondre, tout en serrant sous la table son genou couvert de velours rouge : « On a apporté la jeunesse, petite. On a apporté la beauté. »

Gênée, Chloé baisse les yeux – et, aussitôt, son cerveau se met à errer dans le motif cachemire de la nappe, tout comme, à l'âge de cinq ou six ans, dans les restaurants de Vancouver où sa mère était parfois embauchée comme serveuse, elle aimait à retracer en encre noire, sur les serviettes en papier, les motifs de coquilles ou de fleurs en relief, blanc sur blanc. Oui, se noyer là-dedans, se dit-elle maintenant, tandis que son regard serpente parmi les volutes rouges, orange et verts du coton imprimé. Se perdre là-dedans, se dit-elle. Ne plus en ressortir.

Assise entre Aron et Derek, Rachel sent un élancement douloureux à la base du crâne et se dit : Oh non pas ça, pas une migraine ce soir, mon Dieu, je t'en supplie. Elle voit Aron tirer discrètement de sa poche une petite boîte en argent et y sélectionner trois ou quatre comprimés... Tiens ! se dit Derek, ça me fait penser... Oui, avant d'entamer un repas aussi riche il devrait prendre du calcium pour protéger les parois sensibles de son estomac... Plusieurs autres invités avalent à la dérobée leur médicament respectif... Heureusement que le Prozac est un médicament du matin, se dit Rachel. (Sean avait toujours exécré le mot de « Prozac » – « un mélange de prosaïque et de micmac », disait-il – et exécré, aussi, l'idée qu'elle en prenne. « Comment puis-je savoir si je discute avec toi ou avec ton Prozac ? » avait-il crié une fois. « Et moi ? avait-elle crié en retour. Comment puis-je savoir si je discute avec toi ou avec ton scotch ? » « Tu as raison, avait dit Sean d'une voix soudain normale. La vraie question est peut-être la suivante : ton Prozac peut-il s'entendre avec mon scotch ? ») Rencontrant maintenant par-dessus la table les yeux de son ex-amant, Rachel lève son verre en un toast silencieux. Sean fume une cigarette ; il laisse Patrizia (assise à sa gauche) entasser sur son assiette les différentes nourritures, tandis qu'il fume et boit et regarde un à un les invités assis autour de lui, sans perdre de vue les cuisses de Patrizia qui, même non croisées, sont encore étonnamment fines.

C'est bizarre, se dit Sean. À vingt ans on a une bande d'amis dont on est convaincu qu'ils vous resteront proches jusqu'à la mort mais c'est faux, en fait aucune des personnes ici présentes ne faisait partie de ma bande d'antan. Tout glisse, tout se déplace, tout s'éloigne de nous ; on en gagne et on en perd mais surtout on en perd et on en perd encore...

Que sert-on au repas de Thanksgiving dans les prisons de Boston, se demande Brian. Que va manger mon Jord ce soir ? Ou *qu'a*-t-il mangé, plutôt : il est sept heures et demie, le repas doit être terminé depuis longtemps...

Abruptement, Katie se lève. Visage écarlate. Déséquilibre hormonal, timidité, excitation tout à la fois.

Pauvres Blancs, se dit Charles. Leur peau trahit tous leurs états d'âme.

« Je voulais juste... fait-elle en balbutiant. Euh... je sais qu'on n'est pas tous croyants et, le serait-on, on n'aurait pas le même Dieu. Mais j'avais envie... je veux dire, j'étais tellement contente à l'idée qu'on se retrouvait ce soir que j'ai écrit une sorte de... bénédicité... si ça ne vous dérange pas ? Ne me tue pas, Sean. »

Aron monte le volume de son appareil auditif.

« Salut Dieu, commence Katie. On est venus là pour exprimer notre gratitude. Tu dois te demander ce qui, au point où nous en sommes, pourrait encore nous rendre reconnaissants. C'est vrai, le chemin a été rude. On pleure de voir comme Tu nous as faits imparfaits. On ne comprend pas grand-chose à ce qui se passe, ici-bas. Ton troupeau s'est égaillé en tous sens et notre cerveau est pas mal éparpillé aussi, pour ne rien dire de notre âme. Mais, malgré tout, nous voilà réunis ici ce soir. Et, que Tu te trouves parmi nous ou non, l'amour sera de la partie.

— Merci, Katie, dit Aron. C'était très sympathique comme prière. Au fond, Thanksgiving est la seule fête qui convienne aux Américains dans leur ensemble car, quelle que soit leur religion, ils aiment tous s'empiffrer.

— Encore que la dinde ne soit guère notre animal totem, fait remarquer Derek. Sa mise à mort et sa consommation ne constituent pas un sacrifice. On n'a aucun sentiment particulier vis-à-vis de la dinde, aucun mythe ni légende où cet animal joue un rôle décisif.

— Non, on trouve simplement que sa chair a bon goût, dit Charles en riant, et on la shoote aux hormones pour qu'elle ait meilleur goût encore.

— C'est vrai, dit Hal. On ne peut pas dire que la dinde revête, pour les habitants des États-Unis d'Amérique, la même signification que l'agneau pour les israélites, ou que la vache pour les hindous.

— Ni même, ajoute avec facétie Rachel, la grenouille pour les Français.

— Peut-être qu'elle signifie quelque chose pour les Turcs[1]? suggère Patrizia pour rire.

— Le mot vient bien de là, dit Sean.

— Pas possible! dit Beth.

— Si si! À l'origine, c'était une espèce de pintade qu'on importait de Turquie.

— Où as-tu trouvé ça? dit Rachel.

— Dans le dictionnaire.

— Je n'avais pas fini, dit Katie.

— Eh! silence! tonne Leonid.

— Bref, cher Dieu, ce que je voulais Te dire ce soir, c'était juste… euh… bénis-nous, si Tu le peux. Bénis ce repas. Bénis nos vies qui s'étendent devant et derrière nous. Et, pendant que Tu y es, bénis tout le bataclan.

— *Prosit*, dit Leonid en levant son verre.

— *Amen* », dit Patrizia, et *Amen* répètent, en doux écho obéissant, deux ou trois autres.

---

1. Jeu de mots intraduisible entre *turkey*, la dinde, et *Turkey*, la Turquie.

VII

DEREK

C'EST TOUCHANT de leur part de vouloir m'inclure de temps à autre, même s'ils ont tendance à me faire à leur image. Ils croient, par exemple, que je les aime. Quel malentendu ! Que pourrait bien signifier l'amour pour un être comme moi, omniscient et omnipotent ? L'amour ne peut surgir que là où il y a failles, pertes, manques, faiblesses, myopie. À vrai dire, c'était un sous-produit imprévu de l'espèce humaine. Cela paraît évident, après coup – mais, allez savoir pourquoi, l'idée ne m'a même pas effleuré à l'époque : que si l'on fabrique des créatures physiquement et psychiquement imparfaites, elles auront tendance à s'épauler. Elles auront une soif inextinguible de totalité, un espoir indécrottable de se compléter les uns les autres. Seuls les êtres humains (et quelques animaux par eux apprivoisés) savent aimer. Peut-être est-ce cela qui me donne cette impression insolite qu'ils sont doués de libre arbitre, et qu'entre eux, indépendamment de moi, il s'échange quelque chose, cette chose qu'ils appellent amour... Je le devine dans leurs yeux... dans le contact de leur peau... dans le brouhaha incohérent de leurs paroles... Même s'il s'agit en fait d'une simple réaction chimique, reproductible en laboratoire, je trouve palpitant de les observer en me berçant de l'illusion qu'une chose, *au moins*, échappe à mon contrôle.

Mais revenons à nos moutons...
Tout comme Charles, Derek aura de la chance ; il ne me

verra pas venir. Comme ça le choquerait d'apprendre qu'il ne lui reste que cinq années à vivre !

Ce printemps-là, il fait un saut à Manhattan pour rendre visite à ses filles Marina et Angela, et surtout à son petit-fils Gabriel dont c'est le deuxième anniversaire. Le père du petit garçon étant marié et ayant cinq rejetons avec sa légitime épouse, Gabriel n'est à ses yeux qu'un malheureux accident, un secret honteux, presque un fantôme. Il ne passe que deux ou trois jours par mois avec lui – et, même là, de peur d'être découvert et dénoncé, il ne l'amène jamais au zoo ni dans les jardins publics. Aux yeux de son grand-père, au contraire, cet enfant est la huitième merveille du monde. Oui, Derek est complètement fou de son Gabriel ; il le gâte ; il n'en a jamais assez. Que ce soit parce que son propre père Sidney était absent du matin au soir à superviser la confection et la vente d'habits féminins bon marché, ou parce que Derek lui-même n'a pas eu de fils, son amour pour son petit-fils est si fort que ça le gêne un peu et qu'il le dissimule de son mieux, c'est-à-dire pas bien du tout.

Aujourd'hui, après avoir passé une bonne partie de l'après-midi à lui chercher un cadeau d'anniversaire, il tombe enfin, au rayon jouets de Macy's, sur un Big Bird grandeur nature (Angela lui a récemment dit que Gabriel raffolait de ses vieilles cassettes de Sesame Street). L'animal en peluche jaune vif mesure un mètre quatre-vingts, coûte les yeux de la tête et se montre rétif à toute tentative pour l'emballer ; Derek se doute qu'Angela ne sera pas exactement enchantée d'accueillir un objet aussi encombrant dans l'espace exigu de son appartement à Union Square... mais il sait aussi que Gabriel, voyant surgir chez lui son ami télévisuel en personne, écarquillera les yeux et poussera un cri de joie.

C'est l'esprit chamboulé par des émotions contradictoires – gêne et impatience, appréhension et amour – qu'il prend la ligne R dans la 34ᵉ Rue. Il a fini par opter pour le métro après avoir calculé qu'à cette heure-ci (cinq heures de l'après-midi) le spectacle d'un professeur de philosophie aux cheveux gris valsant sur Broadway avec

Big Bird ferait tourner environ quinze mille têtes... alors que dans un train en mouvement, le nombre serait nettement moindre. Il n'aurait pas dû faire tant de cas de ce que penseraient les gens. Il est resté trop longtemps dans la cambrousse. Il oublie que les New-Yorkais sont blasés, habitués aux excentricités de toutes sortes, et se targuent de ne jamais ciller, même devant les manifestations de folie les plus spectaculaires.

Or le hasard, comme on dit (mais bien sûr j'avais planifié d'avance tous ces événements afin de pouvoir les intégrer dans mon œuvre, et ce qui, vu de près, peut apparaître aux yeux humains comme des imperfections s'avère, avec suffisamment de recul, être des détails cruciaux de mon univers), le hasard veut que, par ce bel après-midi printanier, dans la cinquième voiture de cette rame de la ligne R, une fusillade éclate entre deux proxénètes rivaux. Ils ne cessent de sautiller et de s'esquiver, se visant l'un l'autre autour de Derek qui, comme tous les autres voyageurs, se concentre sur sa lecture du New York Times *en faisant comme si de rien n'était.*

Et le hasard (comme on dit) veut que le cœur de Derek se trouve pile sur la trajectoire d'une des balles qui va du revolver de Mac n° 1 vers la tête de Mac n° 2 – une demi-portion portoricaine, mesurant à peine un mètre soixante. «Non!» «Oh mon Dieu!» «Bon Dieu!» «Non, non!» «C'est pas vrai!» «Jésus Marie Joseph!» Tels sont quelques-uns des cris de frayeur émis par les voyageurs lorsque le train s'arrête à Union Square dans un hurlement de freins, que les portes s'ouvrent en glissant et que les proxénètes se fondent dans la foule de l'heure de pointe, laissant Derek où il est : son âme valse déjà avec moi le long de la Voie lactée, tandis que le sang chaud lui gicle du cœur, étoilant de rouge la douce fourrure jaune synthétique de Big Bird.

VIII

ON SE SERT

ON SE RACLE la gorge, on fait passer les bols, on échange des sourires, on remplit les verres, on brandit les couverts; le repas commence.

« Merci pour ton bénédicité, Katie », dit Patrizia. Je devrais peut-être recommencer à aller à l'église, songe-t-elle. Ça me manque, les vitraux qui lancent des couleurs tremblantes sur les murs, les flammes vacillantes des cierges qui racontent nos pensées aux morts, les cantiques chantés à tue-tête, le petit en-cas de la mi-matinée… et les rêveries surtout, auxquelles on peut s'adonner pendant le prêche! Après tout, c'est pas parce qu'on doute qu'il y ait Quelqu'un là-haut qu'on doit être privé d'église!

« Ah! dit Hal en enfonçant ses incisives dans la chair tendre provenant de la cuisse gauche de la dinde. Cuite à la perfection. » C'est avec un certain soulagement qu'il fait cette constatation : comme il vient d'acquérir une prothèse dentaire (deux fausses dents du côté gauche et une à droite), il se méfie pour l'instant de toute nourriture dure à mâcher. Chloé n'est même pas au courant pour la prothèse : il peut l'enlever, la nettoyer et la remettre en place quand elle n'est pas là. Aucune raison qu'elle la voie, se dit-il, pensant malgré lui à cette blague affreuse sur le couple vieillissant : « Oh chéri, dit la femme un soir quand ils se mettent au lit, ça fait si longtemps qu'on n'a pas fait l'amour, tu étais tellement passionné autrefois, tu te rappelles? tu me mordais, tu me griffais… » « Laisse-moi tranquille, dit l'homme, je suis crevé. » « Allez, chéri, dit la femme, allez, je t'en supplie.» «Bon d'accord, dit l'homme avec un grand soupir. Passe-moi mes dents!»

«À la perfection», répète Hal. Ayant achevé son bout de cuisse, il s'attaque maintenant à un morceau de dos en le poignardant, furieux de ne pouvoir oublier cette blague.

On murmure des compliments. «Délicieuse, la julienne de légumes.» «Votre pain est vraiment excellent, Aron.» «Géniale, cette sauce aux airelles.» Des mandibules malaxent, des papilles jubilent, des langues zigzaguent, des épiglottes claquent, des œsophages font jouer involontairement leurs muscles. Beth déploie un effort conscient pour ne pas avaler ses bouchées de façon gloutonne mais les mâcher au contraire, lentement et intégralement, comme elle a appris à le faire jadis quand elle était membre des Weight Watchers. Aron, l'air absent, ne fait que tripoter avec sa fourchette le contenu de son assiette. Sean non plus ne mange pas beaucoup. Il se lève souvent et remplit discrètement les verres des autres dès qu'ils sont à moitié vides. Il a envie de... pousser cette soirée... quelque part...

Une fois apaisée la faim première, la plus urgente (du reste il s'agit plus de curiosité gustative que de faim à proprement parler), les convives commencent à chercher des sujets de conversation.

«Il est adorable, votre petit garçon, dit Patrizia.

— Merci, dit Hal en faisant disparaître quatre choux de Bruxelles d'un coup.

— Tout le mérite te revient à toi? demande Beth.

— Vous êtes de Vancouver, c'est ça? demande Brian.

— Quel âge a-t-il? demande Beth.

— J'ai habité à Vancouver une fois, pendant près d'un an, dit Brian.

— Onze mois, dit Chloé.

— C'est chouette comme ville, dit Brian. Magnifiquement située... mais il y pleut beaucoup. J'y suis allé avec une bande de copains en 71, pour échapper à l'Oncle Sam.

— Ah bon, dit Chloé.

— Ils m'ont chopé quand même, les salauds… Un *25 décembre*, vous vous rendez compte ! J'étais venu passer Noël avec mes parents à Los Angeles.

— Brian, dit Beth. Elle ne sait pas de quoi tu parles. Elle n'était même pas née.

— Oh mon Dieu, c'est vrai. Vous n'étiez pas née à l'époque. Vous avez entendu parler de la guerre du Viêt-nam ?

— Ben oui. Bien sûr j'en ai entendu parler, dit Chloé, et elle ne ment pas, même si elle aurait du mal à faire la différence entre l'offensive du Têt et Pearl Harbor.

— Vous faisiez des études, là-bas ? » demande Rachel. Elle cherche le terrain commun qu'ils pourraient arpenter avec Chloé, cette mère enfantine aux yeux vides qui est probablement tombée enceinte dès que Hal l'a *regardée*. C'est injuste comme certaines femmes conçoivent sans effort, alors que l'utérus de Rachel est resté obstinément stérile malgré de longues années consacrées aux calculs de date, aux courbes de température et aux injections d'hormones… Voilà trois ans qu'elle et Derek ont renoncé à faire le saut *in vitro* : elle avait déjà quarante-deux ans et les futures mamans dans les salles d'attente des gynécologues la regardaient d'un air perplexe, se disant sans doute qu'elle venait consulter pour des problèmes de préménopause. « Qu'est-ce qu'elle a, ta nouvelle épouse ? » avait demandé une fois Violet, sa belle-mère, à Derek, alors que Rachel se trouvait dans la pièce à côté. « J'étais sûre qu'elle te donnerait un fils, enfin un fils, je meurs d'envie d'avoir un petit-fils, et le temps passe… » « Ce n'était pas inscrit dans notre contrat de mariage, maman. »

« Encore un peu de patates douces, Aron ? ajoute-t-elle à voix basse.

— Pardon ?

— Des patates douces ?

— Oh non ! Non merci.

— Non, dit Chloé. J'ai même pas fini le lycée, moi. »
Je vais pas faire semblant, se dit-elle. Ou Hal m'aime,
ou il m'aime pas. Je vais pas passer la soirée puis
toute notre vie ici à mentir. Tant pis s'il a honte de
moi... Non, il se trouve que j'étais pas en train
de faire un doctorat quand j'ai rencontré le professeur
Hetherington. Même si on me demandait parfois de
jouer au docteur...

(La mère de Chloé était une femme libre des années
soixante-dix – trop libre, trop femme, pas assez mère ;
elle avait eu, de deux pères différents, deux enfants en
succession rapide et sans jamais vraiment y croire :
un garçon et une fille, Colin et Chloé. C'était Vancouver, c'était la pauvreté, une misérable petite bicoque
sur East Hastings, le genre d'endroit où, à force d'y
passer ses journées, on ne sait même plus quoi espérer... Les enfants avaient grandi avec l'idée qu'ils
habitaient une maison de poupée : deux boîtes en carton superposées en équilibre instable et toujours
sur le point de basculer dans le vide, les meubles
bon marché et dépareillés du « séjour » ne réussissant
jamais à les convaincre que cette pièce était faite pour
y *séjourner*. Une quantité ahurissante de drogue et de
rapports sexuels se consommaient dans cette maison
– et, comme si cela ne suffisait pas, lorsque Colin eut
neuf ans et Chloé huit, leur mère s'amouracha d'un
camé à l'ecstasy et se mit à lui offrir les corps de ses
enfants pour son plaisir. Le plaisir en question les
soumettait entre autres à de complexes expériences
de strangulation. Cet état de choses dura plusieurs
années et entama considérablement, chez les enfants,
le sens du réel. Ils se réfugiaient aussi souvent que
possible dans les jeux : cartes, dames, morpion, billes,
n'importe quel jeu, pourvu qu'il fût doté de règles stric-
tes et d'une structure ferme ; enfin, vers treize et quatorze ans, prenant leur courage à deux mains, ils
étaient allés dénoncer leur mère à la police, en conséquence de quoi elle avait été arrêtée, et eux placés
dans des maisons d'accueil, deux maisons différentes,

aux deux extrémités de la ville, en conséquence de quoi ils avaient fugué pour se retrouver, négligeant l'école et maintes autres obligations sociales dont celle de rentrer dîner à la maison, en conséquence de quoi on les avait rattrapés et placés à nouveau, dans deux *autres* maisons différentes, en conséquence de quoi, après avoir fugué encore, ils s'étaient mis à voler dans les supermarchés et à passer la nuit dans les jardins publics, en conséquence de quoi on les avait arrêtés et écroués dans deux *autres* maisons différentes, cette fois dites de redressement. Libérés enfin, âgés respectivement de dix-huit et de dix-sept ans, ils avaient loué un meublé ensemble et s'étaient mis à vendre leur corps sur le trottoir.)

« Non, je n'enseignais pas là-bas, dit Hal, venant à la rescousse de Chloé avec un grand éclat de rire. Je l'ai rencontrée, c'est tout. Je l'ai croisée par hasard sur Homer Street et je me suis jeté à ses pieds en la suppliant de me piétiner.

— Hal », dit Chloé en fronçant les sourcils, très mécontente de cette métaphore.

(Homer Street était en principe le turf des gais... mais, tels les jumeaux androgynes des comédies shakespeariennes, Colin et Chloé s'amusaient souvent à changer de rôle pour se raconter ensuite, en rentrant déjeuner au petit matin, les quiproquos les plus cocasses de la nuit. Leurs mots et leurs rires partagés étaient la mince couche d'humanité qui les protégeait contre la violence crue de leur quotidien. Malgré le découragement qui l'envahissait à mesure qu'elle apprenait l'alphabet monotone des perversions humaines, notamment la quantité invraisemblable de douleur que des hommes par ailleurs normaux étaient prêts à infliger ou à endurer pour se délester d'une cuillerée de sperme, Chloé voyait ces années, rétrospectivement, comme une période de bonheur : parce qu'ils étaient ensemble Colin et elle, et maîtres de leur destin. Ensuite Colin avait été tué à coups de couteau par un client qui ne percevait plus la frontière entre les fantasmes et le reste, et Chloé s'était retrouvée toute seule. Le tampon réconfortant des mots et des rires fraternels avait été remplacé, d'abord par le whisky, ensuite par la cocaïne. À vingt et un ans, elle était bonne pour devenir accro : c'est alors que Hal Hetherington, sillonnant les rues de Vancouver en principe pour y camper quelques scènes de son roman sur la ruée vers l'or, avait épié sur Homer Street son corps mince aux allures de jeune garçon, et s'en était violemment épris. Comme d'habitude, aussitôt après avoir payé la fille pour l'utilisation de sa chair, il avait été saisi par l'impulsion de lui sauver l'âme. Ne voulait-elle pas l'épouser ? venir vivre avec lui ? devenir la mère de ses enfants ? Et, à sa stupéfaction, contrairement aux nombreuses jeunes prostituées androgynes à qui il avait fait cette même offre au cours des années, Chloé avait répondu oui.)

« Homer Street ! dit Hal. C'est pas incroyable, ça ? Romancier américain rencontre amour de sa vie dans la rue Homère, à Vancouver !

— Ne te fais pas des idées ! dit Rachel. Il s'agit probablement d'un certain Randolph Homer, inventeur en 1862 de la mise en conserve du saumon.

— Et vous, Beth ? demande Charles, par politesse, à sa corpulente voisine d'en face. Vous faites quoi ?

— Je suis chirurgienne, dit Beth. Généraliste.

— Ah bon ? Ça doit être…

— En fait je travaille de nuit à l'hôpital de Welham. Aux urgences.

— Ah ? dit Charles. Ça doit être… » (Brusquement il est replongé dans un jour de l'été passé : il traverse le centre-ville de Chicago en ambulance, avec sa mère dans un coma diabétique. L'ambulance se fraie difficilement un chemin dans les embouteillages ; il a les mains glacées et le front baigné de sueur : « Accroche-toi maman, on va y arriver, ne me quitte pas maman, accroche-toi… » Il se rappelle les contours nets et distincts qu'avaient chaque voiture et chaque immeuble au cours de ce trajet, les couleurs éclatantes des habits d'été que portaient les gens dans la rue, le message bouleversant qu'exprimait chaque visage qu'il entrapercevait depuis l'ambulance : *la vie, la vie...* toutes ces impressions se déversaient en lui, s'entrechoquaient et se mélangeaient, lui donnant le tournis... jusqu'à ce qu'ils arrivent enfin à la salle des urgences.)

«Oui, tu dois voir des choses dramatiques parfois», dit Derek. (Il pense au chaos qui régnait à l'hôpital Saint-Luke's à Manhattan, la nuit où il y était allé après s'être cassé l'auriculaire de la main droite dans une ridicule échauffourée d'étudiants dans le dortoir de Columbia. Comme l'ordre du passage devant le médecin était déterminé par la gravité du cas, il avait attendu la moitié de la nuit. De jeunes Noirs arrivaient en courant, la tête pissant le sang ; d'autres, le bras déchiqueté par des balles, marchaient avec le soutien de leurs amis ; il y avait de petites vieilles recroquevillées de douleur, des vieillards qui ahanaient sur des brancards, des enfants fébriles aux yeux voilés, inertes dans les bras de leurs parents paniqués... «Bon ben, je vais peut-être rentrer éclisser mon doigt moi-même», avait-il décidé, n'en pouvant plus, à quatre heures du matin.)

«En effet, dit Beth, mais Brian profite de ce qu'elle a la bouche pleine de farce pour lui couper la parole.

— Il n'y a pas trop de crimes violents à Welham, dit-il. Mais, la semaine dernière, deux fermiers ont eu une chicane, l'un des deux a pris sa fourche et vlan! dans la tête de l'autre.

— Berk! dit Katie.

— Il était déjà mort en arrivant à l'hôpital, dit Beth. Mais on a fait une radio quand même, c'est obligatoire.

— C'était dingue, renchérit Brian. La fourche était littéralement *plantée* dans son crâne. Les quatre dents traversaient le cerveau de part en part.

— Elle était émouvante, cette radio, dit Beth d'une voix douce.

— Ah oui! les soins dentaires, dit Brian, lui gâchant son effet.

— Oui, dit Beth, avalant sans la mastiquer une nouvelle bouchée de farce et enfonçant un coude dans les côtes de son mari. C'est l'autre chose qu'on voit bien sur une radio. Le type avait sept ou huit plombages. Autrement dit, il avait entretenu son corps. Il avait dépensé une certaine somme d'argent. Il avait envie que ses dents lui tiennent longtemps. Et puis un beau jour, une insulte de trop...

— Quelqu'un a lu le dernier Philip Roth? demande Hal, mal à l'aise avec le sujet des dents.

— Ça me rappelle un type que j'ai défendu une fois, dit Brian.

— Oh Brian, pas encore l'histoire du couteau! dit Beth. Tout le monde la connaît.

— Moi, je ne la connais pas, dit Charles, que sa récente bataille téléphonique avec Myrna a rendu hypersensible à tout ce qui ressemble, de près ou de loin, à de l'arrogance féminine. C'est quoi l'histoire du couteau?

— Fais la version courte alors », dit Beth en poussant un soupir.

Et Brian de raconter l'histoire d'un de ses clients, un commis voyageur, dans le crâne duquel un client énervé avait plongé un couteau à la verticale, de la fontanelle jusqu'au menton. Par miracle, la lame était passée entre les deux hémisphères cérébraux et l'homme avait survécu avec un léger bégaiement pour toute séquelle. Il avait traîné son agresseur en justice parce que, ayant perdu son bagou, il ne pouvait plus exercer son métier.

Tout le monde rit sauf Chloé, qui se lève abruptement et quitte la table. Ils entendent ses pas rapides dans l'escalier.

« J'ai dit quelque chose? » demande Brian. Comme toujours quand il est gêné, le bourdonnement dans son oreille droite se fait plus insistant.

« Oh, elle veut sans doute jeter un coup d'œil sur le mouflet », dit Hal.

Comme Chloé n'a jamais parlé à Hal de son frère, il ne peut pas deviner que les couteaux la perturbent profondément. Et comme elle ne lui a jamais parlé non plus de son attachement pour la cocaïne, il ne lui vient pas à l'idée qu'elle est en train de se faire une ligne dans la salle de bains du premier étage. Il y a beaucoup de choses dans le passé de Chloé qu'elle n'a pas racontées, et ne racontera jamais, ni à Hal ni à personne.

« Mais on ne l'a pas entendu piper ! dit Patrizia.

— Peut-être qu'elle a l'estomac sensible, dit Rachel.

— Oui, dit Derek, on ne sait jamais. Les cerveaux transpercés par des couteaux et des fourches, ce n'est peut-être pas son idéal de conversation pour Thanksgiving.

— OK, dit Brian. Désolé. » (Oui, ils devraient changer de sujet. Il préfère penser à n'importe quoi sauf aux dossiers qui encombrent son bureau et ses étagères, les comptes rendus lugubres et monotones d'effractions et d'infractions, de violations et de viols, de tabassages et d'affaires de drogues – oh mon Dieu le shit la coke les flingues et l'obscénité constante, les corps maigres et malsains les regards fuyants les mains nerveuses les voix rancunières les barres métalliques le marteau du juge – « Mesdames et messieurs du jury » – et ses propres efforts pour expliquer, raisonner, contenir le chaos, délimiter la douleur, empêcher que soient transgressées les frontières du corps et de la propriété : ceci est à vous, ceci ne l'est pas, ne touchez pas ne pénétrez pas ne poignardez pas ne dérobez pas – et, malgré tous ses efforts, la douleur sourd toujours, elle monte et déborde toujours, des tabous sont bafoués des barrières défoncées des hymens perforés des crânes matraqués des serrures brisées des fenêtres fracassées... Ce matin même, au commissariat de Roxbury, le médecin légiste lui avait montré un sweat-shirt *Harley Davidson*, encore taché et humide de sang à l'endroit du cœur : la balle avait traversé la tête de l'aigle cousu sur le dos du vêtement, la victime avait seize ans et son agresseur, le client de Brian, dix-sept. *The Legend Lives On*, proclamait le sweat-shirt : oui, sans conteste la légende vivait encore mais le gamin, lui, était mort, et Brian n'avait même pas le droit de le pleurer, il n'avait d'autre choix que de plaisanter à ces moments-là, c'était la seule manière de survivre, tout comme on plaisantait en comparant aux *Nymphéas* de Monet les photos d'éclaboussures de sang, encadrées et accrochées dans le couloir, ou comme on charriait les employés de la morgue en leur demandant si les vers de ce matin étaient de l'espèce sautante ou rampante.)

« Ah ! c'est merveilleux d'avoir un bébé, je vous envie, dit Beth dans un soupir. Parfois je monte à la maternité pendant ma pause café, rien que pour voir des bébés. Ça me calme tout de suite. Je ne sais pas… l'idée que chacun d'eux est un miracle absolu, un espoir absolu…

— Tu as raison, dit Sean. C'est étonnant de voir comme l'espoir se renouvelle toujours. Comme les gens réussissent à ne pas voir la forme que prend une destinée humaine : ça monte, puis ça descend… Avec l'apogée en moyenne vers l'âge de… euh, trois ans ?

— Tu as vraiment envie de vivre en enfer, n'est-ce pas, Sean ? dit Beth avec son sourire le plus charmant. Et d'entraîner avec toi le plus de monde possible. Tu ne crois en rien.

— Bien sûr que si, dit Sean. Je crois en Patchouli.

— Non, mais je vois ce qu'il veut dire, dit Rachel pour défendre Sean. Moi aussi, il y a des jours où je ne supporte pas la vue des jeunes. Surtout en groupe.

— C'est parce qu'on les envie, non ? dit Katie.

— Non, dit Rachel, ce n'est pas ça. C'est leur… arrogance. Ils sont là à prendre toute la place dans les cafés et les bistrots, à parler haut et fort, à dégouliner de testostérone et d'idées toutes faites : « Le monde est à nous !… » alors qu'ils n'y connaissent rien, rien, rien ! » Schopenhauer avait raison, poursuit-elle dans sa tête. L'idée que la Vie a sa force propre, ses exigences propres. Le nouveau débarque, tel un rouleau compresseur, et écrase joyeusement le vieux, en toute innocence. Il en a toujours été ainsi et il en sera toujours ainsi, quelles que puissent être les aspirations et les opinions de chaque époque.

« Tout de même, insiste Katie, je suis sûre qu'on en veut à la jeunesse au moins en partie parce qu'on ne l'a plus. C'est terrifiant de vieillir. » Toi, maman, se dit-elle, tu n'es pas devenue vieille. Tu seras jeune à tout jamais.

« Terrifiant, pourquoi ? demande Sean. On meurt et puis c'est tout.

— Mon fils a peur de vieillir, dit Patrizia au même moment.

— Votre *fils* ? dit Charles. Quel âge a-t-il ?

— Neuf ans.

— Il a neuf ans et il a peur de vieillir ?

— Ben oui. Il dit qu'il n'a pas envie d'entrer dans les nombres à deux chiffres. Qu'il a suffisamment grandi comme ça. Qu'il voudrait s'en tenir là. »

Brian et Hal éclatent de rire.

« J'avais neuf ans quand mon père est mort, dit Sean. Je ne permettrai à personne de se moquer de la sensibilité d'un enfant de neuf ans.

— Il dit, poursuit Patrizia, qu'il n'arrive pas à croire que c'est *ça* sa vraie vie. Il dit que chaque chose qu'il voit lui brise le cœur parce que ça lui rappelle une autre fois où il l'a vue, « quand il était heureux ». L'été dernier, il a refusé de jouer au badminton au mois d'août parce que ça lui rappelait les matchs de badminton du mois de juillet. « Ce n'est plus le bonheur, disait-il, c'est le pèlerinage au bonheur. » Et la semaine dernière, se rendant compte qu'il pouvait maintenant prendre un verre dans le placard sans l'aide d'un tabouret, il a été dévasté. Il dit qu'il y a dans sa tête une petite voix qui répète sans cesse : « Plus jamais. »

— C'est extraordinaire, dit Sean. Edgar Poe a mis trente-six ans à comprendre la même chose.

— Je suis tombée l'autre jour sur une photo d'Alice à neuf ans, dit Katie. Notre fille aînée, ajoute-t-elle, pour Charles. C'était sur sa carte de bibliothèque. Elle était là : cheveux en bataille, appareil orthodontique, sourire décontracté... la photo d'une personne qui n'existe plus. »

Je croyais qu'ils avaient perdu un fils, se dit Charles. Il ne connaît la tragédie des Korotkov que par fragments, glanés au hasard des conversations en ville.

(Beth, pour sa part, songe à Vanessa à quatre ans : fillette espiègle et affectueuse aux joues rouges... oh, elle m'aimait encore de façon aveugle et inconditionnelle à l'époque, oui de l'intérieur, elle était encore la chair de ma chair... Quand est-ce que ça a changé ? À quel moment ton regard sur mon corps est-il devenu négatif, méprisant, objectivant ? Et quand je pense au bonheur que j'avais de te porter, au plaisir que mon corps m'a donné pendant les neuf mois merveilleux de la grossesse. Pour une fois je pouvais donner libre cours à mon appétit sans culpabiliser parce que je mangeais pour te nourrir *toi*, pour que tu grandisses bien, chair de ma chair, moi terre mère, et quand tu es née je n'étais pas pressée de maigrir parce que j'étais toujours de la nourriture pour toi, j'avais les seins énormes et lourds, gonflés à bloc, débordant de lait, et je me réjouissais d'être là pour toi, de te suffire... Tu te rappelles comme tu te cachais le visage entre mes seins en pouffant de rire ? Quel âge avais-tu alors ? Deux, trois ans ? Terrible de ne pas s'en souvenir. On se roulait sur le lit toutes les deux, tu jouais avec mes cheveux et me grimpais sur le ventre... j'étais une montagne pour toi, mon adorée, quand est-ce que ça s'est arrêté ? Et pourquoi ? Maintenant ton régime est scotché sur le frigo et je le reçois comme une gifle chaque fois que je prends un petit en-cas... Mais il *faut* que je mange en rentrant de l'hôpital, comprends-tu, après la tension de la nuit, où je dois faire face toutes les cinq minutes à une nouvelle forme de souffrance, des patients gémissants, prostrés, hystériques... cette nuit, par exemple, la petite vieille qui est arrivée avec tous les symptômes de l'occlusion intestinale : abdomen enflé, douleurs et vomissements... Mais quand je lui ai demandé si elle avait eu des gaz au cours de la journée elle a fondu en larmes : « Je n'ai jamais été aussi humiliée de ma vie ! » Ou le chauffeur d'ambulance à trois heures du matin : « Je croyais que vous aviez parlé d'un *môme*, moi j'étais convaincu que je venais chercher un *môme* ! » « Mais non, disait l'épouse du malade, j'ai dit *hématome*, c'est un *hématome* à la tête, j'ai rien dit d'autre ! » « Vous avez dit *môme*, j'en mettrais ma main au feu, c'était pour me faire arriver plus vite ! » « Pourquoi j'aurais dit *môme* quand il s'agit d'un *hématome* ?...» Ils en sont presque venus aux mains, alors que le pauvre homme perdait connaissance sur son brancard à attendre la prise en charge... Ou la petite fille qui est tombée du sixième étage l'été dernier... encore vivante quand on l'a amenée, mais les os en miettes... On a fait l'impossible pour la sauver, avec sa mère qui se cognait la tête contre la cloison de verre, encore et encore... Et quand on l'a perdue, tout le service a sombré dans la déprime, pendant des semaines on n'a pas pu se regarder dans les yeux... Oh, Vanessa ! Chaque nuit je sens la tension monter dans mon corps et pour la dissiper je *dois* me faire un bon petit déjeuner en rentrant le matin... Ah ! je sens le plaisir de la nourriture me courir dans les veines, la souffrance se dissoudre petit à petit... Tu ne veux même pas *essayer* de me comprendre ?)

« C'est une jeune femme ravissante, dit Aron de but en blanc.

— Qui ça ? demande Katie en sursautant.

— Chloé.

— Vous avez déjà vu Hal avec un laideron ? dit Beth.

— Non, reconnaît Aron. Mais elle a quelque chose de spécial, cette Chloé.

— Ce n'est pas moi qui vous dirai le contraire, dit Hal.

— Eh Sean! dit Leonid. Tu veux qu'on garde les os pour Patchouli?

— On lui a déjà demandé, dit Katie.

— Qui est Patchouli? demande Chloé, revenant à ce moment dans la pièce.

— C'est le chien de Sean, dit Hal. Comment va le petit?

— J'ai pas vu de chien... Il y a un chien ici? demande Chloé, inquiète.

— Oh! Patchouli ne ferait pas de mal à une mouche, dit Hal, et les autres éclatent de rire.

— Mais il est là? dans la maison? demande Chloé.

— Il n'a jamais mordu personne, que je sache...? ne peut s'empêcher de glisser Rachel.

— Pas de blondes en tout cas, fait Patrizia avec un petit gloussement.

— Arrêtez de l'embêter! dit Beth.

— Faites passer le maïs et SUFFIT!» rugit Hal en tapant du poing sur la table. Mais, comme Beth a déjà terminé le maïs, il doit se contenter de patates douces et de choux de Bruxelles.

«Comme ça, tu travailles à un roman sur la ruée vers l'or? dit Leonid. Quelle époque palpitante ça a dû être!»

Ravi, parlant la bouche pleine, Hal se lance dans une longue description de la région du Klondike dans les années 1890, tandis que Chloé se retire dans le monde privé et parfait qu'elle partage encore avec son frère Colin.

Regarde-moi tous ces vieux schnocks, Col, se dit-elle. Tu te demandes ce que je suis venue foutre parmi eux? Ah je vais pas passer beaucoup de temps avec ces amis de Hal, ça je te le garantis. Laisse-moi te le dire, Col, c'est des gens de la haute. Tout est haut chez eux : leur QI, leur salaire, leur opinion d'eux-mêmes. Mais *nous*, on sait, hein? Elle est pas haute, la vérité, elle est basse. Ras des pâquerettes, n'est-ce pas? Ou encore mieux : sous terre, comme toi. Non, mais regarde-moi ce barbon, là. Qu'est-ce qu'il fout là, d'ailleurs ? Les autres sont vieux, déjà, mais lui est carrément croulant. Doit avoir cent ans. N'ouvre jamais la bouche. Yeux bleus vides, cerveau vide. Cent ans sur la Terre, et voilà la conclusion qu'il en tire : rien.

Chloé ignore tout de Sean et ne peut donc deviner la logique qui a présidé à son choix : ont été invités tous ses amis du coin qui, en cette soirée de réjouissances obligatoires, risquaient de souffrir de la solitude.

Quant au cerveau d'Aron, il n'est pas vide, il est seulement loin. (Impressionné comme toujours par la quantité de nourriture que les Américains peuvent ingurgiter au cours d'un seul repas, il est retourné dans son esprit à Pretoria, cet après-midi brûlant du mois de février 1933, un an et demi à peine après leur arrivée, quand ils avaient eu vent de la nouvelle famine en Ukraine : famine entièrement due à la soigneuse planification soviétique. Un cousin germain du père d'Aron, parti vivre aux États-Unis après la première vague de pogroms en 1905, était rentré brièvement à Odessa pour l'enterrement de sa mère et ce qui se passait au pays l'avait traumatisé. Aron, âgé alors de dix-huit ans, ne devait jamais oublier le choc de voir son père effondré, en sanglots, sur la lettre de son cousin. En tant que boulanger, il avait eu des échanges constants avec les cultivateurs et, même si l'on était loin de connaître toute l'étendue du drame, les effets étaient déjà là, palpables et horrifiants : les Soviétiques avaient réquisitionné la quasi-totalité de la récolte annuelle, assassiné ou déporté vers l'est en tant que «koulaks» des centaines de milliers de paysans... et maintenant, pour punir ce pays de son déviationnisme nationaliste, son manque d'enthousiasme marxiste-léniniste, sa lenteur à se plier à la collectivisation forcée, ils allaient laisser, non, encourager, non, aider six millions d'Ukrainiens à mourir de faim... *oui six millions, oui mourir*... Ah, se dit Aron, mais personne ne s'intéresse à ces six millionslà ; il y a de fortes chances pour qu'ils ne figurent même pas, au mot « Ukraine », dans l'encyclopédie de Sean, là-bas sur l'étagère... À la suite de cela, les Zabotinsky avaient abandonné le russe, même à la maison ; cette langue qui, pour les juifs d'Odessa, avait symbolisé la poésie et la culture était celle dans laquelle l'Ukraine était maintenant humiliée et affamée. En Afrique du Sud la mère d'Aron avait donc cessé de réciter Pouchkine et Akhmatova à son fils. Délaissant sa peau de jeune juive charmante, romantique et poétique, elle s'était muée en une Blanche agressive, capitaliste et sioniste. La langue anglaise était venue se glisser entre eux, pragmatique et progressiste, évinçant le russe avec ses sombres associations d'intimité et de mystère...)

Rachel n'écoute pas Hal non plus parce qu'elle n'a jamais été friande de ses romans et doute qu'elle lira celui-ci au moment de sa parution. (Sclérose et squelettes, se dit-elle, même racine – *skeletos*, *sklêros* : dureté, sécheresse ! On se durcit, on se dessèche. Comment se fait-il que, sur le visage au repos des gens d'un certain âge, quand ils ne sont animés par aucun sentiment particulier, c'est la *tristesse* qui ressort ? Tristesse et défaite. Lettre aux jeunes. Mise en garde. Les lourdes paupières pendantes de Leo... sa bouche qui dessine un sourire à l'envers, creusant deux plis qui lui descendent jusqu'aux bajoues. Les sourcils de Katie : froncés, plissés comme un rideau de souci permanent sur ses yeux. Mes joues à moi : ridées, hachurées par l'angoisse. Les profonds sillons horizontaux dans le front de Derek : résultat, dirait-on, de plusieurs décennies de tourment ininterrompu. Et cet air imbécile, presque mongolien que prend Aron, dès qu'il s'absente de son regard... Aucun d'entre nous n'est beau, quand on y pense. Sauf Chloé, bien sûr, mais ça ne compte pas ; Chloé n'est belle que parce qu'elle est jeune. Peut-être que personne n'est beau en dernière analyse. Peut-être que la beauté humaine n'est qu'une illusion hormonale, utile à la perpétuation de l'espèce ? À quoi ressemblerait la beauté *vraie*, Platon ?)

Et Katie, malgré elle, a glissé une fois de plus vers le 2 août 1998, jour fatidique où elle avait compris que sa vie était sur le point de basculer. Puis elle avait basculé. À jamais. (Depuis trois jours le téléphone de David avait sonné occupé de façon obstinée, affolante, provoquant chez Leonid et Katie d'abord la surprise puis l'inquiétude puis l'insomnie et des grincements de dents, les poussant enfin à appeler les réclamations en désespoir de cause : « *Que se passe-t-il ?* » « Désolée, il a dû laisser le combiné décroché par erreur, je ne peux rien faire pour vous. » .... Katie : « Tu ne crois pas qu'on devrait faire un saut à Boston ? » Leonid : « Il nous a dit de le laisser tranquille. » .... Leonid : « Peut-être qu'on devrait aller à Boston ? » Katie : « Il nous a *ordonné* de le laisser tranquille. » David avait été le benjamin de la fratrie… jusqu'à l'arrivée inopinée de Sylvia six ans plus tard. Les photos dans l'album de famille montraient un petit garçon joufflu, joyeux et plein d'entrain… jusqu'à quand ? *Où* est-ce qu'on s'est trompés ? se demande Katie. Son chagrin nourrit sa culpabilité, et tous les mets qu'il lui apporte sont avariés ; chaque bribe de souvenir peut être repêchée et étudiée sous un angle nouveau ; même les images les plus lumineuses peuvent être contaminées par le doute et la méfiance : n'y avait-il pas là, même à l'époque, un soupçon de moisissure, un relent de putréfaction… la vie de David n'était-elle pas déjà en train de s'assombrir ? Sur le point d'achever son doctorat en musicologie à la célèbre école de musique Berkley, David avait abandonné ses études pour se défoncer à l'héroïne, claquemuré dans une minuscule chambre crasseuse sur Power Street, en face du trafic rugissant de la route surélevée General Pulaski. « On ne peut pas t'aider ? » « La seule façon de m'aider c'est de me laisser vivre ma vie. » « Il n'y a vraiment *rien* qu'on puisse faire pour t'aider ? » « Je ne pourrai pas grandir si vous êtes toujours là à me tenir la main. » Où avaient-ils pris le mauvais tournant, comment avait pu éclore chez leur fils cadet ce besoin de se dénigrer et de se détruire ?)

« Tu aurais pu apprendre tout ça sans aller jusqu'à Vancouver, dit Beth.

— C'est-à-dire… ? dit Hal, mécontent d'être abattu en plein vol d'éloquence.

— Mais dans des bibliothèques, dit Beth. Ou sur Internet…

— Non, dit Sean d'une voix ferme. Pas de ça chez moi, merci. Pas ce soir.

— Allons, Sean, dit Beth. Tu ne vas pas nous refaire ton laïus antimodernité, j'espère ?

— Non. Je vais simplement demander qu'on s'abstienne de prononcer ce mot-là ce soir.

— Tiens donc, dit Beth. Et peut-être aurais-tu la bonté de nous dire quels *autres* mots tu as choisi de proscrire ?

— Je propose, dit Sean après une brève hésitation, repoussant son assiette et allumant une cigarette avec des mains qui tremblent de façon visible, je propose que chacun de nous précise maintenant, d'entrée de jeu, quel mot il aimerait exclure de la conversation. Réfléchissez. »

Le silence fait sursauter Aron.

« Quoi ? Quoi ? » dit-il en lançant des regards à droite à gauche.

Rachel se penche vers lui et lui dit, directement à l'oreille : « Un mot que vous préféreriez ne pas entendre.

— Non non, j'entends très bien, dit Aron, remontant discrètement le volume de son appareil auditif.

— Un mot par personne, dit Sean. Katie ? »

Il compte sur Katie pour le soutenir, lui montrer de l'indulgence, et elle ne le déçoit pas.

« Clone, dit-elle. Pas de clones ni de clonage ce soir, vous voulez bien ?

— Excellent ! dit Sean. Leo ?

— Nucléaire, dit Leonid. Si possible.

— D'accord ! dit Sean. Pas d'Internet, pas de clones, pas de nucléaire. Quoi d'autre ? Patrizia ?

— Cancer.

— Sauf en tant que signe astrologique. Brian ?

— Palestine, dit Brian, provoquant un grand éclat de rire.

— Si on censure la Palestine, dit Aron, qui entend très bien maintenant, il nous faudra censurer Israël aussi.

— Et comment ! dit Sean en vidant son verre, heureux de la tournure que prennent les choses. Et toi, Charles ?

— Peut-être pourrait-on supprimer toute allusion au divorce ?

— Aïe aïe aïe, ça ne va pas être facile ! dit Brian qui, comme toujours quand il boit, rit et transpire à l'excès (les lunettes embuées, le nez et le front rougis à force de rire). On pourrait peut-être l'appeler « le mot-en-D » ? À toi, Beth, ajoute-t-il en se tournant vers sa femme, conciliant. Toi aussi, tu as le droit d'interdire un mot.

— C'est ridicule », dit Beth. Elle croise les bras sur son ample poitrine et rougit, elle aussi. Elle déteste le rôle dans lequel elle se trouve cantonnée, chaque fois, face à Sean : le rôle d'une femme moralisatrice et intolérante, alors qu'au fond d'elle-même ce n'est pas du tout celle qu'elle croit être.

« Allez, supplie Brian. Ce n'est qu'un jeu.

— Bon, ben alors… calories ! »

Nouvel éclat de rire.

« Woody Allen ! dit Rachel.

— Saddam Hussein ! dit Derek.

— Viagra ! dit Hal, et plusieurs d'entre eux approuvent, applaudissent. Et toi, Chloé ? demande-t-il avec tendresse à sa jeune épouse. Il y a une chose dont tu préférerais ne pas parler ?

— Oui, dit Chloé.3

— Quoi ? demande Patrizia.

— La luzerne », dit Chloé, avec un petit sourire provocant qui lui vaut l'affection de Sean tout de suite et

110

à jamais. (Elle a appris le mot « luzerne » d'un de ses clients ; elle leur demandait toujours ce qu'ils faisaient dans la vie, pour qu'ils pensent qu'elle s'intéressait à eux comme individus, c'était mieux ainsi, ça allait plus vite ; ils prétendaient tous être de riches médecins ou avocats ou hommes d'affaires et leurs propres mensonges les faisaient bander, mais celui-là lui avait répondu qu'il était cultivateur de luzerne – ça, il n'aurait pas pu l'inventer ! – et, comme elle avait fumé plusieurs joints dans l'après-midi, l'idée l'avait fait hurler de rire : « Cul-cul-cultivateur de lu-lu-luzerne ! » avait-elle bégayé, tout en rangeant dans son sac la liasse de billets de dix qu'il lui avait donnée. « Et c'est comment, la luzerne ? » Par bonheur, au lieu de s'offusquer, l'homme lui avait expliqué que la luzerne était une jolie plante fourragère aux fleurs violettes, et qu'il en possédait des centaines d'hectares dans la province voisine d'Alberta – oui des champs de minuscules fleurs violettes à perte de vue – et l'image de cette mauve douceur illimitée avait procuré à Chloé une sensation de paix inhabituelle.)

IX

RACHEL

QUE DEVIENDRA RACHEL ? *Eh bien, en règle générale, les gens normaux dépriment un peu en prenant de l'âge et ceux qui sont déjà déprimés le deviennent encore plus. Rachel ne fera pas exception à cette règle.*

Elle est en deuil depuis sa naissance : d'abord il lui a fallu pleurer ses oncles et ses tantes zyklonés, les juifs d'Europe, ensuite les enfants qu'elle n'a pu concevoir... puis Sean Farrell, l'être qu'elle aimait le plus au monde... puis Derek, qu'elle avait non seulement aimé mais épousé. Malgré tous ces deuils et à vrai dire malgré elle, Rachel vivra vraiment très vieille. Et le plus surprenant, c'est qu'elle restera jusqu'au bout un professeur de philosophie tout à fait remarquable. Elle sait éveiller l'enthousiasme de ses étudiants. Susciter leur soif de compréhension, puis la désaltérer un peu... pour mieux leur faire voir à quel point ils restent assoiffés. Elle sait faire vivre et verdoyer non seulement les dialogues de Platon, dont elle connaît bon nombre par cœur, mais les paysages mentaux à première vue plus arides de Kant, de Hegel et de Leibniz. Ses étudiants la vénèrent. Ils la remercient. Ils lui dédient leurs livres et leurs thèses. Ils l'érigent en modèle de bonté et de lucidité. Quand survient son soixante-cinquième anniversaire, personne ne songe à prononcer le mot de retraite. Elle est bien plus qu'un pilier du département : un monument national. Son esprit reste vif et sa langue, agile ; les décennies n'émoussent en rien son humour noir. À l'âge de quatre-vingt-trois ans, elle donne encore des

113

conférences magistrales, et les amphithéâtres sont encore bondés.

Il y a une autre raison pour laquelle, malgré des velléités dans ce sens, Rachel ne se jette pas dans les bras toujours ouverts et accueillants de la mort. Une raison double : Angela et Marina, les filles de Lin et Derek. Elles sont quasiment orphelines maintenant, leur père étant décédé et leur mère n'ayant plus donné signe de vie depuis vingt, trente, quarante ans. Rachel se dit que les filles – Marina, surtout – ont besoin d'elle. C'est là une des rares surprises agréables que vous réserve la vie, songe-t-elle : les gens s'attachent réellement les uns aux autres. À soixante ans, Marina aime passionnément sa belle-mère octogénaire, désillusionnée et éloquente. Tous les quinze jours environ, les deux femmes se retrouvent à Manhattan pour boire un verre, aller au cinéma, au ballet, au restaurant, au musée…

Le jour où je viens la chercher, par contre, Rachel se trouve chez elle. Tout à fait seule dans la grande et vieille maison que Lin et Derek avaient achetée, dans les années soixante-dix, peu après leur mariage. La maison a subi de nombreuses transformations depuis que Rachel la connaît. Longtemps, Lin a dansé dans son grenier. Angela et Marina y ont fait leurs premiers pas. Après le départ de Lin, Rachel est venue y vivre. Angela s'est envolée, puis Marina. Ensuite Derek est mort, et son service funéraire a eu lieu dans la grande et vieille maison. Après quoi, pendant de longues années, Rachel y a habité seule. Et voilà qu'aujourd'hui elle va y mourir.

Elle s'est fait couler un bain. Elle dénude son vieux corps maigre et noueux et entre précautionneusement dans la baignoire, en s'agrippant au rebord. Lui revient soudain en mémoire ce jour lointain où, à la suite de sa seule vraie tentative pour mettre fin à ses jours (elle venait de se rendre compte qu'ajuster ses névroses à celles de Sean n'était peut-être pas le chemin le plus direct vers le bonheur), Lin lui avait donné un bain. Ah comme l'eau chaude lui avait fait du bien ce jour-là, versée par son amie la plus chère sur sa peau croûtée de

114

vomissures et d'excréments... Et là, toutes ces années plus tard, déstabilisée peut-être par ce souvenir ancien qui a ressurgi à l'improviste dans son cerveau, elle perd l'équilibre. Tombe. Se cogne la tête contre le robinet d'eau froide. S'évanouit de douleur. Glisse sous l'eau, à la surface de laquelle flottent des bulles parfumées.

Telle est la fin de l'âme de Rachel. Mais les aventures de son corps ne sont pas tout à fait terminées. Elle a une voisine, voyez-vous, une femme très gentille du nom de Sarah. Sarah est nettement plus jeune que Rachel, septuagénaire seulement, mais déjà en train de dévaler à toute vitesse la pente d'Alzheimer. Ce soir-là, Sarah apporte chez Rachel une lettre qui a été livrée par erreur chez elle. Elle frappe à la porte, pas de réponse, elle voit que les lumières sont allumées alors elle frappe plus fort, appelle, pas de réponse, elle essaie la porte et la trouve ouverte – « Rachel ? Rachel ? » –, jette un coup d'œil dans les différentes pièces – « Rachel ? » –, entre enfin dans la salle de bains, voit le cadavre dans la baignoire, pousse un cri d'effroi, se précipite chez elle et oublie ce qui s'est passé avant d'y arriver. « Mais... dit son mari, pourquoi tu n'as pas donné sa lettre à Rachel ? » « Ah oui », balbutie Sarah en rougissant de honte – elle sait que sa mémoire commence à lui jouer des tours –, alors elle se ressaisit, retourne à la maison voisine, trouve la porte grande ouverte, entre dans la salle de bains, voit le cadavre, pousse un cri d'effroi et rentre chez elle en courant, la lettre toujours à la main. « Ne me dis pas que tu as encore oublié de la lui donner ! » dit son mari avec un sourire indulgent...

Et ainsi de suite, et ainsi de suite, pendant cinq ou six aller et retour...

S'ils avaient pu assister à la scène, Sean et Rachel se seraient probablement tenu les côtes de rire.

X

Le temps passe

LE PUNCH et le vin commencent à faire leur effet, les convives se décontractent peu à peu, leurs auras s'étendent autour d'eux et se chevauchent. Sean est fier de son degré d'ébriété : juste ce qu'il faut, se dit-il, écrasant une cigarette dans le cendrier et en allumant aussitôt une autre, juste ce dont j'avais envie, cette chaleur intérieure régulièrement alimentée au long de l'après-midi et qui brûle maintenant avec l'égalité tranquille d'un feu de tourbe – pas ces saloperies de chaudières qu'ils ont par ici, hein m'man, qui tombent toujours en panne au beau milieu d'un blizzard, tu n'as jamais pu t'habituer aux hivers de la Nouvelle-Angleterre...

« Dis donc, c'est une vraie tempête de neige ! dit Chloé, comme si elle se trouvait dans la tête de Sean à lire ses pensées. Il neige des cordes !

— On ne peut pas dire qu'il neige des cordes, dit Hal, la reprenant d'une voix douce. Il ne neige presque jamais à Vancouver, explique-t-il aux autres. On pourrait dire qu'il neige... je ne sais pas, moi... des Moby Dick par exemple... ou des bébés phoques... »

Mais Chloé ne l'écoute plus. (Elle a flotté loin en arrière, jusqu'au mois de juin 1996. Une journée sublime à Vancouver. Colin est encore en vie. Il a vingt ans, elle dix-neuf, et ils vivent ensemble, à cette époque de leur vie dont elle se souviendra plus tard comme de celle du bonheur. Ce jour-là, comme souvent, ils dorment jusqu'à trois heures de l'après-midi, chacun sur son canapé-lit. En se réveillant, ils se lèvent et prennent une douche, Chloé d'abord, puis Colin, pour se purifier le corps. Ils s'habillent de blanc, elle une robe d'été toute simple, lui une chemise indienne et un pantalon ample en coton. Ensuite ils prélèvent d'une petite boîte métallique une cuillerée de la coûteuse et excitante poudre blanche qu'ils gardent pour les occasions spéciales. Se penchant, ils l'aspirent par les narines, Chloé d'abord, puis Colin, pour se purifier l'esprit. Maintenant ils sont parfaitement immaculés, des dieux jumeaux de l'Inde : debout face à face, ils se prennent les mains et se regardent au fond des yeux tandis que montent et s'intensifient peu à peu leur force et leur pureté, leurs mains se mettent à bouger et, lentement, avec une extrême douceur, ils se caressent les bras, le cou, le visage et la poitrine, leurs sensations, refoulées au fond de leur corps pendant la nuit pour les protéger, remontent à la surface et sourdent de leurs pores comme de l'or fondu, ce sont des dieux, oui des dieux jumeaux et c'est de façon divine qu'ils caressent maintenant les hanches et le dos l'un de l'autre, le simple frôlement de leurs lèvres déclenche en eux pâmoison, extase, orgasme, la langue mouillée est d'une suavité indicible, ils ont les membres tendus et cependant sans poids, le cerveau inondé de lumière, et ils tournent l'un autour de l'autre dans une danse de cocaïne sinueuse et sophistiquée, deux jeunes dieux amoureux et seuls au monde, la drogue est un trémolo blanc et brillant dans leur cœur, chaque note pure et frissonnante, leurs mains sont pures lorsqu'ils s'en servent pour ôter les habits l'un de l'autre, et le battement du sexe de Colin contre le ventre de Chloé est pur, comme est pure sa façon de prendre sa petite sœur dans les bras et de la poser sur son lit, et lorsqu'il s'allonge lentement gravement sur elle et entre en elle, ce qui luit dans leurs regards soudés c'est l'amour le plus pur et le plus sacré.)

Non et non et non, se dit Beth. Je ne dirai pas à Sean d'éteindre sa cigarette. Je suis son invitée, j'ai accepté son hospitalité, c'est lui qui fait la loi dans sa maison... pourtant il sait que je souffre d'asthme et d'emphysème, sait que je déteste la fumée parce qu'elle pue, m'étouffe, me gâche l'appétit, non je ne le lui dirai pas, ça lui ferait trop plaisir, ça lui permettrait de plaisanter sur l'immense service qu'il me rend en me gâchant l'appétit, ah il me l'a déjà chanté ce refrain-là, également celui sur les insanités que nous fait avaler la Ligue contre le cancer en nous racontant que le tabagisme coûte chaque année des milliards de dollars au pays en soins médicaux... comme si le fait de ne pas fumer vous garantissait une mort bon marché! Comme si les non-fumeurs ne mouraient pas! ne coûtaient pas un centime au contribuable! (Jordan fume deux paquets par jour, plus encore quand il est en prison, oh Jord mon bébé aux yeux brillants, mon garçonnet aux boucles brunes... *que t'est-il arrivé?*)

«J'ai pensé à toi la semaine dernière, Hal, dit Rachel. J'étais dans un vol de nuit pour La Guardia et à côté de moi il y avait un homme qui écrivait. Un type énorme, casquette de base-ball, T-shirt, blue-jean, canette de Coca. Tout en poussant des soupirs terribles, il griffonnait avec fébrilité sur un bloc-notes de papier jaune... Jamais je n'ai vu quelqu'un écrire aussi passionnément. Je me suis penchée pour voir de quoi il s'agissait mais il faisait exprès de me le cacher. J'ai essayé de ruser, faisant mine de fouiller la poche du siège devant moi et glissant subrepticement les yeux vers la gauche, mais à chaque fois il levait un bras adipeux pour dissimuler sa page... Au bout d'un moment ça a commencé à me taper sur les nerfs.

— Bien sûr! dit Hal. Comme si ça le regardait, que tu veuilles te mêler de ses affaires!»

Sean et Brian rient, mais Derek est mal à l'aise. Cette scène dans l'avion lui rappelle quelque chose, ce vol fatidique à Madison, il y a huit mois. (Il avait accepté de participer à un colloque à l'université du Wisconsin sur le thème de «L'Idéal épicurien dans le monde post-moderne». En soi, cela n'aurait posé aucun problème, n'était le fait que son père Sidney se trouvait alors à l'hôpital et s'apprêtait à subir un triple pontage. « Ça devrait se passer comme une lettre à la poste, avait dit le chirurgien à Derek. Il n'y a pas la moindre raison de s'inquiéter. » « Comment peux-tu abandonner ton père à un moment pareil ? avait glapi sa mère. Et me laisser m'en occuper toute seule ? J'ai déjà entendu parler d'égoïsme mais un égoïsme aussi *éhonté*, et de la part de mon propre *fils*... ça me dépasse. » Préférant écouter le médecin, Derek avait décidé de ne pas annuler son départ. En allant voir Sidney à l'hôpital la veille, il lui avait trouvé la main bizarrement flasque et le teint livide, presque gris sous les néons de sa chambre. Mais, tout en lui parlant d'une voix calme et rassurante, il n'arrêtait pas d'élaborer de nouveaux paragraphes pour sa conférence à Madison, sur la perte de plaisir qu'entraîne le gain de temps : « Dans l'Amérique contemporaine, la communication est instantanée mais elle est insignifiante », ou bien : « Plus personne ne passe la journée aux fourneaux, mais nos repas sont insipides. » « Qu'avons-nous perdu ? L'art de la conversation, l'art de la correspondance, l'art de préparer et de partager la nourriture... en un mot, l'art de la *présence*. » « Bon papa, faut que j'y aille. » « Vas-y, fiston », avait dit Sidney d'une voix rauque, et il s'était détourné de Derek pour regarder par la fenêtre... Derek avait remarqué que ses yeux bleus larmoyaient... Pleurait-il ? Mais non, pourquoi aurait-il pleuré, ses yeux larmoyaient, c'est tout – donc Derek avait pris l'avion pour Madison et, pendant le vol, il avait tapé comme un fou sur le clavier de son ordinateur un tas de notes sur la perte d'intensité, la perte de vrai contact, la perte de ce sens aigu de *l'ici et maintenant* qui était l'essence même de l'épicurisme : car, la technologie moderne nous permettant de fonctionner avec l'esprit dans un endroit et le corps dans un autre, nous devenons de plus en plus indifférents aux lieux et aux êtres qui nous entourent. Le voisin de Derek, un homme d'affaires sikh affublé d'une barbe et d'un turban, jetait de brefs regards vers l'écran de son PowerBook pour savoir sur quoi il travaillait. Sa curiosité insistante empêchait Derek de se concentrer... tout comme, refoulée au fond de son esprit mais le rongeant néanmoins, la troublante contradiction entre le sujet de sa conférence et le fait qu'on ouvrait le thorax de son propre père pendant qu'il l'écrivait... De fait, il ne revit jamais Sidney. Le coup de fil de Violet arriva le lendemain matin, peu avant l'heure fixée pour sa conférence, et il comprit, désespéré, que tout était perdu, qu'il n'aurait ni le beurre ni l'argent du beurre, ni le droit de lire sa communication ni celui d'assister au décès de son père... ah! Sa mère avait eu raison, une fois de plus!)

« Toujours est-il, dit Rachel, que j'ai fini par me décourager et retourner à ma lecture. Mais plus tard... je l'entends qui se met à ronfler, je regarde, il dort à poings fermés et je vois que le bloc-notes a glissé sur ses genoux mais qu'il est éclairé par sa lampe de lecture... Alors je me penche pour le regarder de près...

— Et c'est quoi? demande Patrizia.

— Rien, dit Rachel.

— Comment ça, rien?

— Pas un mot, même pas une lettre reconnaissable. Page après page de gribouillis indéchiffrables. Rien qui appartienne à une langue humaine.

— Et ça t'a fait penser à moi, dit Hal. Je suis touché.

— Vous vous habituez bien à la vie ici? demande Derek en se tournant vers Charles, exactement comme Charles avait redouté qu'il ne le fît tout à l'heure. Les gens du coin ne sont pas exactement réputés pour leur hospitalité.

— Oh! réplique Charles. J'ai eu l'autre jour un assez bel exemple de l'hospitalité locale. J'étais à la cuisine. Mon évier se trouve juste devant la fenêtre, comme celui de Sean, ici. Alors je suis en train de laver la vaisselle et quand je lève la tête, je vois la voisine d'à côté qui fonce droit sur moi. »

(Patrizia pense à son rebord de fenêtre à elle, où il y a toujours des pots de fleurs et des fines herbes et même, en été, des plants de tomates cerises ; comme elles sont pauvres, les cuisines des intellectuels ! Comme il est triste et vide, le réfrigérateur de Sean, depuis le départ de Jody ! Et dans son jardin, pas une seule mangeoire pour les oiseaux...)

« C'est une femme dans la trentaine, poursuit Charles. Une blonde frisée, toujours à moitié hystérique, qui court dans tous les sens et hurle constamment après son fils pour qu'il fasse son piano... Bref, la voilà qui arrive sur moi, alors je fais mine d'être absorbé par le nettoyage de mon presse-ail avec un cure-dent, mais elle tape sur la vitre donc je suis bien obligé de lui ouvrir... "Excusez-moi", qu'elle fait... »

Son imitation impeccable de l'accent des yuppies bostoniens provoque l'hilarité autour de la table.

« Excusez-moi... Salut, je m'appelle Maggie, j'habite à côté. » « Oui ? » « Eh bien, ma mère m'a toujours dit qu'il fallait souhaiter la bienvenue aux nouveaux voisins en leur apportant des muffins. Et... euh... je sais que vous êtes là depuis six mois et je n'ai pas encore eu le temps de vous faire des muffins, alors... Voilà, c'est tout ce que je voulais vous dire : considérez-vous comme muffiné ! »

— Ah ! c'est fabuleux ! s'écrie Hal en se tapant sur les cuisses de rire. Tu m'autorises à le mettre dans mon roman ?

— Tu es sûr qu'ils avaient des muffins dans le Klondike ? demande Beth, pince-sans-rire.

— Eh oui ! le temps passe, dit Leonid, avec le soupçon d'accent slave dont il n'a jamais pu se défaire. On voudrait faire des muffins, et puis les heures s'égrènent, et un beau jour on se dit mais non, il est trop tard pour faire des muffins.

— Je pourrais être votre grand-père, dit Aron soudain, se tournant vers Chloé avec un sourire. Vous vous rendez compte ?

— Vous pourriez être mon arrière-grand-père, dit Chloé, non sans raison. Mais vous ne l'êtes pas.

— Non, je ne le suis pas », acquiesce Aron en se demandant ce qu'il trouve de si irrésistible chez cette jeune fille. Peut-être lui fait-elle penser à une femme qu'il a connue autrefois, ou vue au cinéma, mais qui, mais non, rien, c'est ça, personne, ce doit être ça, il n'a *jamais* vu une fille aussi fraîche que celle-ci, « pure comme neige poudreuse », est-ce de Shakespeare, ça ? Même son nourrisson est moins frais qu'elle, se dit Aron, refrénant l'envie de tendre le bras devant la bedaine de Hal pour lui caresser la main gauche qu'elle a posée gracieusement sur le bord de la table, alerte et délicate comme un cygne blanc, un rubis étincelant à l'annulaire... mais elle me l'arracherait sûrement, révulsée par le contact de ma peau jaune parcheminée et squameuse... Plus d'amour de peau pour nous autres vieillards, plus de contact ni de caresses... Se peut-il qu'elle me rappelle ma propre mère ? (Une blonde au long cou, elle aussi, à Odessa, en cette lointaine époque d'avant l'exode, oui cet autre monde... La senteur de lilas qui émanait d'elle quand elle s'asseyait sur mon lit le soir et, à la lumière vacillante de la lampe à pétrole, faisait danser l'ombre de ses mains sur le mur, les resserrant en mâchoires de loup, les faisant battre comme des ailes de corbeau... tandis qu'au-dehors la guerre civile faisait rage. Tant de chamboulements, tant de peur et de confusion, tant de questions qui, pour sortir, devaient contourner la boule dans ma gorge : « Que se passe-t-il, papa ? » « Eh bien, avait dit son père, il y a en ce moment six armées différentes déployées sur le territoire ukrainien... » Toutes ces années après, Aron peut encore compter les armées ennemies sur les doigts : les Ukrainiens, les bolcheviks, les Blancs, l'Entente, les Polonais, les anarchistes. « Chacune d'elles déteste toutes les autres, poursuivait son père en abaissant au rouleau la pâte à pain. Elles ne s'accordent que sur une chose : qu'il faut massacrer tous les juifs. » « Mais

– cette question-là n'avait jamais réussi à franchir la boule – *pourquoi* ?»)

«Toute façon, mon grand-père s'est suicidé, ajoute Chloé comme pour elle-même.

— Ah bon ? dit Beth, tandis que se bousculent dans sa tête les dizaines de suicides réussis et ratés qu'elle a vus aux urgences : visages bleus, poignets tailladés, ventres boursouflés… C'est affreux.

— Non non. Je veux dire, pour moi c'était pas affreux parce que je l'ai jamais rencontré, mon grand-père. C'est juste une histoire que ma mère racontait. Je la trouvais pas mal comme histoire. Il avait le cafard parce qu'il se faisait vieux et qu'il avait rien fait de sa vie, alors un jour il a décidé de se pendre dans le garage. Mais ce qu'il y a de marrant, c'est qu'il a laissé des petits mots pour dire aux gens comment marchait tel et tel truc dans la maison… On en a trouvé un peu partout, même sous les essuie-glaces de la voiture : "Attention ! le frein a tendance à se coincer !"

— C'était délicat de sa part», dit Rachel tout bas, se demandant si elle-même aura la prévoyance, lors de son ultime accès de désespoir, de laisser un mot sur la cuisinière : «Feu avant droit ne marche pas.» (Rachel n'a jamais senti qu'elle avait le droit de fouler la terre de ses pieds. Son grand problème, comme elle l'a expliqué une fois à un psychiatre, c'est qu'elle était née. Aussi loin que remontent ses souvenirs, c'est le message que lui transmettaient tacitement ses parents à Brooklyn : comment avait-elle osé venir au monde alors que tant d'êtres plus dignes qu'elle étaient morts ? Tu aurais dû être un garçon un garçon un garçon tu aurais dû être un garçon être un garçon, comment oses-tu n'avoir pas les attributs masculins, un-pénis-sans-prépuce-des-papillotes-et-une-kippa ? Et, à défaut d'*être* un garçon, au moins aurais-tu pu en *avoir* un – ou deux, trois, quatre, cinq garçons pour renflouer les rangs de notre race décimée… et non, même pas ça ! Totalement inutile ! Un être humain superflu ! Pas un homme, et pas une vraie femme non

124

plus ! Une pseudo-homme, voilà ! Regardez-moi ça : elle s'est décroché une flopée de diplômes prétentieux et elle passe son temps à débiter de la philosophie *grecque* ! Comme si Dieu ne nous avait pas transmis *à nous* sa vérité, une fois pour toutes ! Une « femme instruite » – ha ! Pas étonnant qu'elle n'ait pas réussi à faire d'enfants ! Tu vois bien : trop de matière grise, pas assez d'œstrogène ! Bien fait pour toi ! L'épouse est censée se soumettre à son mari et le servir – pas discuter philo avec lui tous les matins au petit déjeuner ! Ô les sublimes esprits virils de ses oncles et ses grands-pères, imprégnés de connaissance et de tradition, de savoir et d'apprentissage, ô la beauté millénaire de l'érudition, le commentaire infini du Livre, les mains noueuses les têtes grises les barbes blanches et les yeux irradiant la sagesse... tout cela réduit en cendres, dispersé dans l'air, anéanti ! Et elle, une pauvre femmelette maigrelette aux cheveux sombres, avait eu le culot et le toupet de *vivre* ? Personnellement, Rachel n'éprouvait que de la hargne envers les hassidim, ces hommes obsédés par la crainte de Dieu, la crainte des femmes, la crainte de la vie en somme, se soumettant à des règles maniaques en matière de nourriture, de coït et d'hygiène... Mais, étant d'une honnêteté scrupuleuse, elle ne peut s'empêcher de constater à quel point elle leur ressemble.)

Ça commence à devenir carrément morbide, se dit Charles, se levant et se dirigeant vers la cuisine pour y prendre trois nouvelles bouteilles de vin. Novembre c'est le mois des morts, le mois du déclin et des ténèbres. Il en veut aux autres d'avoir aiguillé son train de pensées sur la voie du suicide, car cela le conduit de façon inéluctable à la mort de son frère Martin... également un mois de novembre, il y a combien d'années, quinze déjà, j'avais vingt-cinq ans à l'époque et lui vingt, c'était un *gosse*, nom de Dieu ! Il aurait eu largement le temps de s'amender, Martin, pauvre petit mec nerveux agité baratineur toujours en train de déconner, nommé d'après le King et incapable de passer deux mois de suite hors de prison, se laissant toujours entraîner dans des coups foireux, vente de shit, vols de voiture (peut-être que si Charles l'avait aidé à se faire la belle après ce vol de voiture, tout se serait passé différemment), Martin la brebis galeuse, salissant le nom familial, source de honte pour leur père l'orateur, l'apôtre de la liberté, tournant en dérision l'éloquence paternelle en déblatérant contre les Blancs, hurlant que le crime était légal dans un pays fondé sur le génocide et l'esclavage... jusqu'au jour où, après s'être laissé embarquer dans une nouvelle histoire de vol avec effraction, et ayant entendu le pas des policiers dans l'escalier de la maison de Sedgewick Street qu'il partageait avec Charles (choisie par celui-ci pour sa proximité de la fac où il achevait son doctorat en littérature comparée), Martin avait sorti son revolver, embouché le canon et appuyé sur la détente, éclaboussant de sa cervelle les murs de la cuisine : murs que, plus tard, une fois le suicide enregistré par les flics et le cadavre envoyé à la morgue, Charles avait lavés de ses propres mains. « Hélas ! pauvre Yorick ! n'avait-il pu s'empêcher de marmonner tout en rinçant l'éponge. Où sont passées tes bonnes blagues ? tes gambades et tes chants ? » Dans quels morceaux de matière grise sur le carrelage se trouvaient les souvenirs d'enfance de son frère ? son orthographe incertaine ? son désespoir existentiel ?

Quand Charles revient poser les bouteilles de vin sur la table, Leonid est au milieu d'une histoire. Tous l'écoutent attentivement, même Katie qui connaît par cœur le répertoire de son mari mais ne se lasse jamais de l'entendre.

« ... la piscine municipale de Minsk, dit Leonid. Je savais à peine nager mais... il y avait une fille. Quelle fille ! Valentina, elle s'appelait. Valentina Sagalovitch. La lumière de ma vie. Comment vous dire. Une fille comme ceci : jolis cheveux blonds, jolie peau bronzée, très jolis seins dans un bikini rouge, joli tout, et elle était toujours entourée par les HOMMES, les vrais, ceux qui avaient dix-huit ans. Ils la faisaient glousser avec leurs gros biceps et leurs voix graves, et moi je me tenais à l'écart avec mes quinze ans, ma poitrine maigrichonne et glabre, mes jambes-allumettes, ma voix fluette et chevrotante, et je n'arrivais même pas à *approcher* Valentina. Ça me tuait de la voir rejeter en arrière ses cheveux blonds et ajuster les bretelles de son bikini rouge et battre des cils devant ces hercules et pouffer de rire. Valentina, Valentina Sagalovitch. J'en rêvais la nuit, je rêvais qu'elle venait en bikini dans ma chambre et m'embrassait sur les lèvres, doucement, oh si doucement...

— Et ? demande Patrizia.

— Eh bien, dit Leonid, le temps a passé, selon sa fâcheuse habitude. Beaucoup, beaucoup de temps. Et puis... le mois dernier, on a eu un problème de tuyauterie et j'ai fait venir un plombier. Il vient, il fait le boulot, et sur l'en-tête de la facture je vois – mon cœur a bondi avant que mon cerveau ait terminé de lire – Sagalovitch. « Sagalovitch, je dis. C'est vous, monsieur Sagalovitch ? » « Oui, pourquoi ? » « Oh c'est idiot... c'est parce que... quand j'étais petit... à Minsk... » « Quoi ? Vous êtes de Minsk ? » Et cetera, et cetera, jusqu'à ce qu'on tombe dans les bras l'un de l'autre. Vous me croirez ou non, ce type est le propre *frère* de Valentina. « Et votre sœur ? que je lui dis. Comment elle va ? Qu'est-elle devenue ? » « Elle va bien, qu'il me répond, elle est là aussi, elle a épousé un Américain. Vous voulez que je vous donne son numéro ? » « Pourquoi pas ? » je dis. Puis je me mets à réfléchir... je ressemble à quoi ? Plus pertinent : *elle* ressemble à quoi, ma blonde Valentina au bikini rouge ? Ce ne sont pas cinq ou dix ans qui ont passé, ce sont cinquante-trois ans. C'est ridicule. Mais je n'y peux rien. Je pense à elle jour et nuit. Je suis à la piscine de Minsk et je souffre de la voir flirter avec les hercules. Katie s'énerve, je ne l'écoute plus quand elle me lit ses poèmes. Alors, je téléphone à Valentina. »

Il y a une assez longue pause.

«Je téléphone, répète Leonid dans un soupir. Bien sûr, elle n'a aucun souvenir de moi, elle n'a jamais été au courant de mon existence. Mais ça lui fait plaisir d'entendre la langue. «J'ai quatre enfants», qu'elle me dit. «Et alors? je réponds. Moi j'en ai six.» «J'ai même des petits-enfants», qu'elle me dit. «Sans blague, je réponds. Moi aussi. Alors on se voit?»

— Erreur, dit Charles.

— Comme vous dites, dit Leonid.

— Toujours une erreur de rendre visite au passé, dit Charles, sans savoir pourquoi il le dit; aucun exemple particulier ne lui vient à l'esprit.

— Alors? dit Patrizia (qui trouve déjà déplaisant de croiser des amis perdus de vue depuis deux ou trois ans). Comment était-elle?

— Que vous dire? soupire Leonid. À côté de Valentina Sagalovitch... pardonne-moi, Beth... Beth, c'est Twiggy. Valentina doit peser dans les deux cents kilos. Elle déborde de partout. La seule partie de son corps qui n'est pas obèse, c'est ses yeux. Ils ne sont pas obèses mais ils sont de travers. Se sont-ils mis de travers pendant la traversée ou ont-ils toujours été ainsi, je n'en sais rien. À Minsk je ne l'avais jamais approchée d'assez près pour voir qu'elle louchait. Mais... bon... comment dire? Moi-même je ne suis pas Leonardo DiCaprio, je ne suis même pas Clint Eastwood, mais... comment dire?

— Alors vous lui avez dit quoi? demande Charles, qui trouve que cette histoire a suffisamment duré.

— Je ne sais plus, dit Leonid. Je crois que je me suis contenté de lui donner une boîte de chocolats, puis j'ai décampé au plus vite.

— Moralité de l'histoire? dit Sean. Écoutez bien, ma chère Chloé : il ne faut pas vieillir.» Et de la dévisager avec tendresse, avec admiration, avec tout le charme dont il est encore capable.

Chloé rencontre son regard et baisse aussitôt les yeux vers son assiette. Il ne sait rien de moi, se dit-elle, à part le fait que je suis l'épouse de son meilleur ami, et il croit qu'il a le droit de me draguer. J'ai horreur de sa façon de me jauger, de me scruter avec ses yeux de crapaud cynique, en plissant les paupières derrière son nuage de fumée…

Och… se dit Sean. Celle-là, je ne l'aurai pas. Ça ne se passe plus comme avant… Il y a vingt ans, au cours d'une soirée chez Derek, j'ai fait céder Lin rien qu'en plongeant mon regard dans le sien – oui, on a fait l'amour comme ça, par-dessus la table – et plus tard, à la cuisine, je l'ai possédée par un simple frôlement de doigt sur la joue. Même si je ne l'ai jamais déshabillée, elle s'est donnée à moi, je pouvais faire d'elle ce que je voulais… On peut réussir ce genre de chose quand on est jeune, sûr de sa capacité de les faire tomber et de les attraper en pleine chute… terminé. Même Jody, il a fallu que je la persuade, que je la cajole, que je la mérite ; il n'était pas question qu'elle écarte les cuisses avant d'avoir lu mes poèmes, ni qu'elle m'épouse avant d'avoir compulsé mon testament. Voilà ce qui arrive quand on a les cheveux qui tombent et le bide qui ramollit, on est obligé de compenser avec de la bonté humaine, prouver sa nature optimiste et constructive. Tant qu'on avait ses cheveux, un peu de sadisme passait très bien ; une goutte de nihilisme était parfaitement acceptable. Quel veinard, ce Hal. Peu importe de savoir si sa nouvelle idylle sera durable ou non ; l'important c'est que, tout récemment encore, il a connu la joie de serrer contre lui le corps d'une belle inconnue en se disant qu'il lui ferait l'amour sous peu. Quand me suis-je trouvé pour la dernière fois avec une belle inconnue – courant libres et insouciants sur la plage, main dans la main, s'embrassant sauvagement, s'arrachant les vêtements, plongeant nus dans les vagues, se jetant corps contre corps ? (À dire vrai il ne s'est jamais adonné à ce genre d'activités, mais il tient à aller jusqu'au bout de son idée.) De nos jours, on ne sait plus faire l'amour, on ne sait faire qu'attention. Attention au sida, attention à la grossesse, attention surtout au plaisir de votre partenaire : les femmes ne veulent plus s'envoler avec vous au septième ciel, non, elles veulent que vous suiviez un stage de six semaines en stimulation clitoridienne, après quoi, ayant rédigé votre mémoire et vous sentant prêt à passer l'examen, elles vous annoncent qu'elles aiment autant faire ça avec une femme. (Cela non plus, Sean ne l'a jamais vécu, mais il est emporté par ses propres effets rhétoriques.) Ah, Hal. Le veinard. Le veinard, d'avoir trouvé une fille si simple et si douce à épouser.

XI

HAL

Jusque-là je me suis montré plutôt magnanime avec ce groupe d'amis, vous ne trouvez pas ? J'ai réussi à cueillir la plupart d'entre eux sans même qu'ils s'en aperçoivent. Mais le petit triangle familial – Hal, Chloé et Hal Junior – connaîtra, j'en ai peur, un sort moins folichon.

Hal Senior, quinze jours à peine après le repas de Thanksgiving : une attaque cérébrale. Non, je ne l'embarquerai pas encore. Il doit d'abord faire le bilan de sa vie. (Il est peut-être opportun de mentionner ici que son vrai nom n'est pas Hal mais Sam ; Hal s'est imposé à lui quand il a pris la décision de devenir écrivain, car les noms allitératifs lui semblaient dotés d'un pouvoir quasi magique : son idole Walt Whitman, par exemple. Et, en effet, il ne fait pas de doute que « Hal Hetherington » s'inscrit mieux dans la mémoire que « Sam Hetherington »…)

Il revient de l'hôpital sonné, en proie au vertige. Chloé est ahurie. Où est passé l'homme qui, si récemment encore, lui paraissait solide, vigoureux et rassurant ? l'homme sur qui elle comptait pour la protéger de la folie et de la violence qui, jusqu'à ce qu'elle le rencontre, avaient été son pain quotidien ? D'une puissante figure paternelle, son mari s'est transformé du jour au lendemain en un vieux débris poussif. Il est repoussant. Terrifiant. Méconnaissable.

Elle le quitte. Emmenant avec elle Hal Junior et sept grosses malles remplies de vêtements, de fourrures et de bijoux (toutes choses acquises depuis son mariage), elle déménage à Londres. Elle a un accès illimité à la fortune de son époux, puisque ses comptes bancaires ont été mis à leurs deux noms et que leur contrat de mariage a confondu leurs richesses (ou plutôt la richesse de Hal et sa pauvreté à elle).

Hal se retrouve seul. Cela lui est déjà arrivé plusieurs fois, mais jamais en tant que malade. Maintenant, depuis le premier cillement de l'aube jusqu'au dernier frémissement de minuit, chaque journée est une accumulation inimaginable de souffrances. Le pire n'est ni l'essoufflement ni la douleur, ni l'abrutissement ni le vertige ; c'est le sentiment d'étrangeté. Il est étranger à lui-même. Il ne reconnaît comme siens ni son corps ni son esprit. Non seulement sa femme et son enfant l'ont plaqué, il s'est plaqué lui-même. Le soi à qui il a désormais affaire est un personnage maussade et paresseux. Il passe ses journées au lit, indifférent à la nature, à la poésie et à la musique, sans le moindre désir. De temps à autre, transpercé par le souvenir d'une autre époque, d'un autre monde, il se secoue. Carpe diem, dit son moi d'antan, au comble de l'angoisse. Tu devrais faire quelque chose ! Qu'est-ce qui te prend ? Tu devrais être en train d'écrire ! Mais son nouveau moi se contente de grogner et de se retourner dans le lit. Il a le cerveau commotionné par des bruits bizarres, des élancements électriques de désespoir, plus terrifiants que tout ce qu'il a vécu jusque-là.

Il vit au ralenti. Il se regarde traîner dans la maison et exècre sa léthargie, sa maladresse, le refus obstiné de son corps de se soumettre aux ordres de son esprit. Il lui faut plus de deux heures pour venir à bout de son rituel matinal, qu'il expédiait naguère en trente minutes. Chaque étape de la série de gestes jusque-là bien huilée, automatique (se lever, se raser, s'habiller, prendre le petit déjeuner, débarrasser la table) est un labeur exténuant. Je suis comme un personnage dans un roman de Beckett, se dit-il, et c'est tout sauf drôle. Il s'empêtre affreusement dans les manches de sa chemise. Égare sa mousse à raser. Oublie de mettre de l'eau dans la cafe-

tière, de sorte que l'air chaud souffle sur le café moulu
et l'éparpille aux quatre coins de la pièce, après quoi il
lui faut passer une demi-heure à nettoyer les dégâts.
À genoux sur le sol, il sanglote tout en essuyant le café
à l'aide d'une éponge. Puis il s'effondre en un tas.
Braille comme il n'a pas braillé depuis l'âge de cinq ans,
quand, devant ses yeux, son chien était passé sous les
roues d'un camion.

Il retourne au lit et se recouche. À quoi bon faire
quelque chose ? À quoi cela pourrait-il servir ?

Mais le désœuvrement apporte une nouvelle forme de
torture. Derrière ses paupières, des bribes de son passé
remontent et il est peu à peu submergé par des souvenirs chaotiques. C'est comme si son cerveau, à l'instar
de son estomac, avait oublié comment digérer et régur-
gitait en vrac les images et impressions absorbées au
long de cinquante-cinq années d'existence. Il replonge
dans les interminables déjeuners dominicaux chez sa
grand-mère à Columbus : du rosbif aux haricots verts...
suivi de parties de Scrabble mortellement ennuyeuses,
où il perdait à chaque fois. Il retrouve son blue-jean
préféré, déchiré au genou gauche, avec une pièce rouge
qui avait fini par se déchirer elle aussi. Il a treize ans,
sa mère surgit à l'improviste dans sa chambre et s'arrête
net parce qu'il est en train de jouir en gémissant... et
comment se débarrasser ensuite de la substance pois-
seuse qu'il a dans la paume ? Sa mère est assise derrière
le tiroir-caisse de la quincaillerie, la tête hérissée de
bigoudis, elle feuillette un magazine féminin. Sa mère
vient dans sa chambre le soir, lui ébouriffe les cheveux,
l'embrasse et, d'un mouvement ferme du pouce sur sa
joue, efface la trace de rouge à lèvres laissée par son baiser. Sa mère ramène du supermarché des sacs en plastique remplis de margarine incolore et c'est le travail de
petit Sam d'appuyer sur la petite capsule orange vif
au milieu du sac, libérant la teinture, puis de malaxer
l'écœurante substance blanche jusqu'à ce qu'elle soit
jaune homogène et ressemble à du beurre (ils l'appellent
« beurre », d'ailleurs ; chez eux la distinction n'est pas

entre « margarine » et « beurre » mais entre « beurre » et
« vrai beurre », ce dernier étant réservé aux grandes occasions); ensuite il doit découper un coin aux ciseaux et
presser le sac pour faire dégouliner sur une assiette la
répugnante spirale jaune. Il revit une sortie en bateau à
voiles dans la baie de Sandusky, avec un camarade de
classe à la famille aisée... chaque détail de cette journée
imprimé dans sa mémoire avec la même netteté que le
triangle blanc de la voile contre le ciel cobalt. Inutile,
tout cela, totalement inutile pour la fiction. Il joue avec
ses excréments dans le pot et reçoit une fessée de sa
mère. Avec six autres scouts adolescents dans un camp
d'été à Hocking Hills, il enfonce des piquets de tente
dans le sol dur, se bousille l'ongle du pouce avec un coup
de maillet mal placé et rougit de honte quand, en chœur,
les autres éclatent de rire. Il déteste cette corvée, de
même que toutes les corvées, et n'aspire qu'à se réfugier
sous la tente, loin des moustiques et des moniteurs,
pour se perdre dans la lecture d'Evelyn Waugh ou de
Stephen Crane. Il écrit son premier roman, la nuit, à
Cincinnati, après avoir passé la journée à livrer des pizzas; au bout d'un moment le manque de sommeil lui
donne des hallucinations; il décide d'incorporer celles-
ci à son roman et, plus tard, sur l'insistance de son
agent, doit les supprimer...

Des scènes de sa vie d'écrivain, aussi, s'animent et
luisent d'une lumière vacillante au milieu du fatras. Ses
voyages à l'étranger, sa carrière, sa précieuse célébrité...
en lambeaux. Un pont sur un canal à Leyde, près d'une
minuscule église : image parfaitement calme et paisible
dans la brume matinale... Un mouton écorché, suspendu par les pattes arrière dans le marché musulman
de Baalbek au Liban, sa queue un monstrueux triangle
de gras blanc. La lugubre salle de bal de l'hôtel Euro-
pejski de Varsovie, dans les années quatre-vingt : ses
néons, son orchestre décati, ses colonnes en faux
marbre, ses fontaines qui fuient, ses plantes vertes arti-
ficielles, et ses clients – des hommes et des femmes aux
vêtements ternes – dansant sur la piste avec une lenteur

et une tristesse infinies, comme si la Seconde Guerre mondiale durait encore... Les garçons du samedi matin dans le quartier du Marais à Paris : vêtus avec une élégance naturelle et nonchalante, leur chemise en coton mal enfoncée dans leur pantalon en toile ou en velours, les cheveux encore emmêlés par le sommeil, il les regardait acheter le journal, s'installer pour le lire à une terrasse de café, se commander un grand crème et des croissants, puis allumer une Gauloise... Dieu comme il les a désirés, ces garçons du samedi matin ! À Cochin, en Inde, les danseurs mâles du kathakali se livrant à leur longue préparation rituelle pour le spectacle du soir, roulant les yeux, s'assouplissant les poignets, s'enduisant le visage d'épaisses couches de maquillage aux couleurs criardes, enroulant autour de leurs hanches étroites des jupes faites de plusieurs dizaines de mètres de papier crépon, puis se mettant à ânonner des prières au rythme des tablas, se laissant peu à peu envahir, occuper, habiter par des dieux mâles et femelles... Il revoit Gerhard, le jeune poète allemand dont il avait fait la connaissance lors d'un festival d'auteurs à Barcelone, et qu'il avait fait monter dans sa chambre... mais le courage, cette fois-là comme toutes les fois, lui avait manqué. Il revoit les nombreux étudiants qui, au long de trente années d'enseignement, lui ont donné des érections douloureuses : ils défilent l'un après l'autre dans son bureau pour leur consultation individuelle, vêtus de ce qu'ils imaginent être une tenue d'écrivain : jean serré et T-shirt noir, et lui racontent avec ferveur leurs personnages et intrigues, leurs heures d'angoisse et d'inspiration, tandis que Hal sourit et hoche la tête pour les encourager, contrôlant sa respiration, leur prodiguant des conseils au sujet de la structure, des dialogues, du symbolisme et de la condensation, tout en les imaginant dressés derrière lui en train de lui perforer l'anus jusqu'à l'âme. Les jeunes prostituées androgynes qu'il a achetées, dans les grandes villes de par le monde, pour pouvoir se raconter que c'étaient des garçons, alors qu'avec les garçons il n'arrivait à rien...

Cela n'aide pas, ne s'arrête pas, ne s'organise pas en quelque chose de signifiant ; la machine à souvenirs tourne comme une bétonnière et lui envoie sadiquement à la figure des paquets de son passé : voilà ta vie, voilà à quoi ressemble ton séjour sur Terre, tant pis, rien à faire, tu n'auras pas de deuxième chance, voilà la totalité de ton expérience comme être humain… N'en pouvant plus, sur le point de hurler, Hal arrache violemment le cours de ses pensées à ce maelström d'êtres et d'événements qu'il a connus et perdus et s'efforce de revenir au présent, au hic et nunc de sa chambre, au rectangle blanc de son lit… Du reste, il devrait le faire, son lit, il devrait se lever ! Il se met donc à lisser les draps, à tirer les couvertures, à rajuster le dessus-de-lit… tâche d'une redoutable complexité qui l'occupe un bon quart d'heure… après quoi, épuisé, il se recouche.

Theresa vient faire le ménage deux fois par semaine, comme elle le fait (dirait-on) pour la moitié de la population de cette petite ville. Des amis passent lui rendre visite : Sean, Rachel, Derek, Patrizia, Katie. Quand ils ne sont pas là, il se sent désespérément, honteusement seul ; mais, dès qu'ils arrivent, la fatigue le submerge et il est impatient de les voir repartir. Ils lui apportent des fleurs, des disques, des nourritures originales. Ils lui conseillent la patience. « Faut être patient, Hal. Tu retrouveras la santé, ne t'inquiète pas. »

Hal n'est pas patient mais il retrouve quand même la santé. Cela prend près d'un an. Il envisage même de reprendre l'enseignement, bien que l'université lui ait concocté un généreux plan de retraite. C'est alors qu'il a une deuxième attaque.

Et, peu après, une troisième.

Maintenant c'est un invalide. Il vit dans une maison de retraite. Le lieu est peuplé par des malades qui, de l'extérieur, lui ressemblent beaucoup : impossible de le nier. Mais, se dit-il, à l'intérieur ils n'ont rien à voir avec moi. La plupart d'entre eux passent leur temps à flotter dans le flou, à manger de la gélatine sucrée, à se faire pousser en chaise roulante dans les corridors et à fixer,

la bouche ouverte, l'œil apathique, les jeux télévisés.
Comme ils ont perdu l'habitude de mettre leurs dentiers, leur visage s'est effondré, les faisant ressembler aux terrifiants hommes-oiseaux aux joues creuses de Jérôme Bosch. Hal ne supporte pas l'idée que tous ces individus, jadis, pétaient le feu autant que lui – et que certains d'entre eux, malgré les apparences, ont peut-être le cerveau intact.

« Hal Hetherington, dit l'une des infirmières, jetant un coup d'œil sur la fiche médicale au pied de son lit. Va savoir pourquoi, ce nom me dit quelque chose.

— D'après son dossier, dit une autre, il était romancier.

— Ah bon ! Un romancier, c'est ça ? » dit la première. Elle se penche sur lui et prononce les mots d'une voix forte, comme si elle cherchait à initier un Martien retardé aux subtilités du langage humain. « Eh bien ! ajoute-t-elle (cette fois comme s'il était sourd, se tournant vers sa collègue avec un énorme clin d'œil), vous aurez besoin de beaucoup d'imagination pour vous amuser ici, ça, je peux vous le dire ! »

Hal entend tout. Il comprend tout. Mais il ne peut ni parler ni marcher. L'humiliation de se voir traiter comme un enfant ou un idiot, ajoutée à la frustration de ne pouvoir obéir à ses propres ordres intérieurs, lui donne envie de mourir.

Personne n'y peut rien.

Sauf moi.

Alors je le fais.

XII

On se ressert

Qui EST la vraie Valentina Sagalovitch ? insiste Leonid, en hochant la tête avec tristesse.

— Je me dis la même chose à propos de Jordan, dit Beth. Je me souviens qu'une fois, quand Jord avait à peu près trois ans, je l'ai emmené faire une balade au bord de la rivière et on a vu un papillon mort sur le pont. Vous me croirez ou non, mais il y avait une *foule* de papillons autour de lui, qui battaient des ailes comme pour l'éventer ! Jord était bouleversé... Et ce soir-là, au moment de se mettre au lit, il m'a dit : "La mort, c'est quand on tombe par terre et que la lumière se casse." C'est fou, non ? Tu t'en souviens, Brian ?

— Oui, dit Patrizia dans un murmure, compatissant avec Beth et essayant (sans succès) de se rappeler une phrase de son propre fils Gino au sujet de la mort.

— La beauté de cet instant était-elle fausse, poursuit Beth, sous prétexte que nous nous en sommes éloignés ? Ou la beauté de Valentina ?

— C'est intéressant comme question, dit Rachel. Y a-t-il un seul moment dans notre existence où nous pouvons dire : voilà, c'est *maintenant* que je suis pleinement et entièrement moi-même ? En d'autres termes : la manière dont on évolue constitue-t-elle la *vérité* de ce que nous sommes ?

— Justement : la criminalité est-elle la *vérité* de mon fils Jordan ? » dit Beth. Maintenant qu'elle a commencé, elle est incapable de s'arrêter ; elle feint de ne pas voir Brian qui la fusille du regard, la suppliant silencieusement d'arrêter : s'il te plaît Beth ne parlons pas de ça, ne lavons pas notre linge sale en public, je t'en prie... « La *prison* est-elle sa vérité ? Quel est le vrai Jordan ? celui qu'il est *maintenant*, bouillonnant de rage et de haine, ou celui qu'il était *avant*, quand il a vu le papillon mort, ou quand il me ramenait des coquillages au bord de la mer, les yeux pétillant de joie ? »

Je suis paumée, là, se dit Chloé. J'ai dû manquer quelque chose. De quoi ils causent ? Impression de respirer sous l'eau. Ah j'aimerais bien glisser de ma chaise et me cacher sous la table, comme on faisait avec Col quand on était petits et que les grandes personnes se tapaient dessus. Le monde fait moins peur comme ça, vu à travers les mille petits trous d'une nappe en dentelle, découpé en minuscules fragments. C'est comme quand on danse dans une boîte avec des lumières stroboscopiques, et que les gens se brisent en petits morceaux tressautants et clignotants.

« Jordan, c'est votre fils ? dit Charles. Excusez-moi... je ne suis pas au courant...

— Oui, dit Brian, Jordan est notre fils. Un garçon noir. On l'a adopté dans un hôpital de Roxbury quand il avait quinze jours. Sa mère était encore au collège, elle ne pouvait pas le garder.

— Je ne comprends pas, dit Beth en se mordant les articulations des doigts.

— Qu'est-ce que vous ne comprenez pas ? dit Charles, d'une voix qu'il s'efforce de garder basse et douce pour faire ressortir la violence des mots. Vous voulez dire, étant donné que vous l'avez adopté tout petit, et élevé comme s'il était votre propre enfant, en l'exposant exclusivement à vos idées éclairées et libérales, vous ne comprenez pas comment il a pu régresser jusqu'à sa nature primitive et violente de Noir ?

— Non, ce n'est *pas* ce que je veux dire, dit Beth.

— Les Blancs ne devraient pas adopter des Noirs, dit Charles.

— Ouais! dit Hal, levant son verre. Vive la ségréga-
tion! Les Blancs et les Noirs devraient aller dans des
écoles différentes! S'asseoir dans des parties différentes
des bus! Avoir des toilettes différentes dans les lieux
publics!

— La haine raciale ne disparaît pas sous prétexte
qu'on la rend techniquement illégale, dit Charles, la
voix toujours suave comme une brise d'été. Votre Jordan en prend plein la gueule chaque jour dans le
monde extérieur, et puis il rentre le soir et vous voudriez qu'il fasse comme si tout baignait... Vous ne
voyez pas comme il est coincé?

— Je reprendrai bien un peu de farce, dit Leonid.

— De la dinde avec ça? demande Hal.

— D'accord... un peu seulement.

— Quelqu'un d'autre reveut de la dinde? »

« Oui... » « Moi aussi... » « Et comment! » disent les
autres, et les bols de légumes refont le tour de la
table.

« Pourquoi il est en taule? demande Chloé, intéressée.

— Oh! des vétilles, dit Brian. Des vols à l'arraché,
c'est tout. C'est sa septième condamnation en quatre
ans pour la même chose. J'en ai eu marre de payer ses
cautions. Les premières fois, il était encore mineur et
je pouvais m'occuper moi-même de sa défense. Là, je
ne peux plus rien pour lui. Il a écopé de six mois,
cette fois; j'espère que ça lui servira de leçon.

— Mais bien sûr! dit Charles, qui revoit les matières
cervicales de son frère Martin collées sur les murs de
la cuisine et serre les mâchoires pour oblitérer cette
image. Les jeunes Noirs apprennent un tas de choses
palpitantes en prison!

— À qui il s'en prend? demande Chloé.

— Des petites vieilles, essentiellement, dit Brian. Du
boulot à haut risque. Avec un ou deux potes, ils entourent une petite vieille assise seule dans un jardin
public, ils la secouent un peu, ils arrachent son sac et
ils déguerpissent. Brillant, non? Vraiment courageux

comme truc. Des petites vieilles noires, blanches, his-
paniques, peu importe, ils ne sont pas racistes.

— Peut-être qu'il a besoin de fric ? dit Chloé.

— C'est ça. Il a besoin de fric, dit Brian, rougissant
de colère tandis que la stridulation dans son oreille
augmente encore pour atteindre un niveau insoutenable. Nous lui payons son loyer plus une jolie mensualité, mais non, ça ne lui suffit pas. Non, il a de
grosses dépenses, Jordan. Le jour de visite la semaine
dernière, je lui ai justement demandé pour quels
besoins urgents il lui fallait cet argent. Vous voulez
connaître sa réponse ? »

Silence. Katie et Leonid se raidissent contre le mot
héroïne.

(C'était un dimanche matin, se souvient Katie. Ce
matin-là, comme ils prenaient le café ensemble après
une nuit blanche, ils s'étaient regardés l'un l'autre et,
sans un mot, sans même un hochement de tête,
avaient pris la décision d'aller à Boston. Ils avaient
besoin de savoir. Ils ne pouvaient continuer ainsi. Ils
avaient roulé en silence pendant les deux heures du
trajet, Leonid au volant et Katie assise à ses côtés,
regardant droit devant elle, les mains croisées sur les
genoux. Comme la chaleur était déjà forte et promet-
tait de devenir accablante, ils roulaient toutes vitres
baissées ; vers la mi-chemin, une grosse mouche était
entrée dans la voiture par mégarde et avait commencé
à se jeter contre le pare-brise, échouant une, deux,
quinze fois, mais refusant d'en tirer les conséquences,
espérant stupidement que la *seizième fois*, peut-
être, le verre dur se ferait soudain perméable et lui
permettrait de s'envoler vers la liberté. Dans l'esprit
de Katie, le bourdonnement répétitif et intermittent
de la mouche inéducable était lié à la tonalité
« occupé » qu'elle avait entendue des centaines de fois
depuis trois jours… sans compter les fois imaginaires,
pendant ses rares heures de sommeil agité. Ils avaient
garé la voiture sur Dorchester et, passant sous la
route surélevée, étaient arrivés enfin à Power Street.

Là, ils avaient grimpé les trois étages d'un petit immeuble délabré aux fenêtres bouchées, immeuble où ils n'étaient encore jamais venus et dont leur fils était apparemment l'unique occupant. Déjà à ce moment-là, chaque pas de Katie était conscient, délibéré, lesté d'un poids dramatique. Déjà elle se voyait de l'extérieur : Ce jour va transformer ta vie, se disait-elle. Il va se passer une chose immense, une chose après laquelle tu ne seras plus jamais la même. Une crise majeure, cette fois-ci : le genre d'événement auquel tu as toujours pensé pour te rassurer lors des crises mineures. Les mauvaises notes d'Alice en maths, la jambe cassée de Marty, les mensonges et l'insolence de Sylvia, le refus de tes poèmes par les revues de poésie, les disputes avec Leo au sujet des factures d'électricité… Ne t'en fais pas, tu t'es toujours dit, tout ça ce sont de *petits* problèmes. Pas des tragédies. Pas la fin du monde. Aujourd'hui, en revanche, c'est gravissime. Il y aura un Avant et un Après aujourd'hui. Prépare-toi, ma cocotte.)

« Une dent en or, dit Brian. Voilà pourquoi il a besoin de tant de fric. Voilà ce qu'ils ont trouvé, lui et ses potes, comme projet d'avenir. Tous, ils meurent d'envie de se faire sauter une incisive et de mettre une dent en or à la place. Comme ça coûte dans les mille deux cents dollars l'une, et comme ils sont quatre, il leur faut quelque chose comme cinq briques… ce qui veut dire beaucoup, beaucoup de petites vieilles.

— Quelqu'un d'autre reveut de la dinde ? » fait Hal, l'interrompant. Faut-il absolument que la conversation revienne sans cesse aux dents ? se dit-il. Sont-ils incapables de parler d'autre chose ? (« Bon d'accord, passe-moi mes dents… ») Encore que… tiens… ça me donne une idée pour mon roman, oui c'est pas mal ça, le héros pourrait devenir un meurtrier, il pourrait buter toute une série d'orpailleurs, surtout si c'est des vieux, ce serait facile là-haut, dans les vastes étendues de glace et de neige, sans le moindre flic à l'horizon et sans autres témoins que les chiens de traîneau, il pourrait les assommer avec une hache et les laisser mourir de froid, puis arracher leurs dents en or avec une tenaille, bazarder la partie dent et ramener les pépites avec lui à Dawson City en prétendant les avoir trouvées dans la rivière, oui, il ferait fortune comme ça, c'est génial comme idée, le seul problème étant la possible sensibilité des lecteurs juifs, ils pourraient m'en vouloir pour le thème des dents en or arrachées aux cadavres, mais bon, ils n'ont pas le monopole de ce thème jusqu'à la fin des temps, tout de même...? Hm... faudra y réfléchir.

Tous font non de la tête, non merci, plus de dinde, on a très bien mangé, il faut laisser un peu de place pour le dessert. Katie et Patrizia commencent à entasser les assiettes et les couverts sales et, l'espace d'un instant, plane un léger malaise : où aller à partir de là ? S'ils interrogent maintenant Beth et Brian au sujet de Vanessa, il faudra interroger ensuite tous les autres parents sur leurs rejetons à eux, ce qui les entraînera dans un grouillement inextricable de détails sur les petits-enfants, les études et les emplois, détails qu'ils auront oubliés d'ici demain.

Derek, ressentant une douleur cuisante au duodénum, avale à la hâte plusieurs comprimés (silicate de magnésium et carbonate de calcium) et, pour pouvoir grimacer à son aise en attendant qu'ils produisent de l'effet, se dirige vers les toilettes. Il s'y enferme à clef, saisit des deux mains le bouton de la porte, et, la tête rejetée en arrière, la bouche et les yeux grands ouverts, se met à hurler en silence. Tout en souffrant le martyre, il remarque que dans un coin du cabinet, tout près du plafond, le papier peint a été déchiré et le trou autour du tuyau d'eau élargi, puis grossièrement rebouché avec de l'enduit, il a dû y avoir une fuite, on a dû remplacer une partie du tuyau... Cela lui fait penser à la vagotomie sélective qu'il a subie voici six mois... Ô braves créatures que nous sommes, se dit-il tandis que des larmes de douleur lui jaillissent des yeux – grattant et collant sans cesse, retapant nos maisons et nos corps, nous acharnant à limiter les dégâts du temps mais la pourriture avance quand même, inexorable, les cheveux blanchissent, la peau se ride, la rouille et la poussière s'accumulent, le papier peint se tache et se déchire, les pieds se déforment, le bois gauchit, les articulations se bloquent… Au bout d'un moment, constatant que la douleur a enfin diminué, Derek tire la chasse et retourne à la salle à manger, un sourire fermement installé sur le visage.

« Quelqu'un veut un cigare ? » demande Hal. Il se lève et se dirige vers l'autre extrémité du salon. « Excellent pour la digestion. J'ai ramené six boîtes de havanes du Canada. » Se rendant compte au bout de quelques pas qu'il est bien gris déjà, il trouve une idée brillante pour dissimuler à Chloé son équilibre instable. « *Merde*, Patchouli ! dit-il, s'arrêtant au milieu du tapis pour ôter sa chaussure gauche. Il y en a marre ! Pour l'amour de Dieu, Sean, quand vas-tu apprendre la propreté à cet animal ? » Il ouvre la porte d'entrée pour essuyer sa chaussure sur le tapis du perron ; aussitôt, une rafale glaciale souffle en trombe à travers la table, soulevant un tollé général.

« Bon Dieu ! dit Hal. C'est pas une tempête ça, c'est un vrai blizzard !

— Qu'est-ce que c'est que cette histoire de Patchouli ? demande Chloé, très énervée.

— Je t'ai déjà expliqué, dit Hal. C'est le chien de Sean. » Il reprend place près d'elle, mord dans son cigare, en recrache le bout, l'allume.

« Mais il est *où* ?

— Il est dans une pièce avec tous ceux que j'aime, dit Sean. Mon père, ma mère…

— Ça veut dire quoi, qu'il est mort ? demande Chloé.

— Non… non, il n'est pas mort. »

Encore un silence.

C'était quand, se demande Sean, les vraies expériences ? Quand est-ce qu'on a vraiment *vécu* notre vie, au lieu de la voir comme une source possible d'écriture, une répétition générale, le faible écho ou la pâle photocopie ou les restes rancis de la Chose même ? Où est passée la vie ? Comment nous a-t-elle échappé ?

« Et vous, Aron ? Vous avez des enfants ? demande Patrizia pour changer de sujet. Je viens de me rendre compte que je ne le sais même pas.

— Pardon ?

— Vous avez des enfants ?

— Oh ! oui. Oui. Trois filles », répond Aron. Il se demande lequel d'entre eux s'exclamera, comme l'ont fait tant de ses interlocuteurs au cours des années : « Tiens ! comme le roi Lear ! » Mais personne ne le dit car tous les regards sont soudain attirés par Katie, qui revient de la cuisine en portant cérémonieusement les desserts, le gâteau au chocolat de Rachel dans une main et sa tarte à la citrouille dans l'autre... Aron ressent le vide laissé par la phrase manquante, le ressent si vivement qu'il finit par prononcer la phrase lui-même, dans un chuchotement : « Tiens ! comme le roi Lear !

— Quel âge ont-elles ? » demande Patrizia... Et de se reprendre intérieurement : Idiote ! se dit-elle, ses filles sont évidemment des adultes lancées dans la vie.

« Soixante, cinquante-quatre et cinquante-deux ans, répond Aron, coopératif. Et n'allez pas croire que vos soucis disparaîtront du jour au lendemain quand vos enfants quitteront la maison. On reste parent jusqu'à la mort... Ma fille aînée me donne encore des nuits blanches.

— C'est pas vrai ! À *soixante ans* ? » dit Derek... Et de se reprendre intérieurement : Idiot ! se dit-il. Comme si Violet n'avait pas de l'hypertension à cause de moi.

« Bien sûr, insiste Aron. On se demande sans cesse ce qu'on aurait dû faire différemment. On voudrait tellement se glisser entre ses enfants et la vie, prendre les coups à leur place. Les déceptions, les désillusions, le divorce... mais c'est impossible, bien sûr. »

Il leur dit cela, mais il ne leur dit pas que ses filles sont nées et ont grandi en Afrique du Sud. Il ne leur dira jamais rien là-dessus, d'abord parce que les Américains ont au sujet de ce pays des opinions tranchées qui l'horripilent (tout est noir et blanc, avec les Blancs tout noirs et les Noirs tout blancs); et aussi parce que, même à part lui, il préfère penser le moins possible à sa vie là-bas. (Enfermé toutes ces années dans sa jolie villa blanche avec sa jolie famille blanche dans le joli quartier blanc du Berea, entouré de bougainvilliers et de frangipaniers, bercé par les trilles des oiseaux et du piano, gagnant un joli salaire blanc pour les cours qu'il donnait à la jolie université presque exclusivement blanche de Durban-Natal, envoyant ses filles dans les meilleures écoles privées et consommant la nourriture préparée pour lui par les invisibles mains noires de la bonne… Jeune homme, il avait calmé un peu sa mauvaise conscience en optant pour l'esprit contre la matière, l'anthropologie contre la manufacture, la lucidité douloureuse contre l'aveuglement commode. Choqué par le matérialisme du milieu de ses parents, puis par le racisme de ses professeurs à Pretoria – de quasi-nazis pour qui « l'anthropologie sociale » signifiait la mensuration des cerveaux pour prouver la supériorité naturelle des Blancs sur les « Cafres » –, il était parti en 1939 pour Durban, où l'université était réputée plus progressiste. C'est là qu'il avait rencontré Nicole, récemment engagée par le département des langues modernes… Mais ensuite… eh bien, ensuite… ayant acheté la villa et fondé une famille, le jeune couple s'était trouvé dans l'obligation d'adopter le mode de vie qui correspondait à leur situation. Certes, ils avaient été consternés quand l'apartheid était devenu la politique officielle du gouvernement en 1948; mais, cette même année, Nicole s'était trouvée enceinte pour la troisième fois et, vu les exigences croissantes de leur carrière, ils avaient dû se résigner à embaucher une « maman noire » pour les enfants. Après avoir interviewé et rejeté une

dizaine de candidates, ils étaient tombés sur Currie :
une vraie perle. Ils s'étaient tout de suite mis d'accord
pour l'engager. Si gaie, si énergique ! Elle avait le
même âge que Nicole, trente-cinq ans, la même pointure et presque le même gabarit... un avantage pour
tout le monde. En plus, Currie aussi attendait un
bébé ! Les deux femmes s'entendaient à merveille : en
leur apportant le thé au lit à six heures du matin, Currie appelait Nicole « Ma*dame* », fière de mettre l'accent sur la deuxième syllabe, à la française. Le
système fonctionnait si bien, et c'était si facile de le
laisser fonctionner. Certes, Aron se tenait au courant
de l'actualité : un an à peine après la naissance des
nouveaux bébés, par exemple, il lut dans le journal
que de violentes querelles avaient éclaté entre Africains et Indiens à Cato Manor, juste derrière le campus... mais ces événements n'avaient aucune incidence
sur sa vie quotidienne. Il était bien plus préoccupé par
les travaux d'agrandissement de l'université, notamment la construction de la Memorial Tower destinée à
abriter une bibliothèque sur cinq niveaux. Tout comme
leur villa, l'université était triomphalement perchée en
haut de la colline ; elle donnait sur le front de mer et
tournait le dos aux conflits sanglants des quartiers
plus au nord... Ainsi, le nombre élevé des victimes à
Cato Manor n'avait en rien infléchi ses horaires de
lecture et d'enseignement. Currie avait ses horaires,
elle aussi. Elle se levait à cinq heures du matin et travaillait jusqu'à la tombée de la nuit : elle devait allaiter la petite Anna, préparer tous les repas, astiquer le
sol, faire la lessive et le repassage, chanter des chansons et raconter des histoires à Sheri et à Flore, après
quoi elle partait dormir seule dans sa *kaïa*, une minuscule pièce attenante au garage, équipée d'une douche
froide et d'un W-C à la turque. Elle travaillait quatre-
vingts heures par semaine et les Zabotinsky lui ver-
saient un salaire plus élevé que la moyenne : vingt
rands par mois au lieu de quinze. Comme il fallait
plus de deux heures, à pied et dans des bus bondés,

pour faire le trajet entre KwaMashu et le Berea, Currie ne rentrait chez elle que le samedi ; ses propres enfants étaient élevés par leur grand-mère. À Noël, quand il faisait une chaleur accablante sur la côte, les Zabotinsky lui donnaient quinze jours et remontaient à Pretoria, passer les fêtes dans la fraîcheur des montagnes. Tous leurs collègues vivaient ainsi, comptant sur de courageuses ombres noires, efficaces et fredonnantes, pour gérer la vie du foyer. Cela ne provoquait aucun ressentiment. Ils tenaient sincèrement les uns aux autres. Quand Currie perdit un neveu dans le massacre de Sharpeville en 1960, Aron lui accorda une semaine entière, glissant même un peu d'argent dans la poche de sa robe pour la cérémonie des funérailles. Il savait l'extrême importance des funérailles chez les Zoulous. Il avait lu des livres là-dessus. Il avait même donné un cours de philosophie morale zouloue une fois, dans le nouveau département d'études africaines...)

« Elle est divorcée ? demande Rachel pour être polie.

— Qui ?

— Votre fille aînée, dit Rachel.

— Ah oui, dit Aron. C'est récent. Il y a deux, trois mois seulement. C'est dur, à son âge. »

(Les filles avaient grandi, pris leurs distances peu à peu, brusquement Sheri s'était mariée et avait disparu de l'horizon... Mais Currie, elle, était inamovible : elle s'occupait de tout, faisait le ménage, portait les vieux habits de Nicole, grondait gentiment Anna quand elle ne prenait pas le temps de manger... Aron et Nicole auraient trouvé grossier de dire qu'elle était « presque un membre de la famille » : elle l'*était*, un point c'est tout. Du moins le croyaient-ils. Et puis... le destin avait frappé. En 1964, de façon saugrenue, Nicole et Currie avaient manifesté les mêmes symptômes : palpitations cardiaques, maux de tête, enflement des ganglions lymphatiques. Aron les avait conduites ensemble, Nicole à ses côtés et Currie sur le siège arrière, à l'hôpital Édouard-VIII, où elles s'étaient entendues prononcer le même diagnostic : leucémie myéloïde. Et par la suite, chacune avait été traitée selon la médecine de son peuple. Aron savait bien ce que cela voulait dire, et il n'avait rien fait pour intervenir. Il avait ramené Currie, encore et toujours sur le siège arrière, chez elle à KwaMashu ; c'était la première fois de sa vie qu'il mettait les pieds dans une maison de bantoustan et ce fut un choc : les murs en contreplaqué, les bibelots kitsch du deux-pièces pitoyable où habitait depuis tant d'années ce « membre de sa famille ». Il savait que le mari de Currie la conduirait tout droit chez le *sangoma*, qui lui donnerait des remèdes *thakatha* à base d'ongles et de cheveux humains. Pendant ce temps, Nicole avait bénéficié d'une longue et coûteuse chimiothérapie dans un hôpital parisien. Six mois plus tard, Currie était morte et Nicole, guérie. Elle vivrait encore quatorze années belles et pleines : assez longtemps pour voir Anna devenir une militante fervente de l'ANC et prendre part aux grèves de Durban en 1973 ; assez longtemps pour profiter des sept petits-enfants que lui donneraient Sheri et Flore...)

« Oh ! tout le monde est divorcé de nos jours, dit Derek en hochant tristement la tête.

— Hé ! dit Charles, irrité. C'était mon mot interdit, ça !

— Aïe ! pardon ! font Rachel et Derek en se couvrant la bouche d'une main.

— Qu'est-ce que je peux leur donner comme gage ? demande Charles, se tournant vers Sean.

— Eh bien, suggère Sean, tu peux raconter une histoire dans laquelle Woody Allen fait un film sur Saddam Hussein.

— Pardon, dit Aron. C'est moi qui ai commencé.

— En Israël, ajoute Sean.

— Vous connaissez l'histoire du couple de quatre-vingt-dix ans qui va voir un avocat pour demander le mot-en-D ? demande Leonid.

— Oh ! j'adore cette histoire ! dit Katie.

— L'avocat leur dit : « Vous êtes sûrs ? Je veux dire, vous avez passé votre vie ensemble, ça vaut vraiment le coup de tout casser maintenant ? » Et ils disent : « Écoutez, on voulait le faire il y a un demi-siècle et tout le monde nous a dit de rester ensemble à cause des enfants. Bon, ben, maintenant tous nos enfants sont morts… » »

Plusieurs convives rient, Brian à gorge déployée, Charles en serrant les dents.

« C'est affreux comme blague ! » dit Beth. Elle se rappelle comment, adolescente, elle avait nourri le rêve secret qu'un jour son père divorcerait de sa mère pour l'épouser, elle.

(Tout comme sa propre fille Vanessa, Beth a toujours eu honte de sa mère. Pas pour les mêmes raisons, toutefois ; ce n'était pas son corps qu'elle rejetait mais son esprit : son cerveau béotien, la manière fruste et grossière dont elle se servait du langage. Son père Mark Raymondson était docteur en médecine, alors que sa mère Jessie Skykes était la fille d'un rustaud, un porcher des Appalaches que le docteur avait soigné pour la goutte. Comment avaient-ils… ? Chaque fois qu'elle avait tenté de leur poser la question, les réponses de ses parents avaient été vagues jusqu'à l'insignifiance. Toujours est-il qu'un soir, se retrouvant seuls à la maison – le reste de la famille parti où ? aux vêpres ? –, le respectable médecin célibataire de Huntsville et la pisseuse quasi analphabète de dix-sept ans l'avaient conçue, elle, Beth. Un accident. Pire, une faute. Mais on était en 1957, l'avortement était encore un crime et les filles-mères un scandale, alors le Dr Raymondson avait pris la décision honorable : il avait épousé Jessie Skykes et acheté dans les faubourgs de Huntsville une maisonnette où s'installer avec elle et leur future enfant. À la vérité, le bon docteur attachait peu d'importance à la vie intime et à la domesticité… Il n'avait qu'une passion : la science médicale ; les découvertes les plus récentes au sujet des germes et des gènes, des nerfs et des nécroses,

152

des cancers et des coliques. Toute petite déjà, Beth comprit que la seule façon d'attirer l'attention de son père était de manifester de l'intérêt pour son travail. Ainsi, dès l'âge de six ans elle apprit à réciter par cœur la table des éléments chimiques ; à dix ans elle savait démonter et remonter une maquette de squelette humain, chaque os à sa place ; à quatorze ans elle était capable de soutenir une conversation sur n'importe quel article dans *New England Journal of Medicine*. Ce qu'elle aimait le plus au monde, c'était de rester tard le soir à discuter science dans le bureau de son père, longtemps après que sa mère avait fini de laver la vaisselle et s'était abîmée dans le sommeil. Ce n'est pas que Jessie ne fût pas gentille ; elle l'était, très ; mais elle était bête, aussi. Son corps était ferme et souple mais elle n'avait aucune notion en matière de vêtement, de coiffure, de maquillage. Du matin au soir, elle portait la même robe informe en coton imprimé. Et si c'était une cuisinière hors pair, elle ne déployait jamais d'effort, comme le faisaient toutes les autres mères, pour donner du charme à son « intérieur ». Le pire, aux yeux de Beth, c'est qu'elle n'avait pas d'ambition. Elle n'aspirait pas à se cultiver, à lire des livres, à comprendre le monde. Elle passait le plus clair de son temps dehors, à fourrager dans le potager ou le poulailler. Pliée en deux, grognant et rougissant, elle enfonçait des piquets dans le sol, éclaircissait les rangées de légumes, courait après les poulets pour leur briser le cou, puis s'installait sur un tabouret pour les plumer, les cuisses obscènement ouvertes, un grand sourire vide sur le visage. Beth s'abstenait d'inviter des amis chez elle, de peur qu'ils ne ricanent en voyant sa mère ainsi exhibée… ou en découvrant, à l'intérieur de la maison, les rideaux en plastique, le faux parquet en lino et les comptoirs en Formica. Elle avait une soif ardente de culture. Elle aspirait aux bonnes manières. Au savoir. À la distinction. Au monde des bibliothèques, des universités, des musées et des laboratoires de recherche. Au fond d'elle-même, elle refusait de croire qu'elle était réellement, biologiquement, l'enfant de sa mère – et non, telle Athéna, le rejeton miraculeux du cerveau de son père.)

Entre-temps, voit-elle avec effroi, avec délice, les assiettes à dessert ont été distribuées : il y en a une devant chaque convive.

XIII

Chloé

À LONDRES, Chloé vivra pendant quelques années des droits d'auteur de son célèbre mari romancier mort; puis elle jettera l'éponge. Me penchant sur le trottoir, là où son corps s'est écrasé avec un floc!, je ramasserai son âme de trente ans et la ramènerai chez moi. Elle n'a jamais eu de vrai chez-soi, la petite. On pourrait trouver irresponsable, de la part d'une mère, de sauter du dix-septième étage de l'hôtel quatre étoiles où elle habite avec son fils de huit ans, et de laisser celui-ci se débrouiller tout seul dans l'existence. Mais la vie de Chloé elle-même, comme on l'a vu, a été brisée en deux lorsqu'elle avait huit ans, et l'inconscient humain est friand de ce genre d'écho ironique.

Elle avait cru que son mari lui tiendrait lieu de chez-soi. Et l'attaque cérébrale de Hal avait confirmé ses pires terreurs : que la vie n'était que sables mouvants, espoirs bafoués et trahisons brutales; que chaque lieu qu'elle tentait d'habiter se muerait en maison de cauchemar ou de foire, aux planchers qui glissent et se dérobent sous vos pieds, aux murs qui s'écroulent, aux portes qui vous claquent au nez, aux couloirs qui ne sont que des miroirs et les toits des passoires. Face à l'impotence de Hal, elle n'avait d'autre possibilité que de prendre la poudre d'escampette avec son bébé.

Mais... comment faire pour construire une vie, quand on ne sait pas vivre ? Il ne suffit pas d'être riche. Chloé n'est personne. On ne lui a jamais permis d'être enfant et, du coup, elle ne sait pas être parent. Elle vit seule avec Hal Junior et, au lieu de le materner, elle découvre *ce que l'enfance devrait être. Elle suit son fils de près et, à mesure qu'il apprend à marcher, puis à parler, à courir, à explorer le monde, à jouer avec les écureuils dans Hyde Park, à pépier de joie pendant les promenades en barque, les spectacles de guignol, les comptines et les jeux dans son jardin d'enfants… Chloé se rend compte de tout ce dont on l'a privée. Tanguant entre les différentes époques de sa vie, elle lâche peu à peu sa prise, déjà incertaine, sur la réalité. Et vient le jour où, balançant une jambe puis l'autre par-dessus la barre de leur balcon, elle quitte la réalité une fois pour toutes.*

XIV

LE DESSERT

ARON ÉTUDIE les onze paires d'yeux qui l'entourent, dont presque tous sont derrière des lunettes et la plupart, baissés. Ces gens sont mal à l'aise, ça ne fait pas de doute, même s'ils auraient du mal à dire pourquoi ; ils sont comme à la pêche au lancer, tout à l'espoir de ramener des sujets de conversation gros comme ça, de bonnes histoires à raconter. Ce silence... Les Zoulous ne se demandent jamais de quoi ils vont parler. Ils jacassent, chantent et se chicanent sans cesse : qu'ils se trouvent au bistrot ou au cimetière ou dans une manifestation politique, les paroles coulent de leurs lèvres aussi naturellement que l'eau d'une source. Pas une fois au Kwazulu-Natal, se dit Aron, je n'ai été témoin d'un tel silence entre Noirs. Et là, même Charles Jackson a appris à se comporter comme un Blanc, à peser ses mots... Oui, les mots de l'homme blanc sont comme des pierres : précieuses parfois, mais lourdes.

Ses intestins se mettent soudain à bouillonner et à gargouiller : sensation qui ne lui est que trop familière, ces derniers temps. S'excusant, il se hâte le long du couloir vers les toilettes, ferme la porte à clef et se débat avec la boucle de sa ceinture – ah ces maudites boucles modernes, les anciennes fonctionnaient très bien, pourquoi les a-t-on changées, bon Dieu est-ce que je vais souiller mon caleçon une fois de plus ; enfin il parvient à la défaire et à tomber le pantalon, juste à temps.

« Ouais, dit Hal, quand Aron revient dans la salle à manger. Ouais, répète-t-il... et, éteignant son cigare, il porte à la bouche une grosse fourchetée de gâteau au chocolat. J'ai entendu, Sean, pour ta mère. Je suis navré. Ça a dû être dur, à la fin. »

(Hal avait bien connu Maisie parce qu'à de nombreuses reprises Sean avait sollicité son aide pour un « déménagement » de sa mère. Maisie « déménageait » sans cesse, non d'une maison à l'autre mais à l'intérieur de la même maison : certainement, se dit Hal, la maison la plus encombrée dans ce continent encombré. Il a toujours eu envie de mettre un personnage comme la mère de Sean dans un de ses romans mais, de peur que Sean n'en prenne ombrage, il ne l'a pas encore fait. À vrai dire, il se demande si Sean lit encore ses romans ; ses commentaires, bien qu'enthousiastes, se font de plus en plus vagues : « Tu t'es surpassé cette fois-ci, mon ami... *six cents pages* ! » ou : « Elle est superbe, l'illustration de la couverture, tu l'as trouvée où ? » et Hal est trop fier pour lui demander sa réaction spécifique à telle scène, tel personnage... Mais, sérieusement, peut-être pourra-t-il mettre un personnage comme Maisie dans ce roman sur le Klondike, il la flanquerait sur la côte ouest, la ferait trapue plutôt que maigre, et Sean attribuerait le reste à la licence poétique... « le reste » étant la folie de Maisie, maintenant qu'elle n'est plus de ce monde il peut appeler les choses par leur nom, voire inventer un terme pour sa pathologie particulière : « l'accumulomanie », peut-être. Maisie Farrell avait vécu seule au rez-de-chaussée d'une maison modeste à Somerville, et son appartement avait été tellement bondé de meubles, boîtes, bouteilles, sacs, magazines, habits, bibelots, nourriture en conserve et bric-à-brac de toute sorte que ses invités n'avaient pas de place pour respirer, sans même parler de s'asseoir. Maigre, oui, « maigre comme un clou » était la seule description possible pour Maisie ; il suffirait peut-être de la flanquer sur la côte ouest sans la rendre trapue parce que, sans cette maigreur, elle n'aurait jamais pu se faufiler parmi les téléviseurs et réfrigérateurs, lave-linge et canapés d'occasion, armoires et fauteuils à dossier réglable qui occupaient son salon-salle-à-manger-parloir. « Vous n'avez qu'à poser ça là-bas, merci, vous êtes adorable », disait-elle par exemple à Hal, qui venait de hisser sur l'épaule gauche un futon nouvellement acquis. « Ce n'est pas trop lourd, au moins ? » – toujours douceureuse et insinuante dans ses suggestions, comme si c'était lui et non elle qui avait tenu à se lancer dans cette entreprise. Elle lui fichait les jetons, le rendait maladroit, le rendait triste. C'était une forme de naufrage : l'engloutissement total d'un être humain sous ses possessions matérielles, un cancer proliférant d'objets comme dans *Les Chaises* de Ionesco. Une fois, ayant égaré un bon de vingt-neuf *cents* pour une bouteille de sauce de salade au roquefort, elle avait passé la matinée entière à fouiller dans les tiroirs à sa recherche... pour décider, finalement, qu'il valait mieux mettre les tiroirs en ordre... mais elle y avait découvert une pléthore de vieux papiers jaunis – lettres, factures et relevés de comptes – et, ne sachant où les mettre, s'était mise à feuilleter les catalogues des grands magasins à la recherche d'une nouvelle commode à prix réduit. Après avoir attendu une demi-heure au téléphone pour la commander, tapant du pied pendant qu'une musique pop préenregistrée lui taraudait le tympan, elle s'était mise, une fois de plus, à se plaindre des piles de « courrier » – en fait des imprimés publicitaires et des prospectus – qui, furtivement, sournoisement, pendant qu'elle avait le dos tourné, s'étaient accumulées sur sa table. Hal devait parfois se retenir d'exploser : « Mais enfin ! il suffit de résilier vos abonnements ! » ou : « Laissez-moi balancer toute cette merde à la poubelle ! » Mais il avait réussi à garder son calme avec la mère de Sean, se répétant à part lui que ce n'était pas son problème, ni même le problème de sa mère, et qu'il pouvait bien faire ça pour son ami : sacrifier quelques heures de sa vie ennuyeuse pour mettre un peu d'ordre dans la vie encore plus ennuyeuse de Maisie Farrell. Alors, voyant approcher à toute vitesse l'heure du déjeuner, Maisie avait raccroché le téléphone pour aller inspecter le contenu de son monstrueux réfrigérateur ; elle avait ouvert et refermé des dizaines de boîtes Tupperware, reniflant les divers restes et jetant ceux qui pourrissaient, jusqu'à ce qu'elle trouve enfin celui qu'elle cherchait – une soupe de tomate vieille de trois jours – après quoi elle avait passé le reste de la journée à chercher un certain produit nettoyant pour se débarrasser de la tache orange qu'avait laissée la soupe sur son pantalon blanc immaculé. « Une tasse de café – ça vous dit, Hal ? » lui avait-elle demandé, une autre fois, en les entendant arriver à onze heures du matin, alors qu'elle n'était pas habillée mais s'affairait encore dans sa chambre, en peignoir et en bigoudis, à choisir une tenue pour la journée. « J'en ai au frigo, je peux vous le réchauffer en cinq sec ! » « Avec plaisir ! » avait répondu Hal, spontanément et sincèrement, mais Sean lui avait délivré un magistral coup de pied au tibia. Oui : car si Maisie devait lui servir un café, un nouvel éventail de choix affolants s'ouvrirait devant elle : dans quelle tasse le mettre ? le réchauffer au micro-ondes ou au bain-marie ? sucre blanc ou roux ? et qu'ai-je bien pu faire de la crème ? pourvu qu'elle n'ait pas tourné... Alors Hal s'était empressé d'ajouter : « C'est parfait tel quel, madame Farrell. J'adore le café froid ! » Elle lui avait donc rempli une tasse et, portant le liquide brun foncé aux lèvres, il avait dû prendre sur lui pour ne pas le recracher en mille gouttelettes sur les piles de courrier – car ce n'était pas du café du tout, mais, surprise écœurante à cette heure de la journée, du bouillon de bœuf. Il l'avait versé dans l'évier sans qu'elle le voie, espérant avoir choisi le bon tuyau d'écoulement parmi le redoutable nombre de possibilités qu'offrait son purificateur d'eau... mais, plus tard dans la journée, ayant découvert le vrai café au réfrigérateur et compris que Hal lui avait caché son erreur, Maisie lui avait fait la tête une demi-heure durant. « Et dire qu'elle était une jeune Irlandaise si jolie et pimpante, avait soupiré Sean en fin de journée alors que lui et Hal, épuisés, reprenaient la voiture pour aller dans un des pubs de Cambridge, tout près. Rouquine aux yeux verts. Et pieuse, avec ça. Ne ratait jamais une messe le dimanche. Ses jolies mains jointes pour la prière… et une voix d'une douceur angélique, pour chanter les cantiques… Enfin… c'est encore quelqu'un de bien, non ? » « Bien sûr que c'est quelqu'un de bien, avait dit Hal, tendant son verre de Jameson's par-dessus la table pour trinquer avec Sean. Elle est juste un peu… toc toc, c'est tout. » « À Pâques, l'an dernier, avait dit Sean, songeur, fixant d'un air morne les glaçons dans son verre vide, j'ai proposé de l'amener à l'église pour qu'elle puisse chanter les vieux cantiques, mais elle a refusé sous prétexte qu'elle n'aurait pas le temps de se préparer. Pourtant, je lui en avais parlé le Vendredi saint pour le dimanche. »)

« Mm, dit Sean maintenant, pendant que Hal avale sa bouchée de gâteau au chocolat. Elle était dans une "maison", je crois que c'est ainsi qu'on nomme ce genre de lieu. Pas loin d'ici. J'allais la voir chaque jour ou presque. Mais elle n'arrivait pas à trouver ses repères sans ses… euh… ses biens matériels, pour employer un euphémisme. Sa mémoire était restée chez elle à Somerville, je crois ; l'Armée du Salut a dû l'embarquer avec le reste. Elle a des possibilités litté-raires intéressantes, la maladie d'Alzheimer, si on est porté sur l'école de Gertrude Stein. « Pendant toute cette période Melanctha était toujours de temps à autre avec Jem Richards », ce genre de chose. Mais même ça a disparu au bout d'un moment, et elle ne disposait plus que de deux phrases, qu'elle répétait sans arrêt : « Qu'est-ce que je fais là ? » et « Où est la sortie ? ». Surtout « Qu'est-ce que je fais là ? ».

— Bonne question, dit Hal.

— Exactement. C'est ce que je lui disais. « Bonne question, m'man. Moi aussi je me la pose souvent. » Alors elle disait : « Où est la sortie ? »

— Et vous lui avez montré ? demande Chloé.

— Par exemple je lui disais : « Si on allait faire une promenade dans le jardin ? » et elle était ravie : « *Oh, oui !* » Mais, le temps que je l'aide à mettre son manteau, elle avait oublié l'idée de la promenade et était convaincue qu'on partait pour de bon, donc elle faisait le tour de la pièce en prenant congé de tout le monde, les larmes aux yeux : « À l'année prochaine… peut-être ! » « Oh, non, disaient les autres, l'air anxieux… Sûrement avant ça ! » « Eh bien je ne sais pas, disait m'man, et je la voyais aux prises avec une redoutable logistique imaginaire. Ce ne sera pas facile de se revoir, vous comprenez, parce que j'habite… ah… j'habite… Clonakilty. » Elle n'habitait plus Clonakilty depuis 1945. Et les autres la regardaient, l'écoutaient de toutes leurs forces, essayant d'attraper au moins une bribe de ce qu'elle voulait dire… »

(Sean avait frémi de voir ces esprits brisés patauger, fouiller leur mémoire à la recherche de noms et de dates, réitérer les mêmes phrases avec le même enthousiasme à quelques secondes de distance… « Quand est-ce qu'on rentre à la maison ? » « Tu habites ici maintenant, mamie. » « Je pourrais avoir une cigarette ? » « Plus personne ne fume, papi. » « Et comment vont les enfants ? » « Ils ont des enfants à eux maintenant, maman. » « Quelles fleurs magnifiques ! Ce sont des… » « Des glaïeuls, je te l'ai déjà dit. » « Je fais quoi, exactement, comme métier ? » « Eh bien, tu es à la retraite maintenant, mais autrefois tu étais ingénieur. » « Ingénieur ? Tu en es sûr ? Je croyais être éditeur. » « Non, papa, c'est moi qui suis dans l'édition. » « Toi ? Ah bon ? Pourtant j'aurais juré que j'étais éditeur… » « Et comment vont les enfants ? » « Quelles fleurs magnifiques ! » « Je pourrais avoir une cigarette ?… » S'acharnant à sortir de l'enfer du présent pur, et échouant. Déplorant leur propre mollesse, les chemins bouchés, le labyrinthe des sanglots muets. Luttant pour préserver une cohérence minimale. Il s'agissait de suivre d'abord une phrase, la leur ou celle

164

d'autrui, du début jusqu'à la fin – et ensuite, plus ardu encore, de maintenir en place son sens accumulé. L'effort se lisait dans leurs yeux angoissés.)

« Non, insiste Chloé. La *vraie* sortie, je veux dire. » Comme les effets de la cocaïne commencent à s'estomper et qu'elle a légèrement mal au cœur, elle essaie de penser à l'odeur de l'essence. (C'est son odeur préférée ; elle l'a souvent utilisée pour combattre la nausée. Non seulement l'odeur mais la vue de l'essence la ravissent, reluisant sur le bitume près des pompes, ses couleurs froides et iridescentes comme des plumes de pigeon. Depuis toujours, Chloé est attirée par les contours nets des stations d'essence, concessions de voitures, parkings extérieurs ; elle adore leur haut rectangle de fil de fer, orné de mille triangles en plastique qui brillent et palpitent dans le vent. Les voitures aussi, elle adore. Conduire. L'idée d'aller quelque part. C'est seulement une idée, bien sûr. On peut jamais arriver, hein Col. C'est comme le mirage de l'eau qu'on voit, juste là, devant, sur la route, toujours devant, jamais atteint. Mais bon, on est bien obligé de courir après.)

Ah, les jeunes, se dit Sean. Partent toujours du principe romantique que les mourants ont envie de mourir au plus vite. « Elle n'avait pas envie de mourir, dit-il. Elle avait envie de sortir de cette foutue maison, c'est tout. Aussi simple que ça. Et aussi impossible. » (Il passe sous silence sa dernière visite à Maisie, quand elle était réellement en train de mourir, et le savait peut-être… Se tournant vers Sean agenouillé à son chevet et le regardant droit dans les yeux, elle avait tendu un bras émacié pour lui caresser le front et, d'une voix très douce et comme étonnée, lui avait dit tout bas : « Comme tu es beau ! » – mots qui l'avaient sidéré, lui plongeant jusqu'au fond de l'estomac, lui emplissant le cœur de douleur et les yeux de larmes. « Toi aussi, m'man. Toi aussi, tu es belle », lui avait-il dit alors, et, à contempler son corps décharné, ses cheveux blancs épars, ses yeux enfoncés dans leurs orbites et ses extrémités tordues par l'arthrose, il savait qu'il n'avait jamais prononcé une phrase aussi vraie : «Toi aussi, tu es belle...»)

«Katie, dit-il abruptement, il faut nous pardonner nos insinuations malveillantes de tout à l'heure à l'endroit de ta citrouille : ceci est l'une des tartes les plus délectables qui aient jamais glissé le long de mon gosier. Hal, tu pourrais faire passer la crème fraîche par ici?»

Beth intercepte le bol en passant, prélève une grosse cuillerée de la crème épaisse et la dépose sur sa tarte en se disant : Voilà, c'est la dernière chose que je me mets dans la bouche d'ici le mois de décembre, je le jure – oui, comme devant le tribunal de Brian, je le jure oui –, que Dieu me soit témoin, oh! mais qu'Il m'aide un peu, aussi!!

Rachel voit le geste et entend presque la pensée qui l'accompagne. Pauvre Beth, se dit-elle. Il y a une chanson comme ça, non, *Pauvre Beth*? Non je confonds avec *Mad Bess*... une chanson de Purcell...

Avide d'alléger l'atmosphère, Brian se lance dans l'arène : «Et ceci, Rachel, dit-il, est la Forme platonicienne du gâteau au chocolat. La Quintessence. La Chose même.»

Rachel le gratifie d'un sourire mais Brian regrette d'avoir prononcé cette phrase parce qu'il a dit la même chose, récemment, dans un tout autre contexte, à propos non d'un gâteau au chocolat mais d'un *prosciutto con melone*, et il sent que la répétition de la phrase vient de la banaliser. (C'était à Ottawa, au mois de juin dernier, lors d'un colloque de l'Association des libertés civiques : à la fin de la longue journée de travail, Celia Torrington, une avocate canadienne aux yeux et aux cheveux sombres, était venue le rejoindre en haut des marches du tribunal pour discuter de l'embargo contre Cuba, après quoi elle l'avait invité à partager avec elle un souper froid à la maison – maison dont son mari, de façon aussi providentielle que provisoire, était absent. Ils avaient installé une table dans le jardin et, tout en allant et venant pour y apporter bougies et verres, vin blanc frais et *grissini*, melons et jambon fumé – « Ah, Celia ! Ceci est la Forme platonicienne du *prosciutto con melone* ! » –, Brian s'était senti de plus en plus triste. Se souviendrait-il de cela ? de la bouleversante tristesse qui s'était emparée de son âme parce que, tout en écoutant gémir le vent d'été dans les sapins et en voyant la robe blanche de Celia fouetter ses genoux étroits et s'aplatir contre son ventre, il savait qu'ils passeraient la nuit ensemble à célébrer la nudité l'un de l'autre et que, le matin venu, ils s'embrasseraient et ne se verraient plus… ? Se souviendrait-il de ce repas unique avec Celia Torrington, de l'égrènement de ces secondes, aussi suaves que le melon, ou n'en retiendrait-il que le souvenir des mots ? *Prosciutto con melone, grissini, sapins, robe blanche, genoux étroits…* mots que, dans un premier temps, il avait choisis et savourés parce qu'ils avaient le pouvoir de ressusciter cette réalité dans son cerveau, mais qui, maintenant, s'étaient mis à l'évincer… *Oh ! qu'est-ce qu'un souvenir ?*)

« Ma mère aussi a perdu la mémoire, dit Leonid. Ça a commencé tout de suite après la mort de mon père. Je n'étais pas là, mais ma sœur m'écrivait pour me tenir au courant de son déclin. On aurait dit qu'elle avait pris la décision consciente de se délester de ses souvenirs.

— Oui, renchérit Katie (alors qu'elle n'a jamais fait la connaissance de sa belle-mère). Elle s'en est débarrassée, en quelque sorte. Comme un alpiniste qui, un jour de grande chaleur, lâcherait un à un ses habits superflus.

— D'après ma sœur, poursuit Leonid, quand des amis passaient la voir, elle jouait celle qui a toute sa tête. Par courtoisie, vous comprenez, elle faisait semblant de les reconnaître… alors qu'elle ne savait plus distinguer sa voisine d'une vache. Et, bizarrement, disait ma sœur… sa perte de mémoire l'a… rendue plus légère, plus joyeuse. Elle a oublié toutes les déceptions de son existence. Ses enfants ne pouvaient plus la blesser, elle ne savait même plus leurs noms. Pendant quelques mois elle s'est rappelé la mort de son mari, puis même cela a disparu. À mesure qu'elle lâchait ses souvenirs, l'amertume et le ressentiment se sont évaporés aussi. Ses yeux se sont remplis de lumière et son sourire est devenu chaque jour plus éclatant. »

Je ne vois pas l'intérêt, se dit Beth, de lui fournir l'explication médicale de cette euphorie. La dégénérescence des cellules du cerveau l'ayant rendue incapable de se situer dans le temps, sa mère ne redoutait plus l'avenir.

« Et à la fin, conclut Leonid, la voix rauque d'émotion, un bel après-midi d'octobre, n'ayant prévenu personne de ce qu'elle comptait faire, elle est partie se promener le long de la Berezina, semant ses habits comme les cailloux du Petit Poucet... C'est ainsi qu'on a pu la suivre à la trace... On l'a retrouvée parmi les feuilles mortes au bord de la rivière, toute nue, un sourire enfantin aux lèvres.

— C'est une image extraordinaire, n'est-ce pas ? dit Katie dont la propre mère est morte de façon moins romantique, d'un cancer du colon, quand elle avait treize ans. C'est comme si elle avait... je ne sais pas, moi... lévité. Je la vois devenir de plus en plus éthérée, transparente... puis pouf ! plus rien... »

Je n'étais pas là, se dit Leonid. Je n'ai jamais été là. (Non, il n'était pas une seule fois rentré, pas avant qu'il ne fût trop tard. En quittant la Biélorussie, il s'était rêvé futur grand peintre : il était certain, si seulement il réussissait à atteindre New York, de figurer parmi ceux qui laissent leur empreinte sur le monde de l'art... Et le voilà maintenant, la soixantaine largement entamée, en train de choisir entre l'ocre-orange et l'ocre-jaune pour la cuisine de Mme Foster à Welham... tu parles d'une empreinte ! Quand il leur avait annoncé son intention de quitter illégalement le pays, et l'adverbe était superflu, ses amis de l'académie d'art de Minsk lui avaient

« prêté » de l'argent pour l'aider à démarrer sa nouvelle vie… Il était sorti de Biélorussie planqué à l'arrière d'un camion de munitions, ayant graissé la patte du chauffeur pour qu'il le conduise de l'autre côté de la frontière polonaise. Ensuite, se glissant dans un bateau à Swinoujście, il avait fait en passager clandestin la traversée jusqu'à Malmö, puis en auto-stop la route jusqu'à Stockholm. Une fois dans la capitale, il avait erré dans le vieux quartier de Gamla Stan, l'air à la fois affamé et artistique, jusqu'à ce qu'une gentille libraire aux cheveux blonds du nom de Birgitta le prît en pitié et finît par l'épouser. Quand le couple débarqua à New York en 1960, il avait vingt-sept ans et croyait encore passionnément en son rêve. Mais la vie en Amérique était d'une dureté déconcertante : il lui fallait apprendre la langue, payer le loyer et, plus dur que tout le reste, continuer de croire en sa peinture au milieu du brouhaha familial. Car, presque tout de suite, Birgitta avait mis au monde des jumelles, Selma et Melissa… Leur mariage avait capoté cinq ans plus tard et Leonid avait eu de plus en plus de mal à joindre les deux bouts… Le temps passait et il pensait souvent, avec un pincement de culpabilité, à ceux qu'il avait laissés derrière lui en Biélorussie, ses proches qui, en raison de son départ, avaient vu s'exacerber les tracas de la vie quotidienne. Oui, il savait bien que l'on persécutait ceux qui avaient des parents à l'étranger, qu'on les soumettait à une surveillance intensifiée, qu'on restreignait leurs libertés déjà restreintes, qu'on les privait de tout espoir de promotion et de privilège. Le temps passait… et cela le torturait de sentir l'écart se creuser entre eux. Sa petite sœur Ioulia devint une femme, épousa un ingénieur du nom de Grigori et mit au monde une petite Svetlana. Ses parents perdirent peu à peu la jeunesse, la force et la santé. Ces nouvelles ne le laissaient pas indifférent, au contraire, mais il ne se résolvait toujours pas à retourner au pays, même en visite. D'une part, c'était risqué : le gouvernement pouvait le retenir, le détenir, voire l'écrouer ; c'était le cauchemar de toutes ses nuits.

Mais il n'y avait pas que ça. Il y avait… eh bien, qu'il ne pouvait plus partir à la légère, il avait de lourdes responsabilités aux États-Unis : lors d'une manifestation des SDS[1] en 1968 il avait fait la connaissance de Katie, jeune femme idéaliste et pétulante aux longs cheveux noirs, et il en était tombé amoureux comme il n'avait pas été amoureux depuis Valentina Sagalovitch à la piscine municipale de Minsk, sauf qu'il s'agissait cette fois d'un amour réel et réciproque. Malgré leur différence d'âge (quinze ans), ils s'étaient lancés joyeusement dans la vie conjugale, puis parentale, de sorte que maintenant, entre les deux enfants de Birgitta et les quatre de Katie, Leonid n'avait pas moins de *six* bouches à nourrir! Oui, c'était beaucoup; personne ne pouvait le nier; même pas Ioulia, à qui il téléphonait deux fois l'an, pour son anniversaire et pour le Nouvel An. Certes, comme il le lui avouait au téléphone, tout en remarquant comme la langue biélorusse glissait mal sur ses lèvres et sonnait étrangement à ses oreilles, certes, il n'avait pas encore réussi à s'imposer comme peintre. Ç'avait été plus difficile que prévu de pénétrer dans le monde artistique de Soho. Il avait été obligé de faire quelques compromis et, à dire vrai, il travaillait à plein temps en ce moment comme peintre en bâtiment. N'empêche que… là, il se mettait à atermoyer… n'empêche que… eh bien, qu'il était devenu américain. D'accord, pas un *citoyen* à part entière, il devait encore renouveler sa carte verte chaque année mais ce n'était là qu'un détail, l'essentiel était qu'il se *sentait* américain et se comportait en Américain; du reste, sa femme et ses enfants ne parlaient que l'anglais et n'avaient jamais mis les pieds à l'étranger. Il avait *tout* vécu aux États-Unis : Kennedy, Nixon, la guerre du Vietnam, les hippies, le Watergate, Carter, les yuppies, Reagan… Ses enfants étaient nés ici et chaque facette de leur exis-

---

1. Students for a Democratic Society, groupe radical important aux États-Unis à la fin des années soixante qui organisa notamment de nombreuses manifestations contre la guerre du Vietnam.

tence était américaine, depuis l'école jusqu'aux sports en passant par les jeux vidéo… comment pouvait-il rentrer « chez lui » ? Plus le temps passait, plus il redoutait de faire le voyage : non en raison de ce qui aurait changé depuis son départ mais en raison de ce qui n'aurait *pas* changé. Ses parents habitaient encore la maison même où il était né… Ses amis, le reconnaissant, lui ouvriraient les bras pour fêter son retour au sein du groupe… et ses décennies de vie aux États-Unis fondraient comme neige au soleil ; Katie et les enfants deviendraient les bribes flottantes d'un rêve oublié ; les mille péripéties de son histoire américaine seraient nivelées, balayées, anéanties. Ainsi, quand Ioulia lui décrivait, année après année, l'inexorable déclin de la santé de leurs parents, il tentait désespérément de la rassurer, même si ses phrases sonnaient faux à ses propres oreilles. Puis était venu le jour où leurs parents ne pouvaient plus se débrouiller seuls : à contrecœur, Ioulia et Grigori s'étaient résignés à quitter Minsk pour Choudiany, et Grigori avait trouvé un emploi à la centrale nucléaire toute proche.)

« Tu as de la chance, lui dit Brian. Ta mère c'est l'exception. Mon père c'est la règle. Tous ses défauts se sont exacerbés avec l'âge. Il est devenu paranoïaque, volubile, détestable. Persuadé qu'on cherchait à l'arnaquer, il a passé les cinq dernières années de sa vie à hurler contre ma mère. À *hurler*. Déjà, avant, ce n'était pas quelqu'un qui dégoulinait de charme, mais… son comportement à la fin a bousillé tous les bons souvenirs que j'avais de lui. » Dans la glace, le matin, je lui ressemble chaque jour un peu plus, ajoute-t-il à part lui. Ça me fout la trouille.

Une lourde chape de silence descend à nouveau sur la table, tandis que les convives rendent visite à leurs chers et à leurs moins chers disparus.

« Ça me fait penser à Tolstoï, dit Hal.

— Ça me fait penser à ma mère, dit Aron.

— Votre mère était comme ça ? demande Rachel.

— Elle *est* comme ça.

— Quoi ? dit Chloé, incrédule. Votre mère est encore en vie ?

— Eh ! oui, dit Aron dans un soupir. Elle n'avait que dix-sept ans quand je suis né ; à votre âge elle était déjà mère de quatre enfants ! Maintenant elle a cent deux ans et, malheureusement, ça ne semble pas près de s'arrêter. Elle habite Jérusalem. À la maison, plutôt que *dans* une maison. Elle refuse d'entrer dans une institution. Quatre personnes travaillent à plein temps pour la maintenir en état de marche : une cuisinière, une femme de ménage, une infirmière et une secrétaire. Mais, comme elle a des sous, ça peut durer.

— Mon Dieu ! dit Beth. Vous allez la voir parfois ?

— Je ne l'ai pas vue depuis vingt ans, dit Aron. Mais on se dispute au téléphone une fois par semaine.

— À quel sujet ? demande Derek.

— La politique, bien sûr, dit Aron. Par bonheur je suis devenu dur d'oreille, alors ses opinions me dérangent moins qu'avant. » (Mme Zabotinsky avait quitté Pretoria pour Jérusalem à la mort de son mari, emportant avec elle les profits très considérables de son usine de montres. Depuis, elle consacrait la quasi-totalité de son temps et de son argent à soutenir l'expansionnisme d'Israël, ses partis politiques les plus réactionnaires, son occupation militaire de la Palestine, son *chutzpeh* incorrigible. Aron s'est disputé avec elle sur ces thèmes au cours d'un bon millier de conversations transatlantiques, sans que l'un ait fait bouger d'un iota les opinions de l'autre.) « Non, elle est encore fringante. Son petit ami est décédé l'an dernier, mais ça n'a pas l'air de l'avoir abattue.

— Son… petit ami ? dit Derek.

— Oui. Crise cardiaque.

— Et lui avait quel âge ? demande Rachel.

— Oh… la soixantaine, dans ces eaux-là. Il aurait pu être son petit-fils, mais ma mère ne s'est jamais souciée du qu'en-dira-t-on.

— Je trouve ça admirable, déclare Beth.

— Ah bon ? dit Aron.

— Mais oui ! On entend toujours parler des hommes âgés qui sortent avec des femmes plus jeunes, jamais l'inverse.

— En effet, dit Aron. Quand elle a commencé à sortir avec cet homme, je me suis dit bon, pourquoi pas ? Au moins elle n'aura pas de soucis de contraception.

— Vous voulez dire qu'ils… ? dit Rachel.

— À vrai dire, je n'en sais rien. J'aime autant ne pas me poser la question.

— Ma mère a eu une crise cardiaque le mois dernier, dit Patrizia, mettant fin à son silence. Elle est *incapable* de se détendre. Elle transforme tout en psychodrame, chaque événement dans la vie de ses enfants et petits-enfants. Ça fait des années qu'elle souffre d'hypertension, mais là, une crise cardiaque… Ça me fait peur.

— Je te comprends, dit Beth. Le cœur est un organe important.

— Le cœur est un organe important, répète Sean en écho sarcastique. Tu n'hésites jamais, Beth, avant d'énoncer de pareilles platitudes ?

— Qu'as-tu contre les platitudes, Sean ? demande Katie, se précipitant au secours de Beth. La répétition des banalités est un des rituels les plus anciens et les plus réconfortants de notre espèce. Que serions-nous devenus sans nos clichés ? » C'est vrai en plus, se dit-elle tout bas, songeant avec gratitude aux lieux communs proférés par ses amis, au long des années. « Ne t'en fais pas : les crises de rage c'est classique à deux ans » ; « Un adolescent qui se rebelle, quoi de plus normal ? », « Il faut de tout pour faire un monde », « Tu ne perds pas une fille, tu gagnes un gendre », « Nos parents deviennent nos enfants »… Voilà des siècles que ça dure, se dit-elle, et j'espère que ça ne s'arrêtera jamais ! Les clichés sont des baguettes magiques qui transforment nos terreurs intimes en vérités éternelles.

« Le cœur est un organe important, répète Beth entre ses dents, pour tout le monde *sauf* pour Sean

Farrell, qui n'en a pas et semble ne pas en avoir besoin. Par ailleurs, ajoute-t-elle, effarée par la quantité de nourriture qu'elle a ingurgitée depuis trois heures, je trouve significatif que Sean n'ait invité aucune femme écrivain à ce repas.

— Oh, je t'en prie, dit Brian tout bas. Ne commence pas…

— Je suis la seule à trouver ça significatif? » insiste Beth. Elle sent ses joues s'empourprer et sa voix devenir stridente mais elle tient quand même à enfoncer le clou. « Il y a trois écrivains autour de cette table, tous des hommes… c'est par hasard? Pourtant ça pullule par ici, les écrivaines de talent. »

Son cœur bat de plus en plus vite et sa respiration se fait sifflante… Oh mon Dieu, se dit-elle, pourvu que je n'aie pas une crise d'asthme, là, devant tout le monde… (Elle n'a pas eu de crise véritable depuis l'âge de douze ans, depuis ces lointaines impressions de salpêtre et de sueur mâle, mêlées à la voix basse et urgente de son jeune oncle Jimmy qui lui soufflait dans l'oreille ce jour-là, au sous-sol de la maison de sa grand-mère à Decatur dans l'Alabama, sa joue mal rasée lui mettant le cou à vif, le rendant rouge et brûlant tandis qu'il ouvrait sa braguette pour sortir son machin et le frotter lentement puis de plus en plus vite contre le tissu jaune de sa robe de Pâques, pressant ses lèvres tremblantes sur sa bouche, la regardant avec timidité, les yeux étincelants, et, tandis que la moite moisissure du mur suintant de salpêtre s'était mêlée à la sensation chaude de l'haleine de Jimmy sur son visage, il haletait : « Tu le diras à personne, hein Beth, faut pas le dire, j'y peux rien moi si t'es si jolie », la voix âpre, les mains plaquées avidement sur ses seins presque inexistants et la queue s'agitant maintenant très fort contre le tissu bon marché de sa robe jaune transparente – elle avait été surprise de la voir si grosse et sombre et poilue, n'ayant aperçu jusque-là que le minuscule truc blanc de son neveu bébé –, et quand il s'était exclamé « Oo-oh mon Dieu oo-ohh ! »

avant de s'affaisser contre elle en riant presque, elle lui avait caressé la tête jusqu'à ce qu'il reprenne son souffle et que son cœur se calme. Ce soir-là elle avait eu sa première crise d'asthme, terrorisant sa grand-mère par ses ahans et ses haut-le-cœur, incapable de faire entrer dans ses poumons la moindre parcelle d'air... et, depuis ce jour, sur ordre médical, elle ne se déplaçait jamais sans inhalateur.)

« Ça me barbe, les romans de femme, dit Sean avec un mauvais sourire. Au XIXe siècle ils parlaient tous de jardins et de mariage ; de nos jours ils racontent tous l'histoire d'une jeune femme, abusée par son père pendant l'enfance, qui, après de multiples vicis-situdes dont un avortement, trouve enfin le bonheur dans les bras d'une autre femme... appartenant de préférence à une minorité raciale.

— Tu es ivre mort, mon cher, lui dit Rachel dans un murmure. Si tu allais faire du café pour tout le monde ? »

Sean se met à tousser : d'abord poliment, puis de façon incontrôlable. Reprenant enfin son souffle, il sort un mouchoir de sa poche, le porte aux lèvres et recrache, avec une dignité surprenante, le flegme de sa gorge.

« Brian, dit Beth en se mettant debout avec un air de détermination. Je crois qu'il est temps que nous partions. »

Katie regarde sa montre. (Ah ! les milliers de fois qu'elle a regardé sa montre quand les enfants étaient petits, avant de dire : « On devrait y aller, Leo, il se fait tard et il faut qu'on raccompagne la baby-sitter », un excellent prétexte pour partir, mais maintenant il n'y avait plus ni baby-sitters ni bébés, Sylvia leur cadette avait dix-neuf ans et rongeait déjà son frein, après la mort de David elle avait redoublé son année de lycée donc elle vivait toujours avec eux, mais en ce moment elle remplissait des dossiers d'inscription pour des universités situées dans l'Oregon, le Colorado, la Floride... Comment se fait-il, se demande Katie, désespérée, que tout le monde dans ce maudit pays aspire à la *solitude* ?)

Brian a le sentiment que lui et Beth se sont déjà trouvés souvent dans cette situation : elle debout et lui assis ; elle piaffant pour partir et lui désireux de rester... Si son éclat féministe gâche la soirée cette fois-ci, se dit-il, je ne le lui pardonnerai pas. Mesdames et messieurs du jury – il lance un coup d'œil à la ronde, conscient qu'il est sérieusement éméché et n'arrive plus à enchaîner ses pensées de manière cohérente –, êtes-vous parvenus à un accord, ou bien devons-nous rendre une ordonnance de non-lieu ? Tiens, on est bel et bien douze ce soir, comme un jury en effet, mais pour juger... quel crime ? Ou peut-être sommes-nous les douze apôtres et c'est la Cène... mais dans ce cas, où est le Christ ? Patchouli, peut-être ? ou Hal Junior, là-haut ? Oh là là, je suis mal fichu.

« Désolée, Beth, dit Sean. Je retire ce que je viens de dire. Très mauvais goût, vraiment. Rassieds-toi, je t'en prie... Personne ne doit partir avant qu'on ait tiré cette affaire au clair.

— Quelle affaire ? demande Leonid. J'ai raté quelque chose ? » Il a mal, il a mal, ses lombaires le martyrisent, le tirent vers le bas : quand on souffre c'est vraiment *soi* qui est *dans* la souffrance et non l'inverse, se dit-il, contemplant avec envie le fauteuil confortable près de la cheminée. « De quoi s'agit-il, Sean ?

— Moi aussi je suis larguée, dit Katie.

— C'est justement ça la question, dit Sean d'un air énigmatique. *De quoi s'agit-il ?* »

Décontenancée par la contrition de Sean, Beth se rassoit – mais, juste à ce moment, Brian se lève précipitamment.

« Excusez-moi, dit-il. J'ai besoin de prendre l'air, je reviens tout de suite. » (Il sait très bien quel crime ils sont en train de juger, ce jury-ci et tous les jurys du monde, oui il est dans la jungle à nouveau, vingt-huit ans plus tôt, il a dix-neuf ans et il est au Sud-Vietnam en train de suivre les méandres du fleuve Sa Thay. La verdure laisse percer de douloureux éclairs de lumière déchiquetée mais l'air est lourd, lourd, tout est lourd et détrempé, leurs casques, leurs sacs à dos, leurs armes, leurs bottes... leurs cœurs aussi, lestés par la peur et la fatigue. Ils sont une patrouille de sept – quatre Noirs et trois Blancs, plus un énorme chien-loup du nom de Zack – et ils ont passé la journée à tourner en rond dans ce ravin, comme dans un cauchemar luxuriant et mortifère. Depuis une demi-année que Brian est arrivé au pays, tout participe d'un même cauchemar de verdure et de violence : la pluie, les ordres aboyés, la vase infecte, les courses effrénées, la diarrhée, la marijuana, les moustiques. Il a oublié les subtiles analyses politiques de la situation qu'il avait débitées dans les bistrots de Vancouver avec ses copains, insoumis comme lui, autour de tables chargées de bouteilles brunes de bière Molson. Maintenant, des lianes collantes lui obstruent le cerveau, d'épaisses tiges de bambou lui bloquent la vue intérieure, une puanteur de marécage, de boue et de sang lui bouche le nez. Lors des marches comme celle-ci, sur la piste des Viets, n'importe quoi peut le plonger dans la frayeur : les serpents, et les sinueuses traces de lumière qui ressemblent à des serpents, et ces salopards de Viets qui se comportent comme des serpents, sournois et meurtriers, enfouissant des mines qui transforment ses copains en de frémissants monceaux de bouillie rouge. La politique de son pays ne l'intéresse plus du tout ; la seule chose qui l'intéresse est de savoir s'il rentrera ou non chez lui en un seul morceau...) Le ventre et le cerveau soulevés, retournés, l'atroce sonnerie dans l'oreille droite le poussant au bord du vomissement, il se dirige à grands pas instables vers la cuisine.

Soudain, à l'étage au-dessus : un braillement.

« Eh ben bravo, le môme ! s'exclame Hal, jetant un coup d'œil à sa montre. Pile à l'heure pour sa collation de minuit. »

Dans un bruissement de jupes, Chloé monte l'escalier d'un pas rapide et les autres, se levant, la suivent des yeux. Les pleurs d'un bébé qui a faim : un bruit que beaucoup d'entre eux n'ont pas entendu depuis des années. La conversation s'interrompt et tous tendent l'oreille, écoutant avec intensité cette déclaration ouverte, éhontée, flagrante, du besoin : *Viens, je t'en prie !* supplie leur cœur en même temps que le cri du nourrisson. *Viens, mère ! Viens, réconfort ! Viens, lait, miel, paix absolue ! Viens, présence qui bannira tout manque, colmatera toute brèche, pansera toute plaie, guérira tout mal, redressera tout tort, en cet instant et à jamais.*

Les pleurs prennent fin abruptement et la merveilleuse Chloé ressurgit en haut de l'escalier. Longue, blonde, svelte, rouge et crème, elle descend les marches avec le bébé dans les bras, au sein, oui elle a dénudé la rondeur de l'un de ses seins blancs, les lèvres de l'enfant se sont emparées fermement du mamelon et elles sucent… mais oui ! regarde ! son terrible besoin total est en train de s'assouvir ! Chloé s'assoit précautionneusement dans un coin du canapé et, émus et fascinés, les autres convives s'assemblent autour d'elle en un cercle de révérence.

Même Beth oublie qu'elle était sur le point de partir.

Puis Brian refait irruption dans la pièce, les lunettes embuées, la barbe mouchetée de neige fondante : «Dites donc ! s'écrie-t-il en tapant du pied. Il est tombé quelque chose comme cinquante centimètres de neige et ça n'a pas l'air de s'arrêter. On ne voit déjà plus les voitures. Vous savez quoi, les amis ? On est bloqués là pour la nuit. »

XV

HAL JUNIOR

Tout comme Chloé petite, Hal Junior sera «placé».
Mais à la différence de sa mère il aura la chance de tomber dans une famille nourricière aimante et chaleureuse : une diplomate suédoise à la voix douce et son époux, qui finiront du reste par l'adopter. (Personne ne s'apercevra jamais de la coïncidence, mais le père adoptif de Hal n'est autre que le cousin au deuxième degré de Birgitta, la première femme de Leonid.)

Cela ne dispensera pas Hal du besoin de se faire artiste. Il fera des études de théâtre et deviendra un immense acteur, parmi les plus célèbres et les mieux aimés du Royaume-Uni. Vers le milieu du XXIe siècle, cependant, il commencera à oublier ses répliques, à égarer ses accessoires, à confondre ses différents rôles… Eh oui ! c'est la faute à Alzheimer, une fois de plus. Mais son lent déclin vers l'état de légume sera interrompu à l'âge de soixante ans par un fulgurant cancer de la prostate. Je l'emporterai en quelques semaines, épargnant ainsi à son public le spectacle navrant d'un Macbeth amnésique.

XVI

NEIGE ET CHANSONS

Hal junior est toujours au sein mais, plutôt que d'en tirer du lait, ses lèvres et sa langue ne font plus que jouer avec le mamelon gauche de sa mère. Chloé lui soutient la tête de la main mais elle a le regard lointain et ne sourit pas. Ils nous vident, se dit-elle. Tous, ils nous bouffent, nous boivent jusqu'à la dernière goutte. Des vases de douceur, qu'ils nous appellent. Lait de la tendresse humaine. Foutaises. Ils nous vident, c'est tout. Des bébés. De gros bébés affamés velus méchants et pleurnichards. Donne-moi une fessée, maman. Fais-moi mal, maman. Punis-moi, maman. Embrasse-moi, baise-moi, donne donne donne. Sois toute à moi. J'ai payé pour t'avoir alors maintenant tu m'appartiens. Tu ne t'échapperas pas. Je vais te ligoter. T'attacher à la chaise, au lit, à la table. Te bâillonner. Voilà, ah ah ah! essaie de marcher maintenant. Essaie de parler. Mains liées pieds liés bouche bourrée. Comme la dinde. Oublie ça, qu'il me dit, Hal. Tu n'as qu'à dessiner un grand rectangle noir autour de ces années, et pouf! À la trappe! Quelles années, Hal? Où il est, le sol? J'avance d'un pas : une trappe. Encore un pas : encore une trappe. Pas étonnant que j'en ai assez de marcher, que je préfère flotter, voler... Oh mon bébé. Mon petit bonhomme. Et elle... notre mère... tu crois qu'elle nous a allaités, Col? Non. C'est pas possible. Comment elle a fait alors, pour nous nourrir? Tu la vois, toi, avec un biberon? Comment on a survécu? *Pourquoi*, surtout? Bon, toi tu n'as pas survécu, c'est vrai. Tu l'as

182

trouvée assez rapidement la Grande Trappe de toujours. Encore un mois à tenir. Une idée de Hal, que
j'allaite le petit jusqu'à l'âge de un an. Il prétend que
ça le sauvera du cancer. C'est quasiment sûr, qu'il dit,
les statistiques le prouvent, ça vaut le coup, non ?
Douze petits mois au sein et notre fils sera toute sa
vie à l'abri du cancer. Comme si le cancer était le seul
problème qu'il risquait de rencontrer sur son chemin.

La main de Hal Junior se déplace vers l'autre sein
de Chloé et le caresse, pinçant doucement le mamelon. Ah ! se dit Katie, je me souviens de cette sensa-
tion-là. La petite tête ronde et douce qui pèse contre
votre poitrine, les yeux qui cherchent les vôtres et la
main minuscule qui caresse le sein auquel il ne boit
pas, pour ne pas faire de jaloux.

Je n'ai jamais eu assez de lait, se dit Patrizia. (Elle
se rappelle le jour où, alors qu'il lui avait complètement vidé les seins, Tomas avait continué de tirer
dessus d'un air affamé, puis, s'arrachant d'elle enfin,
furieux, la figure cramoisie, s'était mis à pousser des
hurlements indignés comme pour dire : « Tu appelles
ça une *mère* ? Une mère est censée nourrir son enfant
à satiété ! C'est un scandale ! C'est inadmissible ! »
Roberto n'était pas là, elle était seule à la maison
avec leur nourrisson d'un mois et il allait mourir, pas
de faim mais d'apoplexie, la figure pourpre maintenant de rage tandis qu'elle attendait, au comble de
l'angoisse, que les biberons soient stérilisés... Peu à
peu les cris de Tomas étaient devenus si longs qu'il
n'arrivait pas à reprendre son souffle et il restait là à
gigoter en silence, les poumons vides... Paniquée,
Patrizia suppliait Jésus Marie et tous les saints d'aider son fils à avaler une nouvelle dose d'oxygène,
même si ça devait déclencher un nouveau hurlement
sans fin... Elle se rappelle aussi le dernier biberon :
celui de Gino, quatre ans plus tard – et quatre ans
c'est beaucoup, mais, une fois que c'est passé, ce n'est
rien (la maternité, une série de petits deuils) : on

plonge la mesurette dans la boîte de lait en poudre, on en fait tomber le trop-plein, on verse la poudre dans l'eau, on pince la tétine et on secoue le biberon, jamais plus je ne secouerai le biberon, mon Gino adoré, ta petite enfance est derrière toi, jamais plus je ne serai la mère d'un nourrisson, ne me livrerai à cette gestuelle-là : c'est fait. Oh j'ai tellement aimé ça ! Je ne comprends pas les jeunes mamans de nos jours, qu'on voit à la sortie des crèches en train de tirer leur petiot d'une main et de jacasser dans leur portable de l'autre. Elles ne l'ont pas vu de la journée et elles *ne veulent toujours pas le voir*??)

« Oh non ! s'écrie Beth. On ne va pas quand même passer la nuit ici ! »

Les hommes, tous sauf Aron, se lèvent ; avec une certaine réticence ils quittent la pièce, endossent leur manteau et sortent sur la véranda pour évaluer la situation. C'est ce que font les hommes, se dit Sean. Ils vont voir de près, ils prennent la mesure des problèmes, ils font le point. On a beau dire, c'est toujours à eux de le faire.

« Voyez ? dit Brian en leur montrant d'un grand geste le jardin dont tous les détails ont été effacés, y compris le muret de pierres qui en marque la limite. Si on passait deux heures à pelleter on arriverait peut-être à dégager les voitures… mais Dieu sait quand ils vont envoyer un chasse-neige par ici ! Personnellement, je n'ai pas la moindre envie de faire cinquante kilomètres sur une route comme celle-là dans l'état où je suis.

— Moi non plus, dit Leonid. Même pas trois kilomètres. Même dans un autre état. Je n'ai pas non plus envie de pelleter la neige. J'ai mal au dos.

— J'ai mal au pouce, dit Sean.

— Ce n'est que ta main gauche, fait Hal.

— Tu as déjà pelleté avec une seule main ? dit Sean.

— Tu as déjà pelleté ? demande Charles. Allez, Sean. Dis-nous la vérité. Quand as-tu pelleté de la neige pour la dernière fois ?

— Oh, dit Sean, ça doit remonter à une petite vingtaine d'années.

— Je crois que je n'ai jamais vu autant de neige au mois de novembre, dit Hal.

— Ça me fait penser à Joyce, dit Sean. La dernière phrase de cette nouvelle «Les morts», vous vous rappelez? dans *Gens de Dublin*… Meilleure nouvelle de la langue anglaise. «La neige qui tombait doucement à travers l'univers et qui, doucement, tombait, pareille à la descente du rideau final, sur tous les vivants et les morts.»» Il n'avait jamais réussi à convaincre ses étudiants du génie de cette chute. Ils croyaient que c'était une maladresse de la part de Joyce d'avoir utilisé «tombait doucement» et «doucement, tombait» dans la même phrase. On leur avait appris à éviter ce genre de redondance… alors que c'était justement ce que cherchait à transmettre, par ses cadences et ses échos, la phrase de Joyce : chaque flocon de neige semblable et unique, se répétant, s'accumulant…

«Moi ça me fait penser à la nouvelle de Tolstoï, dit Hal. "L'homme et son maître".

— Magnifique nouvelle, dit Charles. Inoubliable.

— N'y compte pas», marmonne Sean.

Derek pense pour sa part à une nouvelle de I.B. Singer, qui s'achève elle aussi par une évocation de la neige en train de tomber «paisiblement, moins abondante, comme si elle se regardait tomber», transformant tout Central Park en un vaste cimetière silencieux, mais il n'ose en parler parce qu'il n'arrive pas à se rappeler le titre… C'est l'histoire d'un vieux monsieur et d'une vieille dame qui habitent le même immeuble que l'écrivain; la première fois qu'ils se rencontrent chez lui ils se prennent en grippe mais en fin de compte ils se marient et, quand le vieil homme meurt…

«Magnifique, dit Charles. Ah! écoutez-moi ce silence.»

185

Immobiles, ils regardent virevolter les flocons blancs dans la lumière dorée de la lampe, emplissant l'air d'une fraîcheur moelleuse.

Sean allume une cigarette, tousse, s'éclaircit la gorge, ne dit rien.

«Autrefois j'avais peur de la neige, dit Brian. Comme j'ai grandi en Californie, où on n'en voit presque jamais... Je me souviens du premier hiver que j'ai passé sur la côte est...» Mais il ne poursuit pas, car il ne sait formuler avec des mots, surtout devant ces hommes à mots, en quoi avait consisté cette peur... La neige lui avait toujours semblé traîtresse, trompeuse, chaque flocon une minuscule étoile étincelante, toute légèreté et toute douceur, prête à vous fondre sur la langue ou sur la peau, alors que leur lente accumulation était une force meurtrière capable de faire déraper les voitures, s'effondrer les toits, s'abattre les arbres; oui, elle arrêtait tout, bloquait tout, vous empêchait d'avancer, de rejoindre vos proches... Exactement comme le temps, se dit-il maintenant. Chaque instant en lui-même sans poids, imperceptible, un minuscule éclat de cristal qui vous fond sur la langue, alors que leur lente accumulation est une force meurtrière, les années vous enfoncent, recouvrant tout et estompant les différences... Comment faire, mon Dieu, pour franchir les énormes congères du Temps? On s'acharne sur elles pour les écarter, les repousser sur les bords de la route, mais, entre-temps, sur la chaussée elle-même, la neige s'est transformée en glace dangereuse, provoquant des accidents, précipitant les gens dans la mort... alors que tout avait commencé de façon si innocente, un instant fondant après l'autre... Mon Dieu, se dit-il, je suis complètement bourré.

«Moi, ça ne me dérange pas de pelleter, dit Derek. Mais j'aurais besoin de bottes.

— Tu chausses quelle pointure?» demande Sean, peu réjoui à l'idée des pieds de Derek dans ses bottes à lui. Il est allé se fourrer dans ma Rachel, se dit-il, je ne veux pas qu'il aille se fourrer dans mes bottes.

« Quarante-quatre, dit Derek.

— Nan, dit Sean, moi je porte du quarante. »

Pourvu que ça continue, se dit Charles. Que ça ne s'arrête jamais ; que la neige emplisse le monde entier, qu'elle recouvre nos villes hideuses et nos paysages défigurés... Une autre période glaciaire, oui ! Que nous soyons figés au milieu de nos gesticulations grotesques, tous autant que nous sommes, pris par la glace comme les habitants de Pompéi par la lave, et que, nous retrouvant d'ici deux millénaires, une autre civilisation s'étonne de nos poses loufoques, nos préoccupations idiotes, nos guerres barbares... (Cet enchaînement d'images est brusquement remplacé dans son esprit par un autre : il pense aux pleurnicheries et aux plaintes de Randall et de Ralph, cinq ans plus tôt, avant la naissance de Toni, quand il s'était mis à neiger pendant leur visite du canyon de Chelly. Ils étaient descendus tous quatre jusqu'au fond du canyon... et là, à l'écart des incontournables étalages de bijoux en argent et de pseudo-fossiles, ils avaient vu un petit cercle d'Indiens navajos en train de se réchauffer les mains à un feu de camp et de deviser ensemble à voix basse. Parmi eux se trouvait une vieille squaw trapue, enveloppée d'un châle, les cheveux gris tressés dans une natte qui lui descendait aux genoux : fascinée par son visage incroyablement ridé, Myrna avait voulu la prendre en photo mais la vieille, levant brièvement les yeux vers eux, leur avait signifié son refus sans ambiguïté. Votre simple présence ici est de trop, disaient ses yeux, une offense à nos dieux. La neige s'était mise alors à tomber tout doucement sur leurs cheveux et, pris de vertige, Charles avait compris à quel point était arbitraire leur présence dans ces secrètes profondeurs brun et or d'une fente dans la croûte terrestre : ses ancêtres à lui ayant été arrachés à leur village sur la côte ouest de l'Afrique et traînés les fers aux pieds en Amérique du Nord, les ancêtres de Myrna ayant quitté l'Écosse et la Suède poussés par l'espoir ou le désespoir extrêmes... de sorte que, douze générations plus tard, ayant maîtrisé les codes du tourisme moderne et sauté avec leurs rejetons dans un avion pour Phoenix, ils étaient descendus dans ce canyon et dévisageaient maintenant ces Indiens qui, eux, élevaient des moutons ici depuis des siècles, cultivaient la luzerne, entretenaient de petits feux de camp et devisaient ensemble à voix basse. Charles avait senti la brûlure de la honte. Il avait porté cette honte avec lui, en silence, tandis que sa famille remontait laborieusement le sentier pour sortir du canyon et que les garçons pleurnichaient et se plaignaient de la neige : « Je croyais qu'on était venus dans l'Arizona pour *échapper* à l'hiver, papa ! » Près de la sortie, à la boutique de souvenirs des parcs nationaux, Myrna avait acheté une cassette de musique pour flûte navajo synthétisée... et soupiré d'aise ensuite, alors qu'ils roulaient vers le nord, d'entendre ces notes aériennes, éoliennes, accompagnant l'étonnante géométrie des falaises rouges dentelées de neige. Mais pour Charles la journée avait été gâchée. Même plusieurs heures plus tard, devant les jaillissements rocheux aux formes inouïes de Monument Valley, où avaient été tournés tant de westerns célèbres, *La Poursuite infernale*, *La Prisonnière du désert*..., il avait refusé d'aider Myrna à fouetter l'enthousiasme de leurs fils. Ils étaient trop jeunes pour connaître ces films... Ce *doit* être un poème, se dit Charles maintenant. Il y a sûrement un poème là-dedans. Leurs ascendances respectives. Le feu de camp, et, tendues vers sa chaleur, les mains brunes et usées. L'appareil photo suspendu au cou de Myrna : métal, plastique, clic-clac, précision, pellicule, zoom – la preuve, agressive et objective, d'une civilisation supérieure. Et la férocité contenue de la vieille Indienne quand, les bras croisés sur la poitrine, elle avait levé les yeux vers eux. Non. Pas de photo. Et comme le petit groupe d'Indiens s'était resserré autour d'elle, près d'elle, pour la protéger. Non.)

« Non, dit Derek, ça n'ira pas. » Il se frotte le menton du pouce… un tic professoral que ses étudiants s'amusent parfois à imiter derrière son dos. (Ce qu'ils ne savent pas, c'est que le pouce de Derek frotte *quelque chose* sous son menton : une cicatrice, trace de cette journée dans les Catskill où, à l'âge de onze ans, il avait désobéi à sa mère pour la première fois. Bafouant les recommandations de Violet, il était parti avec un autre garçon – Jesse, il s'appelait – faire de la luge sur une pente raide. Il se rappelle le souffle excitant de la vitesse, le sifflement du vent dans ses oreilles, le crissement de la luge sur une plaque de glace, l'euphorie pure et haute et blanche – mais, à mi-pente, ils avaient heurté une bosse et, comme si Violet l'avait maudit, Derek avait été projeté dans les airs et s'était cogné le menton en retombant sur une pierre pointue : choc comme si son crâne avait éclaté – giclement de sang écarlate sur la neige blanche – *mon sang !* s'était-il dit en le fixant, sidéré… avant de comprendre, à l'air terrifié de Jesse, que c'était grave. Violet l'avait grondé pendant tout le trajet en taxi jusqu'au cabinet médical : « Comment *peux-tu* me faire une chose pareille ? Je suis censée me reposer et tu ne trouves rien de mieux que de me donner une crise cardiaque ?…» Puis il y avait eu le coton stérilisé, les tss-tss du médecin, les points de suture et, à l'instant précis où l'aiguille transperçait sa peau, le serment de Derek de ne *jamais* se comporter ainsi avec ses propres enfants, de seulement et toujours les aimer, les choyer, les protéger, leur faire comprendre à quel point ils lui étaient chers… et *pourquoi n'était-ce pas possible* ? Marina, mon amour, *pourquoi* n'as-tu pas envie de vivre ? T'évanouissant en classe… flirtant avec le chaos… dévorant les récits de la Shoah… te gavant de mort verbale… buvant des litres de sang verbal… *pourquoi* ? Tout ça parce que ta mère t'a abandonnée quand tu avais trois ans ? Aucun amour ne remplira-t-il jamais l'entonnoir laissé dans ton âme par cet obus ?) « Ça n'ira pas », répète-t-il.

Leurs pensées flottant en eux, aussi denses et tour-billonnantes que les flocons au-dehors, les six hommes renoncent à l'idée de pelleter la neige au milieu de la nuit.

Hal descend les marches de la véranda, tente quelques pas et s'enfonce jusqu'aux

genoux dans la molle congère qui s'est amassée près de la maison. Se penchant en avant, il plonge les deux mains dans cette blanche épaisseur et se réjouit de la morsure familière du froid sur ses doigts. Sans réfléchir, d'un geste automatique, il forme une boule de neige et se retourne pour la lancer. Par en dessous pour les filles, par au-dessus pour les garçons : elle frappe Brian à la tête, pile sur l'oreille droite, la mau-vaise oreille, celle qui a l'acouphène – conflagration du cerveau –, il voit rouge, voit des étoiles, des étoiles rouges.

« Espèce d'enculé », grogne-t-il. Fou de rage, les bras battant l'air, Brian s'élance vers le corps balourd du romancier, se jette sur lui, le martèle de coups et le renverse sur le ventre – plaf ! – dans la neige.

« Hé ! proteste Hal. Hé ! C'était une plaisanterie ! »

Dérapant dans leurs souliers de ville, frissonnant dans leurs pulls légers, Charles, Leonid et Derek se lancent dans la mêlée. Ils ramassent de grosses poi-gnées de neige et se les fourrent dans le cou ; ils rugissent et poussent de grands éclats de rire, cher-chant l'illusion d'un retour à l'enfance ou en tout cas à la plus belle époque de leur vie, c'était laquelle au juste ; réveillés soudain, arrachés à la stupeur induite par l'alcool et la bonne chère, à la torpeur de cette longue conversation à la lumière des bougies et du feu de bois, les sangs fouettés par la sensation brû-lante de liquide glacial sur leur peau, haletant et bat-tant l'air, ils répondent à l'appel de la curée, l'appel atavique aveugle et irrationnel de leurs aïeux, guerriers nordiques en peaux d'ours ou guerriers africains en peaux de léopard, se flanquant mutuel-lement de la neige en pleine figure dans une bagarre générale où tous les coups sont permis, comme pendant les fabuleuses échauffourées des westerns qui ont marqué leur enfance à tous – vlan ! – une chaise heurte le miroir au-dessus du bar et il vole en éclats – vroum ! – une table s'envole et va se fracasser contre les rangées de bouteilles – zip ! – un homme glisse sur le zinc et s'écrase, tête la première, dans la machine à sous – des cartes à jouer s'éparpillent dans les airs – et Sean, bien à l'abri sous le toit de la véranda, contemple en hochant la tête cette explosion de virilité américaine.

Ça ne dure pas bien longtemps. Même avant que Sean ait pris la dernière bouffée de sa cigarette, ils s'arrêtent : à plat, éreintés… ahuris, même, de se sentir aussi mal. Leonid a le dos parcouru de douleurs lancinantes ; Charles est au bord des larmes, ayant déchiré la chemise en soie noire que Myrna lui avait offerte pour son quarantième anniversaire ; Hal, incapable de reprendre son souffle, écoute dans l'affolement les coups de marteau de son cœur contre sa cage thoracique ; l'acouphène de Brian s'est un peu calmé mais il s'est claqué un muscle à l'épaule en essayant de se retourner avec Hal sur le dos… L'un après l'autre, ils renoncent. Se relèvent avec difficulté. Se lancent des regards mauvais et des sourires honteux. Se dirigent vers la véranda en frottant leurs membres endoloris. Secouent la neige de leur pantalon et sentent leur peau fatiguée se rétracter au contact des habits mouillés.

« Bande d'imbéciles, marmonne Sean tandis que les autres gravissent les marches en boitillant et en soufflant comme des bœufs. Ce qu'il nous faudrait maintenant, c'est un bon *irish coffee* bien chaud. Je vais demander à Rachel de nous en faire. »

Mais la vie ne s'était pas arrêtée à l'intérieur de la maison pendant l'absence des hommes : quand ils reviennent dans le salon, l'ambiance y est tout autre.

Ils entendent des notes de musique et se trouvent confrontés à un tableau Renaissance intitulé *Madone à l'enfant et aux anges musiciens*. Beth a découvert une guitare dans un coin de la pièce et, tout en la grattant, elle chante d'une voix riche et vibrante *Where Have all the Flowers Gone?*; pendant ce temps, Katie, Patrizia et Rachel fredonnent une ligne harmonique approximative, Hal Junior dort à poings fermés sur les genoux en velours rouge de sa mère, et Aron, qui a de nouveau baissé le volume de son appareil acoustique, se balance dans le fauteuil à bascule en fixant les mains de Chloé.

Elles ressemblent aux mains des Vierges de Bellini, se dit-il. (Souvent, le soir, dans leur maison sur le Berea à Durban, une fois les filles montées se coucher et Currie partie dans sa *kaïa*, lui et Nicole passaient une heure ou deux à feuilleter des livres d'art. « Mais tu as vu les *mains*? » lui avait dit Nicole une fois alors qu'ils admiraient ensemble les Vierges de Bellini et, les ayant regardées, il n'avait plus pu en détacher les yeux. Au cours de son existence, Bellini avait croqué, dessiné et peint les mains de la Vierge Marie à des centaines de reprises : des mains aux doigts longs et puissants, empreintes de vénération et de sagesse, toujours recourbées autour du corps de Jésus : tantôt nourrisson dodu, tantôt cadavre mutilé. Mains de madone, mains de pietà. Leur courbe signifiait joie et douceur, ou deuil et chagrin. Qui tiendra mon corps mort? se demande Aron. Lui-même avait tenu le corps de son père, tandis que la vie le quittait et que sa mère priait et pleurait dans la pièce voisine. Mystère doux et foudroyant de cet instant dont le souvenir est imprimé au fer rouge dans sa mémoire : car *même quand vous êtes là* et que vous regardez de toutes vos forces, suivant chaque souffle qui entre et sort de sa poitrine, *vous ne pouvez comprendre*. Cet individu. Ce corps massif, puissant, sur lequel vous vous appuyiez, sur lequel vous comptiez, se laisse aller complètement, abandonne la vie ou est abandonné par elle, n'est plus qu'un paquet de chair flasque à laver et à rhabiller, cadavre nu, lourd à manipuler sur le lit. Là, et, l'instant d'après, plus là. Le choc de son absence, alors que vous vous y étiez préparé, que vous vous croyiez prêt. Et la folle vitalité qui vous envahissait alors – comme si ses forces, en le quittant, s'étaient déversées en vous, multipliant les vôtres. Le besoin sauvage de courir, de crier, de manger, boire, parler – le besoin de prier. Ô *Kaddish* ! « Mon père est mort. » Plus de trente ans après, la phrase le sidère toujours. Le corps de son père apparaît souvent dans ses rêves, la nuit ; Aron en garde une conscience intime et tangible de sa propre mortalité.)

« *Long time lasting*, chantent les femmes.

— Qu'est-ce que c'est que ce bordel ? » gueule Sean depuis l'entrée. La chanson s'interrompt et les femmes se tournent vers lui, consternées. Aron, qui n'a rien entendu, continue de se balancer en fixant les mains de Chloé.

« Déjà cette chanson était de la merde quand Dylan la chantait, poursuit Sean, mais maintenant c'est pire, c'est de la merde réchauffée...

— Ça ne va pas, non ? rétorque Beth, furieuse. De quel *droit* donnes-tu des ordres à tout le monde ? Sous prétexte que *toi* tu n'aimes pas Dylan, il faudrait que *tout le monde* cesse de chanter ? Tu nous manipules depuis le début de la soirée... ça suffit, à la fin !

— Beth... fait Brian.

— Non, sérieusement... si Sean sait d'avance comment la pièce doit se dérouler, qu'il nous distribue nos textes tout de suite...

— Il se trouve, dit Sean en allumant une nouvelle cigarette, le regard noir, que cette guitare n'est ni à toi ni à moi. Et le fait d'être mon invitée ne te confère pas automatiquement le droit de... t'emparer de tout ce qui te tombe sous la main et de... prendre des libertés avec...

— C'était à Jody, dit Rachel à Beth dans un murmure, et les traits de Beth se décomposent.

« — Désolée. Je suis désolée, Sean », dit-elle, se retenant d'ajouter : je ne savais pas que c'était une relique sacrée. Rougissant malgré elle, elle remet l'instrument dans son étui et le referme avec un bruit sec.

« Oh, ce n'est que sa *vieille* guitare », dit Sean d'une voix acide, tout en exhalant deux jets de fumée par les narines et en regardant la bouteille de whisky pour vérifier que son niveau n'a pas changé depuis la dernière fois qu'il a eu affaire à elle, il y a plusieurs heures déjà. « Elle a emporté la nouvelle guitare en partant... celle qui m'a coûté trois mois de salaire. »

Un silence choqué accueille cette dernière énormité.

« Bon, fait Charles. Il me semble que le moment est venu d'ouvrir le champagne.

— Du champagne ! s'écrient Katie et Leonid en chœur. Quelle bonne idée ! »

Sean se laisse tomber dans un fauteuil, se verse une rasade de whisky et fixe d'un air sinistre le pansement sur son pouce gauche. (La guitare que vient de souiller Beth était dans les bras de Jody, la première fois qu'il avait posé les yeux sur elle. Du Bach, pas d'insipides chansons hippies à propos des fleurs et des soldats et des jeunes filles mais du Bach, pur et paradisiaque, émanait cette nuit-là des cordes pincées par les doigts de la femme en blanc. Jody avait été une apparition magique, inespérée, illuminée par un spot dans un coin du bistrot où Sean était entré par hasard, chacun de ses traits et gestes semblant exprimer l'extase. Tu es tout ce que j'ai jamais désiré, lui avait-il dit et redit tout bas en la fixant, médusé. Tu transformeras ma vie, je le sais, je le sens. Nous sommes faits l'un pour l'autre... Jody avait vingt-cinq ans et Sean, quarante. Jody savait tout faire : cuisiner, coudre, bricoler, jardiner, danser, jouer de la guitare, alors que Sean ne savait que boire et écrire. Il *fallait* qu'elle lui appartienne. Il *fallait* qu'il gagne son cœur et qu'il l'épouse. Jody lui apprendrait à vivre, il en était sûr : sa sérénité mettrait un baume sur son âme à vif. Jody à ses côtés, il boirait et fumerait moins, décrocherait le Nobel. Il n'avait attendu qu'elle pour écrire enfin les poèmes qu'il était né pour écrire. Ses amis se montrèrent sceptiques. Balayant leurs craintes d'un revers de la main, il courtisa Jody Robinson à coups de fleurs, de poèmes, de foulards en soie, de restaurants français et de disques : les plus prestigieux enregistrements de musique baroque. Il devint un connaisseur de musique baroque, passant des heures à choisir des disques pour Jody dans les magasins de Boston et de Cambridge. Il écrivit des odes, des sonnets, des villanelles à la louange de sa beauté. Il la présenta à sa mère. À Rachel. À Hal. Il l'épousa, avec Hal et Rachel comme témoins... pour se replonger aussitôt dans l'humour noir et l'autodestruction. «Il faut que tu *m'aides*, Jody ! » lui dit-il une fois dans un sanglot lorsque, ayant touché le fond, il la vit se dresser au-dessus de lui dans toute sa pureté, assise sur leur lit dans la position du lotus, vêtue d'une chemise de nuit blanche, les yeux fermés sauf l'œil invisible au milieu du front, mains sur les cuisses, paumes tournées vers le ciel pour accueillir la vibration des sphères. «Tu dois d'abord t'aider toi-même, Sean, avait-elle répondu, les lèvres courbées en un demi-sourire bouddhique qui mettait Sean en rage, lui donnait envie de lui faire valser la tête loin des épaules. Je ne suis pas née ainsi, tu sais », avait-elle ajouté, brandissant sa supériorité spirituelle devant ses yeux telle une épée. Elle se mit alors à faire un exercice de respiration qui divisait ses phrases en petits *koân* flottants : «On ne peut pas – claquer des doigts, comme ça et – se trouver transformé, Sean – il faut travailler – oui, réaliser un travail sur soi – moi je pratique le yoga – la respiration consciente – la méditation – depuis sept ans – c'est par la technique – l'entraînement, la discipline, l'humilité – que l'on acquiert une maîtrise progressive – si tu désires vraiment quelque chose, Sean – c'est la seule manière de l'obtenir. » « Ce n'est pas comme ça qu'on obtient des poèmes », lança Sean, maussade. « Ah ? dit Jody en reprenant sa respiration normale. Comment fait-on ? » « On s'enfonce dans la gadoue. On boit une demi-pinte de gin. On respire des ordures. On mâche du lino. On embrasse les morts. On vomit la sentimentalité. La vie, au cas où tu ne t'en serais pas aperçue, est autre chose qu'une simple onde alpha se baladant à travers le cosmos. Tu n'es pas de ce monde, Jode. Tu es totalement déconnectée. » « Et toi, Sean ? À quoi es-tu connecté ? » « Arrête de m'appeler Sean chaque fois que tu ouvres la bouche. » « Comment veux-tu que je t'appelle ? » « À part toi, je suis la seule personne dans la pièce. J'ai beau être ivre, je suis encore capable de deviner à qui tu parles. » « Bon, alors, à quoi es-tu connecté ? » répéta Jody, tendant ses bras blancs loin au-dessus de sa tête et se penchant à droite, à gauche, décrivant avec son torse un arc superbe, expirant en se baissant lentement jusqu'à ce que ses mains frôlent le sol près du lit. « Bon Dieu de *merde*, explosa Sean, on ne peut pas se parler sans que tu exhibes ta bonne santé ? » « Je croyais que, toi aussi, tu voulais retrouver la santé, dit Jody d'une voix digne, se redressant et rouvrant les yeux. C'est ce que tu m'as dit quand tu m'as demandé de t'épouser. » « Eh bien, c'était faux. » « Tu ne veux pas être en bonne santé ? » « Nan. » « Tu ne veux pas redevenir entier ? » « Nan. J'ai horreur des gens entiers. Ce que j'aime, c'est des petits bouts de gens brisés qui sautillent de-ci de-là comme des ressorts. Des membres disloqués. Le temps déboîté. » « Je t'entends, Sean, mais je ne sais pas comment te répondre parce que, d'ici deux heures, tu viendras t'excuser et me dire exactement le contraire. Que veux-tu de moi ? Réfléchis-y, Sean. Réfléchis, et dis-moi ce que tu veux de moi. » Cette phrase-là en particulier, *Réfléchis-y, Sean*, avait le don de l'horripiler. « Je suis ta femme pour le meilleur et pour le pire, Sean, dit encore Jody, mais personne n'a

le droit de me sodomiser le mental. Ce n'était pas inscrit dans notre contrat de mariage. » Toujours en chemise de nuit, elle reprit sa guitare et se mit à jouer
un fabuleux *Râga du matin* qu'elle avait appris au
Rajasthan. Deux heures plus tard, Sean vint s'excuser. Et, tout l'après-midi, ils firent l'amour sur le
grand lit – un amour à pleurer, à mourir, mêlant leurs
membres et leurs cris jusqu'à ne plus reconnaître le
haut du bas. Les mois passèrent et ce syndrome se
répéta, haut-bas, haut-bas, comme le motif en zigzag
dans l'écharpe tricotée par Maisie pour sa belle-fille
à Noël, mais que Jody refusait de porter sous prétexte que la laine rêche lui irritait la peau du cou.
Ensuite, elle avait été enceinte. Elle lui avait annoncé
la nouvelle avec, sur le visage, une expression de pur
om, de pur *samâdhi*. Et Sean se jura que *cette chose-
là* le changerait une fois pour toutes. Pour *cela*, oui, il
réussirait à lâcher la bouteille, parce qu'il y aurait
enfin une chose objectivement importante dans sa
vie... une vraie *raison* de vivre... et, aussi un *avenir*...
une partie de lui-même qui s'élancerait au-delà de
lui, loin en avant dans le nouveau siècle... le sang de
son père, revivifié... et pour Maisie, la joie ! la joie !
Ensuite Hal l'appela pour lui raconter ses nouveaux
déboires – pour la quatrième fois en moins de deux
ans, il venait d'être plaqué par une tapineuse blonde
– et Sean le rejoignit au bistrot pour le consoler, et
ne revint que le lendemain matin à six heures et
demie, s'étant fait arrêter pour conduite en état
d'ivresse et ayant passé le reste de la nuit au poste,
où il s'était découvert des atomes crochus avec
le policier de garde, un môme irlandais à qui ses
parents, originaires du Connemara, avait appris
d'excellentes chansons à boire en gaélique. « Aux
chiottes, Bach ! » dit Sean ce matin-là, en ouvrant la
porte et en voyant Jody se redresser dans le lit et diriger vers lui son regard insupportablement serein et
tolérant. « Bach n'a pas de couilles ! » hurla-t-il depuis
la douche, entre deux strophes de la chanson pail-

larde en gaélique que lui avait apprise le policier. Alors Jody, avec sa lucidité et son calme habituels, tua leur enfant, divorça de Sean pour cruauté mentale et disparut de sa vie en embarquant la guitare hors de prix qu'il venait de lui offrir.) « Cruauté mentale, marmonne-t-il maintenant, en posant son verre vide. À la vôtre ! »

Les autres lèvent leurs flûtes de champagne.

« À l'hiver !

— À Hal Junior !

— À votre santé !

— Qu'elle crève, la santé ! grogne Sean.

— Peut-être que Sean a encore envie de faire la moue, dit Rachel.

— En effet, dit Sean. C'est exactement ce que j'ai envie de faire. Me croiser les bras, baisser la tête et faire la moue. Je suis doué pour ça, vous savez, c'est héréditaire. Tous mes ancêtres avaient la lèvre inférieure énorme, pendante et souple. Celle de mon grand-père était prodigieuse : il pouvait se toucher la pointe du nez avec, on aurait juré que c'était sa langue, alors je vais rester là encore un moment à faire la moue, si vous permettez, merci, faut s'entraîner tous les jours.

— Comment va la neige ? demande Rachel.

— La neige se porte à merveille, dit Hal. C'est l'état des routes et des véhicules qui laisse à désirer.

— Qu'y a-t-il, mon ange ? demande Katie, inquiète de voir les mouvements précautionneux de son mari pour s'asseoir dans le fauteuil en cuir. Tu t'es fait mal au dos ?

— Non non, tout va bien. Encore un verre de champagne et je ne sentirai plus rien du tout. Vous connaissez l'histoire de la dame aux rhumatismes ?

— Oh oui, elle est drôle, celle-là, dit Katie. Raconte !

— C'est une dame de soixante-quinze balais, son médecin vient de lui annoncer qu'elle a des rhumatismes et elle proteste : "Mais docteur, c'est impossible, j'ai toujours été en bonne santé, personne ne m'a jamais dit que j'avais des rhumatismes!" "Tiens donc, dit le médecin. Et dites-moi... à quel moment cela arrangerait-il madame de les avoir, ses rhumatismes ?" »

Ce sont Hal et Rachel qui, cette fois, rient le plus fort.

XVII
ARON

QUANT À ARON Zabotinsky, je le ferai mourir par le feu, lui qui a toujours été fasciné par le feu sous toutes ses formes – Maatla! – depuis les flammes dansantes sous le four à Odessa dans les années vingt, où son père, de grosses gouttes de sueur lui glissant dans les rides profondes du front, mettait ses pains à cuire, jusqu'au supplice du collier qu'infligeaient, à Johannesburg dans les années quatre-vingt, des militants noirs à d'autres militants noirs perçus comme traîtres à la Cause.

Il a quatre-vingt-dix-neuf ans. Il avait espéré tenir jusqu'à cent trois pour battre le record de sa mère (morte, elle, à cent deux ans et demi). Certes, c'était un défi plutôt puéril, étant donné que sa mère ne serait pas là pour enrager de sa défaite; néanmoins, le fantasme de cette humiliation posthume lui réjouissait le cœur et, pour le réaliser, il avait pris fanatiquement soin de son corps.

Mais il n'en sera pas ainsi.

Voici comment je viens à Aron Zabotinsky.

Il a loué le premier étage d'une modeste maison dans Summer Street, tout près de la boulangerie sur Main Street qu'il a longtemps gérée seul (et qui s'appelle toujours Tinsky's). Ce soir-là, une scène de ménage éclate chez le jeune couple qui occupe le rez-de-chaussée, au sujet du repas du soir. La femme vient d'ouvrir une boîte de fèves au lard. L'homme, ivre et déprimé, reproche à son épouse sa nullité comme cuisinière (il a des ancêtres québécois et croit se rappeler que les fèves au lard formaient, jadis, la base du régime misérable des « habitants »). « Ça pue! hurle-t-il. Je boufferai pas cette

201

merde ! Ça pue, je te dis ! » « Va te faire foutre ! » rétorque
la femme, et de renchérir, dans un accès de féminisme
inhabituel : « T'as qu'à te faire à bouffer toi-même ! »
Ajoutant le geste au mot, elle arrache son tablier et quitte
la maison en claquant la porte. L'homme s'élance à sa
poursuite, claquant la porte à son tour, mais son épouse
a pris ses jambes à son cou et, étant donné que ses
jambes n'ont que dix-neuf ans, elle avance vite. Lui, bien
qu'à peine plus âgé, est un grand fumeur, donc il met
plus d'un kilomètre à la rattraper, et du reste il ne la rat-
trape que parce que la jeune femme, voyant son mari
toujours à sa poursuite et ayant bu pas mal de bière elle-
même, cesse de courir pour se mettre à rire et à pleurer
en même temps. Les époux tombent dans les bras l'un
de l'autre, dégoulinant de larmes et de bave, puis, sentant qu'il est urgent de se réconcilier, ils se glissent dans
les bois et ne rentrent chez eux que tard le soir, auquel
moment ils découvrent qu'ils n'ont plus de chez eux.

Aron pendant ce temps, dans son appartement à
l'étage, se balance tranquillement dans son fauteuil à
bascule en lisant un vieux roman de Richard Ford,
inconsciemment choisi parce qu'il avait le mot « feu »
dans le titre ; il n'a rien entendu du brouhaha au rez-
de-chaussée parce qu'il est devenu sourd comme un pot.
Quand s'enflamme le tablier arraché par la jeune
femme et lancé vers la gazinière, mettant le feu aux
rideaux, aux tapis et aux meubles en succession rapide,
il ne s'aperçoit de rien parce qu'il est en train de rêver
de feu et que tout cela lui paraît dans l'ordre des choses ;
il tousse et s'étrangle mais sans se réveiller car il est
toujours dans le livre, dans le rêve, et les sensations
engendrées par la fumée et les flammes – crépitements,
brûlures, flamboiement, étouffement – participent de
l'incendie dans le livre, dans le rêve, dans le recoin le
plus secret de son âme, ce lieu d'une éblouissante intensité qu'il n'a jamais eu le courage d'explorer, il est en
Afrique à nouveau, à KwaMashu où habitait Currie, et
une pile de tissus en lambeaux a pris feu, c'est devenu
une boule de feu énorme qui roule follement à travers

le bantoustan, incendiant les maisons les unes après les autres ; des familles entières sont brûlées vives et Aron se tient là à regarder la scène de loin, mais en même temps il est la boule de feu qui roule, brûle, avale et engloutit, dévastant tout sur son chemin...

XVIII

On s'enivre

« C'EST VRAIMENT impossible de repartir ? demande Beth derechef.

— Ne t'en fais pas, dit Brian. Tout va bien : Jordan est bien au chaud dans sa cellule, Vanessa est douillettement installée dans la ville la plus dangereuse du monde... et nous voilà tous ensemble, gais comme des pinsons.

— Tu es complètement bourré, dit Beth. Gais comme des pinsons, n'importe quoi. »

(Cela l'énerve parce que c'est le genre de lieu commun qu'affectionnait sa mère. « C'est la vie », avait dit Jessie Skykes, le 26 juin 1975, par exemple, en apprenant que le Dr Raymondson, retenu à Francfort par un colloque médical, ne pourrait assister à la cérémonie de fin d'études de Beth au lycée de Guntersville. « Je suis navré, ma grande, lui avait dit son père au téléphone. Si j'avais été n'importe où aux États-Unis, je serais venu avec plaisir, mais je ne peux pas infliger à mon métabolisme deux traversées de l'Atlantique en deux jours. » « C'est la vie », avait dit Jessie. Beth était partie seule pour la cérémonie, prétendant qu'elle devait y être une demi-heure à l'avance, ce qui était faux ; simplement, elle ne pouvait tolérer l'idée d'arriver au lycée aux côtés d'une femme vêtue d'une robe en rayonne rose à la jupe bouffante, les jambes nues et poilues, les grands pieds enfoncés dans des escarpins blancs (la seule « bonne » paire de chaussures qu'elle possédait, achetée pour ses noces en 1957). Jessie était donc venue seule à son tour, et avait pris place tout au fond de l'amphithéâtre. Les élèves en toge noire avaient convergé vers l'estrade; il s'en était suivi discours, diplômes et salves d'applaudissements, fanfares et fanfaronnades et, enfin, les mentions spéciales. Beth était la meilleure élève de l'école. Pour se montrer la digne compagne intellectuelle de son père, elle avait obtenu des résultats étincelants aux examens nationaux, battant tous les records académiques dans l'histoire du lycée de Guntersville; on l'invitait donc, elle, étoile de l'année, apogée de l'après-midi, à remonter sur l'estrade pour recevoir la plus haute récompense. Une ovation l'avait littéralement soulevée de son siège et propulsée vers le podium. Le directeur lui avait serré énergiquement la main tout en lui remettant son prix : une médaille de bronze avec son nom gravé dessus. Puis, se tournant vers le microphone avec un grand sourire, il avait clamé : «Elisabeth Raymondson, félicitations! Tous les professeurs et élèves du lycée de Guntersville sont fiers de vous, vous devez le savoir. Qui sait, ce sera peut-être vous qui mettrez notre petite ville sur la carte! Vos parents sont-ils venus pour partager votre jour de gloire?» «Non.» Le mot lui avait échappé. «Je veux dire, malheureusement, ils ne pouvaient pas venir, avait marmotté Beth, rouge comme une pivoine, en tripotant sa médaille. Mais ce n'est pas grave!» «Bien sûr, bien sûr, avait dit le directeur. C'est simplement dommage qu'ils n'aient pu être là. Bon eh bien, une fois de plus, nos félicitations les plus sincères. On applaudit Mlle Raymondson, mesdames et messieurs!» Oh, l'expression sur le visage de Jessie quand Beth était rentrée ce soir-là… Son silence… Mais elle avait eu la bonté de ne jamais souffler mot à son mari de l'affront que Beth lui avait fait. Oh, maman, pardon, se dit Beth maintenant. Tu étais la meilleure cuisinière du monde. Ta poule au pot était un pur chef-d'œuvre, même si tu t'asseyais les cuisses écartées pour plumer les volatiles. Pardonne-moi maman. Merci pour les délicieuses gaufres aux myrtilles que tu me faisais chaque dimanche pendant les vacances d'été. Et les bébés carottes noyés dans du beurre fraîchement baratté... Non, je n'ai pas oublié, maman, pardonne-moi... Beth était partie dans le Nord cet automne-là, entamer ses études médicales à Radcliffe ; quand son père avait trouvé la mort dans un accident de voiture l'année suivante, elle était retournée dans l'Alabama pour son enterrement ; et depuis : trois ou quatre fois en vingt ans. Elle a laissé Jessie Skykes Raymondson se débrouiller seule, rejetée par ses ploucs de parents en raison de sa jolie maison de banlieue, et par sa snobinette de fille en raison de sa léthargie mentale. Jessie connaissait à peine ses petits-enfants... oh maman, je viendrai te voir à Noël, je te le jure !)

«Viens, dit Brian en la tirant près de lui sur le canapé. De toute façon, on n'a pas le choix...

— Que diriez-vous d'un peu de Shirley Horn ? demande Charles, qui passe en revue la pile de disques compacts de Sean.

— Ouais ! dit Patrizia en revenant de la cuisine, où elle vient de jeter à la poubelle tout ce qui traînait dans les assiettes : os de dinde, croûtes de pain dur-cies, restes de légumes refroidis et figés. J'adore Shir-ley Horn !» Faisant valser ses chaussures, elle exécute une série de pirouettes autour de la pièce. «Je vous adore *tous* ! ajoute-t-elle. Je me trouve tellement plus sympa avec vous qu'avec mes enfants !

— Quoi ? demande Derek. Qu'est-ce que tu racontes ? Tu les adores, tes fils !

— Oui, dit Patrizia, perdant l'équilibre lors de sa septième pirouette et se laissant tomber sur un coussin à même le sol, je les adore, mais je les mal-traite aussi. Parfois je me fais penser à ma propre mère ; c'est dire ! Je me demande s'ils me voient comme je la voyais, elle : toujours stressée, pressée, préoccupée...

— Mais pas du tout ! dit Katie. Je t'ai vue avec Tomas et Gino. Ils te vouent un culte. Tes biscuits aux amandes sont célèbres dans tout le comté. Tu sais même coudre des pièces sur leurs blue-jeans.

— Pour ma part, dit Hal, j'ai toujours préféré mes blue-jeans avec des trous. Je déchirais même les pièces, exprès.

— Mais je leur crie dessus, dit Patrizia.

— Ne t'en fais pas ! dit Rachel. Les enfants aiment qu'on leur crie dessus de temps en temps.

— C'est pas vrai, dit Patrizia. Ma mère me criait dessus, et je détestais ça.

— Pourquoi tu le fais, alors ? » demande Charles. (Enfant, il avait toujours été choqué par la violence verbale des mères de ses amis. Obsédées par la saleté et le danger. Tançant leurs fils, à table, avec méchanceté. Hurlant leurs noms pour les faire revenir du jardin public ou du terrain de base-ball... alors que sa mère ne lui faisait jamais de reproche, jamais, même quand il déchirait ses habits ou renversait son lait. L'achat par Myrna de *Jeannot Lapin* avait déclenché une des pires disputes de leur mariage : Charles ne voulait pas soumettre ses enfants à la mièvrerie moralisatrice de Beatrix Potter.)

« Oh ! pour tout et pour rien. Parce qu'ils sont de mauvaise humeur, par exemple. Ça me met hors de moi qu'ils soient de mauvaise humeur ! Ou parce qu'ils ont pris ma gomme sans me demander. Ou parce que je suis en train de rater ma mayonnaise. Ou parce que Gino a une tumeur au tibia... Je les frappe aussi, ajoute-t-elle, comme en passant.

— N'importe quoi ! dit Katie.

— Si si, je les frappe ! dit Patrizia. Pas tous les jours, mais...

— Arrête de te vanter, dit Hal. Tu vas donner des idées à Chloé...

— Non, c'est vrai, dit Patrizia. Je me déçois comme mère. La maternité a perturbé l'équilibre que j'avais enfin réussi à trouver dans ma vie adulte. Je croyais être devenue quelqu'un de serein et de raisonnable... mais dès que j'ai eu des enfants, ma propre enfance s'est remise à bouillonner en moi... le chaos... les cris...

— C'est normal pour les mères italiennes de crier, dit Hal. Ça fait partie de leur image. « *Mangia! Mangia!* » Tu n'as pas vu *Amarcord*?

— Et en plus, renchérit Patrizia, je n'ai jamais envie de jouer avec eux. Je dois me forcer.

— C'est drôle, quand on y pense », dit Aron, à la surprise de tous. (Il songe aux innombrables soirées que lui et Nicole ont passées à jouer au Monopoly ou au Scrabble avec leurs filles sur la magnifique table en chêne dans leur salon à Durban. Après, ils prenaient toujours soin de ranger les jeux dans le dernier tiroir du buffet, pour que Currie n'ait pas à s'occuper de leurs pièces énigmatiques : minuscules maisons et hôtels, faux dollars, monceaux de lettres en plastique.) « D'abord les parents jouent pour faire plaisir aux enfants, tout en se disant que c'est une perte de temps ; et plus tard les enfants jouent pour faire plaisir aux parents, tout en se disant que c'est une perte de temps.

— Voilà ! dit Hal. Tu vois, Patrizia ? En fait, *personne* n'aime jouer !… *surtout* avec ses parents !

— Bon, changeons de sujet, dit Patrizia. Je peux t'en piquer une, Sean ? » Elle allume une Winston sans attendre son acquiescement. (Du temps où elle sortait avec lui, son mélange de générosité et d'avarice l'avait laissée pantoise. Il pouvait claquer cent dollars pour un repas de steaks et de homards, et puis, de retour à la maison, se mettre à geindre parce qu'elle prenait des bouffées à sa cigarette ou trempait les lèvres dans son digestif. Il n'aimait pas non plus qu'elle le taquine à ce sujet : « Je tiens simplement à savoir où j'en suis dans ma consommation d'alcool et de tabac, si ce n'est pas trop demander. »)

« Ça vous est égal de savoir que j'ai de l'emphysème ? dit Beth, pas très fort.

— Qu'est-ce qu'elle sait chanter, cette Shirley Horn ! » s'exclame Rachel. La voix de la chanteuse noire lui donne envie d'être nue. Oui : dès qu'elle entend les premières notes ronronnées dans la gorge, elle s'imagine en train de passer toute une nuit langoureuse lascive luxurieuse à se prélasser au lit avec un homme, à lui pourlécher la peau, à lui chanter des chansons, à gémir et à fredonner de plaisir tout en riant avec lui, d'une voix basse et complice – même si, dans la vraie vie, elle ne s'est jamais comportée ainsi. (Il y a quelques mois, à la faveur d'une bouteille de muscadet, Katie avait confié à Rachel la fragilité de Leonid au lit ces dernières années, parlant avec une liberté croissante à mesure que le vin blanc frais lui glissait dans la gorge. « On les aime quand même, hein ? avait-elle fini par lâcher, avec un petit hoche-ment de tête mélancolique. Je veux dire, c'est encore tout chaud, tout doux, et cetera, mais… j'avais tout de même un faible pour la bandaison ! » Rachel en éclatant de rire s'était étranglée sur sa gorgée de vin et avait aspergé la table de mille gouttelettes de mus-cadet. Mais la vérité était que l'acte d'amour ne l'avait jamais spécialement intéressée – sauf avec Sean qui, là comme ailleurs, avait su partager son versant sombre… Avec Sean l'étreinte pouvait être aussi longue, confuse et terrible qu'un cauchemar d'en-fant : « L'orgasme c'est pour les ploucs », lui avait-il dit une fois, pour la faire rire, après des heures éreintantes d'amour-haine physique. Non, Rachel s'ac-commodait sans problème de la libido languissante de Derek.)

« Ce n'est pas que tu n'as pas une belle voix, Beth, dit Sean, conciliateur. Tu as une très belle voix. »

Ébahie de voir Sean s'excuser deux fois dans la même soirée, Beth lève vers lui des yeux méfiants et voit qu'il est sincère, voit aussi qu'il a les lèvres pres-que grises… et pense, de façon incongrue, aux chevaux de la ferme de son grand-père : la sensation bizarre de leurs lèvres grises et épaisses en train de rouler sur sa paume à la recherche du morceau de sucre ou de la poignée d'herbe que, folle d'audace et d'appréhension, elle leur tendait à bout de bras…

« J'ai vu dans le *Prattler* que tu as animé un atelier de création à UCLA[1] l'été dernier, dit Brian à Hal, avide de changer de conversation. Ça s'est bien passé ? Comment va ma bonne vieille fac ? » Il tient à lui laisser le choix, ne pas l'obliger à parler de son enseignement, s'il n'en a pas envie – même si c'est cela que lui, Brian, voudrait entendre, dans l'espoir de glaner quelques perles de sagesse au sujet de l'écriture. (Il a toujours été fasciné par les écrivains et, à la vérité, il est impressionné de se retrouver là ce soir, entouré d'auteurs célèbres. Il avait été frappé de mutisme le jour où, il y a cinq ans environ, Sean Farrell en personne l'avait appelé à son cabinet pour lui demander de s'occuper de son divorce. « Ce serait un honneur pour moi, monsieur Farrell », avait-il balbutié, l'accélération de son pouls rendant plus stridente la sonnerie dans son oreille droite... Depuis ce jour, il avait travaillé pour Sean à plusieurs reprises, réglant, outre son divorce, un certain nombre d'autres actes légaux délicats, dont, très récemment, son testament, un document bien triste : « Je suis désolé, Sean, lui avait-il dit. Tu ne peux pas tout laisser à Patchouli, ça ne tiendrait pas debout devant la cour... » Alors Sean avait décidé de laisser sa maison à la ville, qui lui avait généreusement fait grâce de son hypothèque, et ses archives à l'université, qui lui versait une mensualité depuis longtemps. Les deux hommes seraient peut-être devenus amis, mais, en raison de l'animosité instantanée et réciproque entre Sean et Beth, ils ne se voyaient que rarement, le temps d'avaler un verre viril dans un des bars du centre-ville. Ce soir, retenu dans la compagnie des dieux par les hasards de la météo, Brian tient à profiter de sa chance ; il a peur de voir se dissiper ces heures précieuses en bavardages futiles. La vocation littéraire est à ses yeux la plus élevée de toutes : elle avait vibré en lui autrefois, quand, adolescent boutonneux au lycée de Los Angeles est, il avait dévoré le canon américain

---

1. University of California at Los Angeles.

depuis Melville jusqu'à Carver, sûr de les surpasser tous un jour... Et qui sait ? se dit-il maintenant, amer. J'y serais peut-être arrivé, si la guerre n'avait pas bousillé mon amour-propre... Les vétérans du Vietnam étaient des antihéros, méprisés et rejetés par leurs pairs. Après son retour au «monde», Brian avait connu une année de désarroi absolu au cours de laquelle il avait roulé en jeep de la Californie jusqu'au Yucatan, embarquant en chemin une minable hippie défoncée à la marie-jeanne. Il avait commencé à fumer avec elle et, l'ayant bêtement mise enceinte dans un motel de Chihuahua grouillant de cafards, s'était résigné à l'épouser et à passer le reste de sa vie avec elle au Mexique. Ensuite, à court de fonds et donc de drogue, il avait cessé de planer et, reconsidérant sa situation, avait pris la poudre d'escampette en plaquant là sa jeune épouse enceinte et sans le sou. Peut-être pour se racheter à ses propres yeux, il s'était attelé à des études de droit et, ayant décroché un doctorat à Harvard, s'était fait l'avocat des pauvres sous les auspices de l'Union américaine des libertés civiques... Malheureusement, cela n'avait guère suffi pour le racheter aux yeux de son épouse bafouée qui, ayant retrouvé sa trace quelques années plus tard, l'avait traîné en justice, exigeant non seulement le divorce mais une pension alimentaire, et le contraignant à entretenir leur rejeton non désiré, une fille, affublée du nom risible de Cher. Il ne connaissait celle-ci que par l'intermédiaire des photomatons, des bulletins scolaires et, surtout, des factures astronomiques : pour l'orthodontie, les cours de danse, les écoles privées les plus chics de la côte Ouest, jusqu'à sa maîtrise d'anthropologie à l'université de Stanford. Depuis, plus de nouvelles.)

«Ouais, fait Hal en se grattant le ventre. Ils m'ont payé quinze mille dollars ; ça tombait à pic, vu qu'on a l'intention d'ajouter une aile à la maison, ici, pour le mouflet.

— Peut-on vraiment apprendre aux gens à écrire ? demande Beth.

— Non, dit Charles. Mais on peut leur apprendre comment *ne pas* écrire, ce qui est déjà quelque chose.

— Bien sûr que non, dit Hal au même moment, d'une voix plus forte. Mais quinze mille pépètes pour un cours de trois semaines, ça ne se refuse pas !

— Il avait un dingo dans sa classe, dit Chloé d'une voix traînante.

— Ha ! s'exclame Hal. Ouais, ça c'était quelque chose. Ça m'a fait sortir de la routine habituelle.

— Que s'est-il passé ? demande Brian, sur des charbons ardents.

— Ah… Ce type… » Et Hal de raconter, pour la dix-neuvième fois en présence de Chloé, l'histoire du jeune homme qui, quand était venu le jour de soumettre au reste de la classe une nouvelle de son cru, avait sorti un revolver de son attaché-case et l'avait brandi en susurrant : « Je vous préviens, il est question de ma mère dans cette nouvelle et si quelqu'un s'avise de rigoler… »

« Non ! dit Patrizia.

— Si si, dit Hal : c'est un métier à haut risque, la littérature, faut pas croire !

— Mais elle racontait quoi, sa nouvelle ? demande Patrizia. Que disait-il au sujet de sa mère ?

— Oh, je ne m'en souviens plus, dit Hal. Comment il fouillait dans ses tiroirs quand il était petit, un parfum de lavande et de rose, ce genre de truc. »

Patrizia s'égare un instant dans ses propres souvenirs de fouilles dans les tiroirs maternels ; vers l'âge de sept ans, elle y avait notamment trouvé des tampons hygiéniques et avait échafaudé des hypothèses délirantes sur les manières possibles de s'en servir. Plus tard, quand elle en avait appris le vrai usage : « Tu crois que ça te déflore, si t'es vierge ? » s'étaient demandé les filles du collège Porte-du-Ciel, en pouffant de rire. Plus tard encore, lors de la rencontre avec son confesseur pour la préparer au mariage – « Vous êtes restée pure, ma fille ? » – l'image d'une défloration au Tampax avait amené aux lèvres de Patrizia un sourire inapproprié, mal compris et mal pris par le prêtre. Pour la punir, il s'était lancé dans un laïus aussi opaque qu'interminable sur le chemin qui, grâce au mystérieux sacrement du mariage, conduit de la possession à la pureté...

Quand Patrizia revient au présent, l'histoire de Hal est terminée et les amis, tous sauf Chloé, rient très fort.

« Eh ben dis donc ! dit Brian, impressionné.

— Mais oui ! un métier à haut risque, la littérature », répète Hal. Il regrette de ne pas avoir tiré le récit un peu plus en longueur, pour pouvoir profiter encore quelques instants des feux de la rampe... Mais Charles l'y supplante déjà.

« Je n'ai jamais vu d'armes à feu dans ma salle de classe, dit-il. Mais une fois, à Chicago, trois étudiants ont saccagé mon bureau.

— Et pourquoi ? demande Brian.

— Ils n'appréciaient pas ma manière de réagir à leurs poèmes, dit Charles. Alors ils ont fracassé mon ordinateur, vidé mes tiroirs par terre, renversé toutes mes étagères...

— Mon Dieu ! dit Katie.

— Ça compte, la poésie, tu vois ? dit Sean, en s'adressant à personne en particulier, peut-être à Patchouli.

— Ils faisaient partie d'un groupe de jeunes fanas de Farrakhan, poursuit Charles. En gros, leurs poèmes se réduisaient à du *gangsta rap* – ils prônaient la revanche contre les sales Blancs, ce genre de chose. Je leur ai dit qu'il y avait plus de dix-sept mots dans la langue anglaise, et qu'ils feraient mieux d'en apprendre quelques-uns avant de se camper en poètes. Lisez Baldwin, leur ai-je dit. Lisez Shakespeare. Lisez Soyinka. Attendez d'avoir quelque chose dans le crâne avant de vous mettre à écrire ! Je n'étais pas de très bonne humeur ce jour-là », ajoute-t-il. (À vrai dire il avait été d'une humeur massacrante, parce que sa mère venait d'apprendre qu'elle était atteinte d'un diabète sévère, et il avait passé la matinée au téléphone à s'emporter contre son médecin et sa compagnie d'assurances, indigné par leur incompétence et fou de peur. Ensuite, juste avant son cours, il était allé prendre un café au *Dunkin'Donuts* pour rassembler ses esprits, mais la caisse électronique était en panne et la caissière noire, incapable de soustraire un dollar cinquante de cinq dollars sans l'aide de la machine, l'avait mis au désespoir. « Mais enfin, vous n'êtes pas allé à l'école primaire ? » lui avait-il crié à la figure, et la jeune femme avait eu un mouvement de recul et, à son air apeuré, Charles avait senti qu'il se comportait comme d'autres hommes noirs furieux et frustrés – père, frères, cousins, copains – qui lui criaient à la figure depuis le jour de sa naissance ; son propre père avait du reste été sujet à ces mêmes paroxysmes, oui comme ce Noël où, à cause d'une dispute futile avec son épouse, il avait traversé le salon à grands pas et jeté par terre, devant les yeux ahuris de leurs quatre enfants, le grand sapin somptueusement décoré – alors Charles avait quitté le *Dunkin'Donuts* en s'excusant et en laissant à la caissière la monnaie de trois dollars cinquante. « Ça lui apprendra à calculer ! » avait-il marmonné en reprenant sa voiture... Et, dix minutes plus tard, confronté à ces poèmes faits de *nique ta mère* et de *nègres vont te buter*, il avait disjoncté à nouveau.)

N'est-ce pas bon signe, au moins, se demande Brian, que ces poètes *gangsta rap* se trouvent à l'université plutôt que derrière les barreaux ?

« Tu veux que je recouche le mouflet ? demande Hal à Chloé, dont le long silence commence à le rendre nerveux.

— D'accord », fait Chloé, indifférente.

Hal prend dans les bras son fils endormi et monte l'escalier avec lui : Hé bonhomme, murmure-t-il, s'accroupissant pour le poser sur le matelas à même le sol. Hé, Hal Hetherington Junior. J'espère que tu vas porter ce nom avec fierté. Le nom de Hetherington ne signifiait *rien* quand moi j'en ai hérité. Une quincaillerie dans la rue Werk, voilà ce qu'il signifiait. Eh oui ! mon père vendait des clous et du ruban adhésif et du fil de cuivre tandis que ma mère passait la journée derrière la caisse à se vernir les ongles, un foulard sur la tête pour cacher ses bigoudis. Tu n'auras pas connu tes grands-parents, petit, ils ont lâché la rampe avant ta naissance, mais au moins le nom de Hetherington *représente* maintenant quelque chose. Tu ne partiras pas de zéro, comme moi j'ai dû le faire. Les meilleures facs du pays se battront pour t'avoir comme étudiant ; tu n'auras jamais besoin de livrer des pizzas ni de servir de l'essence pour payer ton prochain repas. Hé mon fils. Hé bonhomme. Pour toi, rien que le meilleur.

Au moment de quitter sa position accroupie pour se redresser, Hal sent cogner son cœur à nouveau : pas aussi follement que tout à l'heure après la bataille de boules de neige, mais néanmoins de façon trop perceptible.

Tu verras, dit-il silencieusement à son fils. On parcourra le vaste monde ensemble, tous les deux. Chaque été, une nouvelle Merveille, d'accord ? La Grande Muraille de Chine... le Tâj Mahal... les pyramides... Faut être ambitieux, petit. Si tu ne bouffes pas le monde, c'est lui qui te bouffera. Faut avoir de l'appétit. Comme Walt Whitman. Voilà ce que j'appelle un homme. Un géant. Dès que tu apprends à parler, je commencerai à te lire *Feuilles d'herbe*. Notre temps sur Terre est limité, fiston. Il faut en profiter, se jeter dans l'arène. La plupart des gens sont comme des petites souris, ils n'essaient même pas de voir ce qu'il y a au-delà de leur boîte en carton ; ils se disent : ah bon c'est comme ça la réalité, voici mon quartier et voici mon église et voici les étagères de ma quincaillerie... et ils passent à côté de la vie ! Ils mettent leur réveil tous les soirs, font leurs courses au supermarché une fois par semaine, envoient des cartes de vœux à Noël et, avant qu'ils aient pigé quoi que ce soit, l'heure a sonné et ils sautent à pieds joints dans leur cercueil. Mais toi, Junior, tu sauras *vivre*. *Carpe diem*. Tu suceras la moelle de chaque seconde.

XIX

BRIAN

C'EST À SOIXANTE-DEUX ANS que Brian viendra me rejoindre. Il ne lui reste donc qu'une douzaine d'années pour réaliser ses rêves : un laps de temps bien moins long qu'il ne le croit, moins long que ce sur quoi il compte... encore que, si quelqu'un prenait la peine de lui poser la question (ce qu'ils ne font pas), il aurait du mal à dire en quoi consistent ses rêves maintenant. L'un d'eux, qu'il trouve modeste mais n'espère plus voir se réaliser depuis belle lurette, est simplement que s'arrête un jour l'acouphène dans son oreille droite. Ça ne lui laisse aucun répit. Il a essayé l'unique remède que lui a suggéré le médecin : combattant le feu par le feu, il a installé dans l'autre oreille un appareil bourdonnant dont il peut modifier le volume ; le contrôle qu'il exerce sur la sonnerie volontaire est censé faire « oublier » à son cerveau la stridulation incontrôlable.

Pauvre Brian. Il est tellement tourmenté qu'il ne me sent pas qui le talonne, ce jour-là à Paris, quand il pénètre dans une boutique de cartes postales... Lui et Beth sont en vacances ensemble, mais quand Beth s'est pelotonnée au lit tout à l'heure pour faire la sieste, il a décidé de sortir se promener seul dans la rue de Rivoli. Tombant par hasard sur cette charmante boutique de la rue Saint-Martin, il s'est mis à la recherche d'une carte ancienne qu'il pourrait envoyer à Vanessa. (Celle-ci s'est mariée récemment, elle habite avec son époux ingénieur du son à Des Moines dans l'Iowa et attend son premier enfant ; Jordan n'a pas donné signe de vie depuis plusieurs années ; quant à Cher, la fille de Brian *par son premier mariage, depuis qu'elle a cessé de lui extorquer de l'argent il a presque réussi à oublier son existence; mais sa Vanessa il l'aime à la folie...) Ainsi, se penchant sur les boîtes de vieilles cartes postales (rangées par rubriques «Monuments» – Moulin-Rouge, palais du Trocadéro, Sacré-Cœur –, «Régions» – Languedoc-Roussillon, Charente-Maritime, Rhône-Alpes, noms qui ne lui disent rien –, «Pays étrangers» – États-Unis, Japon, Espagne – et «Thèmes» – Fleurs, Animaux, Bébés), il cherche avec fébrilité la carte susceptible d'illuminer le regard de Vanessa, de faire battre son cœur plus vite et de courber ses lèvres en un sourire attendri à la pensée de son vieux papounet à la barbe grisonnante. Mais toutes les cartes lui paraissent bêtes ou inappropriées ou trop spécifiques, ou alors elles sont chargées de messages auxquels il ne comprend pas un mot... et, tandis qu'il se penche ainsi en avant, dégoulinant de sueur, haletant, fouillant dans les boîtes avec une fébrilité croissante, de minuscules plaquettes sont en train de s'accumuler à son insu dans une de ses artères parce qu'un athérome leur bloque le chemin; le sang cesse brusquement de circuler et, même en poussant de toutes ses forces, n'arrive pas à faire sauter le barrage; le visage de Brian pâlit comme s'il avait entendu une très mauvaise nouvelle, et la nouvelle est mauvaise en effet mais il ne l'a pas entendue, il est blanc comme un linge et ses traits s'affaissent, son cerveau proteste vivement contre le manque d'oxygène – Hé! que se passe-t-il ici? Circulez, circulez! Plus vite que ça! – mais sa volonté est comme un agent de la circulation qui agiterait son bâton dans le tunnel de Callahan à l'heure de pointe: personne ne lui prête la moindre attention et personne ne va passer, pas même l'ambulance de la panique à la sirène hurlante et au gyrophare rougeoyant – eh non! la voie est bouchée une fois pour toutes, c'est l'embouteillage définitif. Brian s'affale sur l'étalage de cartes postales et le poids de son corps fait s'effondrer la table sous lui. Le glissement et la collision des boîtes le font rouler sur le dos et là,* gisant les bras en croix parmi la cathédrale Notre-Dame et le monastère du Mont-Saint-Michel, les sémillantes geishas colorisées et la serpentine Grande Muraille de Chine, les vieux ponts de Brooklyn en noir et blanc et les caniches raides et ridicules à la queue en pompon, il meurt. « Merde ! » s'écrie le propriétaire de la boutique en se frappant le front de la paume, et il se précipite pour prendre la mesure des dégâts et estimer combien de son temps précieux il lui faudra maintenant consa-crer – « Merde ! Merde ! » – d'abord à faire enlever le corps de ce touriste encombrant, puis à trier et ranger à nouveau les milliers de cartes qu'il vient d'éparpiller en tous sens.

XX

On divague

Fier de son petit discours, Hal redescend au salon et constate, avec surprise, que Chloé a disparu. L'espace d'un instant, il s'imagine follement qu'elle a décidé de rentrer à pied et qu'elle brave en ce moment, tel un personnage de son roman, le vent violent et la neige aveuglante. Ensuite, de façon plus raisonnable, il se demande si elle ne serait pas aux toilettes. Et, pour finir, il aperçoit ses mèches blondes à l'autre extrémité de la pièce : elle est installée sur un tabouret bas près du fauteuil à bascule d'Aron et, les yeux vides, hoche poliment la tête pendant que le vieillard lui décrit par le menu les mains des Vierges de Bellini.

Mais qu'est-ce qu'il lui *prend*, à ce mec ? se demande-t-elle. On dirait qu'il veut me faire des avances. Incroyable. Répugnant, avec ses mains tordues, sa peau tachée, son cou ridé de poulet, ses cheveux blancs, si rares qu'on voit le rose du crâne à travers. J'aimais pas faire les mecs de plus de cinquante balais, fallait un temps fou pour les faire bander. Hal est une exception. C'est carrément supportable comme il me traite au lit, à condition que je ferme les yeux pendant qu'il se déshabille. Il est tellement tendre... et puis, le reste du temps, il prend soin de moi presque comme une mère... Pas notre vraie mère, hein Col, mais celle qu'on aimait à s'inventer ensemble, tu te rappelles ? Celle qui nous faisait la lecture à voix haute le soir et nous amenait faire des pique-niques à la plage.

« Salut ma douce. »

222

Chloé se met rapidement debout en voyant Hal, heureuse de couper court aux divagations délirantes d'Aron sur la beauté de ses mains. Rien n'est beau, se dit-elle, aucun corps humain n'est beau, à part celui de mon frère. (Un client lui avait proposé cinq cents dollars, une fois, rien que pour l'accompagner au cinéma et le tenir pendant qu'ils regardaient un film. « Je ne te toucherai pas, je te le jure », lui avait-il dit. « OK », avait acquiescé Chloé dans l'indifférence. Elle avait déjà vu des films pornos, mais presque toujours sur le petit écran dans des chambres d'hôtel. « C'est une histoire vraie, l'avait prévenue le client. Et, tu le croiras ou non, l'héroïne est de Vancouver ! » Elle se trouvait donc là, unique femme dans les rangées clair-semées d'hommes seuls, à s'efforcer de rendre flou son regard et de projeter sur l'écran son propre film tandis que la jolie jeune serveuse de Vancouver se fai-sait happer par le vortex de *Playboy* : « Garde les yeux ouverts ! » lui avait ordonné le client vers la fin du film, serrant la main de Chloé sur son pénis gonflé et la faisant monter et descendre tandis que les autres hommes dans la salle ouvraient eux aussi leur bra-guette et sortaient leur pénis et le frottaient avec un synchronisme étrange (comme dans un orchestre sym-phonique à la télé, avait songé Chloé, quand les archets des violons montent et descendent tous en même temps), il regardait Chloé regarder la scène que lui connaissait par cœur, voyant reflétée, dans la dou-leur qui déformait les traits de Chloé, l'image de la jolie serveuse attachée à une machine où, à chaque poussée du sexe de son amant, des garrots se resser-raient un peu plus autour de ses membres et des lames tranchantes s'enfonçaient un peu plus dans sa chair. C'est pas pour de vrai, s'était répété Chloé, encore et encore, elle n'est pas vraiment en train de mourir (et elle avait raison : tout cela n'était évidem-ment que du faire semblant, de la simulation en stu-dio ; le film était un classique du porno *hard*, pas du vrai *snuff*, sinon il n'aurait pas pu être projeté dans une salle normale au centre-ville de Vancouver); n'empêche que la scène avait *l'air* réelle, c'est ça qui comptait, et, pendant que la femme se noyait dans son sang avec une lenteur atroce, des grognements éjaculatifs se déclenchaient dans la salle, de façon non plus simultanée mais irrégulière, imprévisible, comme les derniers feux d'artifice humides sifflant dans les airs lors de la fête du 24-Mai quand Chloé était petite... Ses mains avaient été définitivement corrompues par cette expérience. Une partie après l'autre, tout son corps avait été corrompu, anesthésié, engourdi. C'était une question d'engourdissement et non, comme le croyait Hal, de honte et de scandale. Le seul scandale était que Chloé, à la différence de Col, n'en était pas morte. Que son corps fonctionnait encore; qu'il savait marcher, parler, sourire, serrer les mains, se vêtir, se dévêtir et faire l'amour, même concevoir un enfant, accoucher, allaiter... c'était *cela* l'inadmissible, alors que rien ne comptait pour elle, rien ne la touchait; si peu en elle était vivant.)

« Ça va ? » murmure Hal, quand elle arrive à sa hauteur. Chloé hausse les épaules, fait oui de la tête et lève les yeux au ciel comme pour dire : Ce vieux schnock... « Tu dois être fatiguée, dit Hal, d'une voix aimante et paternelle. Ne te sens surtout pas obligée de rester. Tu peux monter te coucher quand tu veux. On ne t'en tiendra pas rigueur. Tout le monde comprend ça, une mère qui allaite... »

Chloé hausse encore les épaules – mais avec agacement cette fois, pour le repousser. Elle retourne s'asseoir dans un coin du canapé et plonge son regard dans les anneaux bariolés du tapis.

Elle a *l'air* fatiguée, se dit Hal; elle a le teint blême, les traits pincés, des cernes gris sous les yeux. S'asseyant lourdement à ses côtés, il lui met autour des épaules un bras de bon ours protecteur, mais elle le repousse à nouveau.

« C'est un album de photos ? demande Charles en prenant un épais classeur sur le plateau inférieur de

224

la table basse. Je peux jeter un coup d'œil ? » Charles n'a jamais pu résister aux albums, même s'il sait que les photos mentent. (Celles de leur voyage à Monument Valley, par exemple, le montrent debout devant le célèbre rocher des « Mitaines », un fils sous chaque bras et, sur le visage, un sourire éclatant... Clic-clac.)

« Vas-y, dit Sean. C'est un vieux, celui-là, il date des années 1960. Je l'ai ressorti quand ma mère était dans cette... ah... "maison", en me disant que ça lui stimulerait peut-être la mémoire.

— Et ça a marché ?

— Eh non. Elle était déjà remontée aux années quarante. »

Oui, se dit Beth. C'est parce que les stigmates microscopiques qui caractérisent la maladie d'Alzheimer progressent en ordre inverse de la myélinisation du système nerveux. Ils attaquent d'abord le rhinencéphale, ensuite le système limbique et enfin le cortex cérébral, alors que, chez l'enfant qui grandit, c'est d'abord le cortex cérébral qui se développe, puis le système limbique et enfin le rhinencéphale. Tu n'as jamais su tout ça, papa, se dit-elle. Quand tu es mort, la médecine en était encore à ses premiers pas en matière de démence sénile... Ah ! comme tu te serais régalé de ces nouvelles découvertes ! Les conversations palpitantes qu'on aurait eues ! Tu as toujours été attiré, troublé, par ces domaines où s'estompe la frontière entre le corps et l'âme... Et quoi de plus troublant, en effet, que la destruction de la personnalité par des plaques de bêta-amyloïde ?

« Qui est-ce ? demande Charles.

— Ah, ça, c'est... mon... troisième beau-père, je crois bien. Mortimer, il s'appelait. Moustache soyeuse, lèvres douces et épaisses... Il me faisait plein de baisers pour entrer dans les bonnes grâces de m'man. Par ailleurs, il lâchait des pets incroyables. De vrais pets militaires, comme un sergent instructeur. Tous les matins après le petit déjeuner : Taratatata, garde-à-vous !

— Ha ha! Et là, tu as quel âge, dix ans?

— Non... c'est en 1966, ça? Je vais sur mes treize ans. Je suis bien maigrichon, hein?»

Tandis que les hommes étudient les photos de Sean petit et de sa mère jeune, Katie contemple leurs têtes penchées. Tous sauf Charles ont les cheveux gris, ou blancs, ou rares, le front tavelé, les mains noueuses... Mon Dieu, Sean a même des éphélides! Et comme ses mains tremblent en tournant les pages... Oh toi, David chéri, les albums de photos...

(Qu'ai-je remarqué en premier, se demande-t-elle, le bruit ou l'odeur? Je crois que c'était le bruit. Sans doute mon cerveau a-t-il réussi à nier l'odeur jusqu'à ce qu'on débouche dans le couloir, à quelques pas de la porte de David. Mais il n'y avait aucun moyen de nier l'aboiement de Cleopatra, le beau labrador roux qu'ils avaient offert à David plusieurs années auparavant, lors de leur arrivée en Nouvelle-Angleterre. Vieille maintenant, et à demi aveugle, Cleo était clairement hors d'elle et son aboiement déchaîné, fou furieux, suscitait chez Katie un sentiment d'épouvante. Mais aussi un sentiment... et c'était cela l'inavouable... un sentiment d'allégresse. Oui: tout en gravissant une à une les marches de l'escalier, elle ne cessait de se voir de l'extérieur; elle percevait avec une netteté extrême les fentes dans le bois de chaque marche, ses propres pieds chaussés de sandales, le vernis écaillé sur l'ongle du gros orteil droit, et elle se disait: *Nous y voici. Nous y voici.* Son cœur battait la chamade et elle remarquait le décalage entre les deux rythmes, ses battements de cœur et les aboiements répétés de Cleopatra, leur tempo n'était pas le même mais, ponctuellement, ils coïncidaient... comme le tic-tac de deux réveils dans la même pièce, jadis, quand Katie était petite et que les réveils faisaient encore tic-tac... Ensuite un troisième rythme, plus rapide celui-là, était venu se joindre aux deux premiers: c'était Leo qui frappait à la porte. Mais Katie savait déjà avec certitude qu'il aurait beau frapper, taper, cogner de toutes ses forces, David ne viendrait pas leur ouvrir. *Il est mort, mon ange*, avait-elle envie de dire à son mari, d'une voix rassurante... mais elle n'osait prononcer ces mots car elle ne voulait pas le choquer, le voir blêmir, s'effondrer et se mettre à sangloter de façon incontrôlée. *Il est mort, mon ange* : elle le savait maintenant et voulait protéger Leo de ce savoir. Ce sera dur pour lui, se dit-elle. Mais elle-même éprouvait... qu'était-ce ? oui, de façon indéniable, indescriptible... du soulagement. Une espèce de libération. C'est fini, se dit-elle, alors que Leonid, cessant de frapper à la porte, se mit à la pousser de son épaule. C'est enfin terminé, se dit-elle, et la serrure bon marché sauta et la porte s'ouvrit brusquement vers l'intérieur et Cleopatra bondit sur eux en aboyant avec frénésie, avec folie. « Tout va bien, ma gentille, tout va bien », murmura-t-elle. Elle avait flatté la chienne pour essayer de la calmer, tout en se disant avec solennité : Maintenant tu dois tourner la tête et regarder vers le lit, et ce que verront tes yeux alors est le corps sans vie de ton fils – tout cela en un instant – mais, avant même qu'elle eût le temps d'achever cette pensée, Leonid avait poussé un cri guttural et, la tirant hors de la pièce, l'avait écrasée contre le mur brunjaune crasseux du couloir, tremblant de tout son corps puis se détournant pour vomir. La chienne n'aboyait plus mais couinait et gémissait, leur tournant autour d'un pas chancelant, s'empêtrant dans leurs jambes et les empêchant d'avancer, même s'ils ne savaient plus désormais ce que pourrait signifier le mot *avancer*, vers quoi avancer, ni pour quelle raison, à partir d'aujourd'hui.)

« Dis donc, elle se défendait bien en bikini, ta maman ! »

L'éblouissement, se dit Patrizia. Hypnotisée par la danse des reflets du feu sur les verres de champagne, elle pense à nouveau aux vitraux d'église. Même petite, j'aimais tout ce qui scintillait et miroitait, les petits moulins multicolores qu'on achète à la foire et qui tournoient dans le vent, les majorettes dont les bâtons tournent si vite qu'on ne voit plus qu'un cercle flou, les acrobates de cirque dont les corps en apesanteur fendent les airs, se transformant en étoiles, en chiffres, en pures constructions géométriques... Diadèmes de brillants, joyaux étincelants, pierres précieuses, schiste lustré. Les mots *luire* et *reluire* ; le mot *lueur*.

« Ouais. Ça c'est l'été qu'on a passé dans le Vermont à jouer les familles américaines normales, saines sur toute la ligne. Jack mon deuxième beau-père nous a traînés là-bas. Un monsieur vraiment nerveux, ce Jack. Se rongeait les ongles jusqu'au sang. S'acharnait à m'apprendre à pêcher, à chasser et à jurer ; voulait à tout prix faire de moi un homme. Ça le mettait hors de lui que je lise de la poésie. Complètement barjo, le Jack.

— Ça se voit, dit Charles. Il y a une lueur de folie dans ces yeux-là.

— N'est-ce pas ? Toi, tu la vois, hein ? »

Bizarre qu'il ait dit *lueur* juste au moment où je le pensais, songe Patrizia. C'est peut-être de la télépathie. J'aime bien Charles. Si seulement il était un peu moins pompeux...

« Et comment ! » dit Charles. Son entraîneur de base-ball, au lycée, avait cette même lueur dans les yeux. M. Rhodes : bon Dieu je me souviens encore du nom de ce connard. Pas pensé à lui depuis une éternité. Il me frôlait les fesses, comme ça, dans les vestiaires, sans faire exprès hé hé. Voulait que j'entre à l'université de Chicago avec une bourse d'athlétisme. « Non, monsieur Rhodes, je veux faire des études littéraires. » Et il m'a dit : « Laisse Shakespeare aux Blancs. » Oui c'étaient ses mots exacts : « Laisse Shakespeare aux Blancs. » Mon père pensait à peu près la même chose, quoique pour des raisons différentes. On l'a déçu, hein Martin ? Toi criminel, moi homme de lettres : tous deux on a refusé de reprendre le flambeau de la Cause... Mais c'est justement l'obsession de papa pour la politique qui m'a incité à me réfugier dans les livres. Je ne voulais pas passer ma vie à prouver que j'avais le droit de la vivre. Je voulais… *tout*, papa. Tout ce que le monde avait à m'offrir. Les pieds sur terre *et* la tête dans les nuages. Le droit de penser à autre chose que Noirs et Blancs. À la Nouvelle-Angleterre par exemple, puisque c'est là que j'habite maintenant, et qu'elle m'appartient donc à moi aussi : la forêt profonde, la neige profonde, les bêtes sauvages, « rien dans les champs/veines des fossés, jets de neige/se levant tels des cheveux dans le vent »…

« Pourquoi Maisie ne la voyait-elle pas ? dit Sean, songeur. Ah ! Pas mal cette truite, hein ? J'ai l'air fier de moi ! Et pourtant quel cauchemar, cette journée-là ! Jack avait fait un feu de bois pour griller la truite mais, comme le bois était humide et que son feu ne prenait pas, il est devenu furibard. Il s'est mis à déblatérer contre m'man, qui est allée bouder dans son transat. Le temps que la truite soit enfin cuite, on était tous trop abattus pour la manger, alors Jack l'a reflanquée dans le lac et nous a ramenés à Somerville, roulant à tombeau ouvert sur les petites routes de forêt tandis qu'on s'agrippait l'un à l'autre, m'man et moi, sur le siège arrière.

— Fin des joyeuses vacances normales, dit Charles.

— Je me suis toujours demandé quel effet ça avait eu sur les autres poissons de voir débarquer cette truite grillée. »

Les poissons du Pripiat, là où j'ai pêché autrefois avec mon père, ne seront plus jamais comestibles, se dit Leonid. (Son père était mort le premier et ensuite – dénudée, dénuée de poids et de pensée – sa mère ; et, même pour leurs obsèques, il n'était pas retourné en Biélorussie. Il avait fallu Tchernobyl, la contamination irréversible des rivières, des forêts et des champs qui lui étaient chers… il avait fallu la mort de Grigori, la folle douleur de Ioulia, le cancer de la thyroïde de la petite Svetlana… pour qu'il rentre enfin chez lui, en courant. Oui, pour l'enterrement de Grigori, il y était retourné, seulement personne n'avait le droit d'approcher le corps. Le cercueil lui-même était radioactif, on l'avait bardé de feuilles de métal et recouvert d'énormes blocs de béton doublé de plomb, puis enfoui au cimetière de Mitino, à l'écart des autres. Dans la patrie de Leonid, dorénavant, même les morts avaient peur des morts.)

« La psychothérapie c'est tout le contraire, dit Brian en se lissant la barbe – signe, comme le sait Beth, qu'il est sur le point de faire un discours.

— Qu'est-ce que tu racontes ? dit-elle. Le contraire de quoi ?

— Le contraire des albums de photos. Dans les albums, tout baigne dans l'huile, et dans la psycho-thérapie tout est tragique ; or la vérité est quelque part entre les deux. Une fois j'ai amené Nessa faire de la luge dans le New Hampshire. Elle avait quoi, Beth, trois, quatre ans ? »

Beth soupire : elle connaît cette histoire par cœur, sait qu'elle va durer un moment. De ce point de vue, Brian commence à ressembler à son père, alors que c'est l'un des traits qu'il méprisait et raillait le plus chez lui : le vieux père de Brian assommait ses inter-locuteurs avec des histoires sans queue ni tête, aux digressions désespérantes... Brian ne perdait pas encore le fil de ses histoires, mais celles-ci se faisaient chaque année plus longues et décousues... Et ce n'est peut-être qu'un début, se dit Beth ; d'ici vingt ans, il sera peut-être atteint de la même incontinence verbale que son papa et n'écoutera plus du tout les autres, ne se souciera même plus de savoir s'ils ont déjà entendu ce qu'il raconte... Cette perspective lui étant réelle-ment effrayante, Beth décide d'aller ailleurs dans sa tête. (À Miami.)

« C'était pendant les vacances de Noël, dit Brian. Beth était de garde à l'hôpital et Nessa m'a dit : « Regarde, papa ! il neige ! si on faisait de la luge ? » Alors je l'ai amenée au mont Monadnock et on a passé tout l'après-midi à faire les fous dans la neige... »

(Beth mange du porc grillé sur une assiette en carton. Elle se lèche les doigts, éclate de rire, avale une gorgée de bière... Il est minuit passé et elle est assise avec Federico à une table de pique-nique dans le trépidant quartier cubain de Miami : des volutes de fumée montent des braseros, une musique rythmée et tapageuse sort d'un poste de radio ; des rires et des exclamations en espagnol fusent dans l'air autour d'eux ; sur ses cuisses nues et noires, Federico caresse les pieds nus et blancs de Beth.)

« Vers quatre heures et demie, Nessa a commencé à se fatiguer et je lui ai promis qu'on redescendrait en télésiège. Mais on est arrivés juste à la fermeture. « Désolé, nous dit le type. On s'arrête au coucher du soleil. » Nous voilà donc coincés en haut de la montagne. Rien à faire : il fallait descendre en luge. »

(Beth est dans sa chambre à l'hôtel *Hyatt* de Miami. Elle se prépare à passer la soirée avec Federico. Voyant son reflet dans le miroir de la salle de bains, elle aime son corps parce que Federico le trouve beau ; pour une fois, ses formes lui paraissent généreuses plutôt qu'obèses, et ses frisettes, érotiques plutôt qu'énervantes. Va-t-elle vraiment faire l'amour avec cet inconnu, est-ce possible, oui, elle sait que cela aura lieu, elle l'a rencontré avant-hier, elle était descendue à la plage après une longue journée enfermée dans un colloque médical ; sur le chemin elle avait repéré une camionnette de glaces et n'avait pu résister à la tentation. En lui tendant son cornet avec trois boules de vanille, Federico s'était exclamé : « Ah, ça me plairait bien d'être à la place de cette glace en ce moment ! » et, prise au dépourvu par ce compliment loufoque, Beth avait pouffé de rire. Au bout de quelques instants ils flirtaient ouvertement et elle s'était rendu compte, stupéfaite, qu'elle avait une confiance totale en cet inconnu et serait prête, voire enchantée, de mettre son corps entre ses mains. Jusqu'alors elle n'avait jamais trompé Brian. Sa propre attitude lui paraissait incompréhensible, et elle n'en était que plus électrisée.)

« Il ne neigeait plus, mais il commençait à faire nuit et on avait froid... J'ai installé Nessa entre mes jambes et nous voilà partis... Mais elle recevait la poudreuse en pleine figure et au bout de quelques minutes elle s'est mise à pleurer. Alors, génie que je suis, j'ai arrêté la luge et j'ai changé de place avec elle. Comme ça, elle était abritée derrière le grand mur chaud du dos de papa, et c'est *moi* qui recevais la neige à la figure.

— Génial en effet », dit Patrizia. Comment font les gens, se demande-t-elle, pour raconter des histoires aussi assommantes ? Elle-même, de peur d'ennuyer les autres, prononce rarement trois phrases de suite dans une soirée comme celle-ci.

(Ils font l'amour maintenant sur les draps blancs et lisses de l'énorme lit de Beth à l'hôtel *Hyatt*, dans la brise fraîche du climatiseur, et, au-delà de la baie vitrée, les palmiers se balancent, une mer bleue scintille, tous les clichés de la Floride se sont rassemblés pour fêter leur union.)

« Et quand on est rentrés à la maison, poursuit Brian, Nessa s'est jetée dans les bras de Beth en disant : « Maman maman, tu sais ce qui s'est passé ? On était sur la luge et j'ai reçu toute la neige dans la figure, c'était *affreux* ! » Et j'ai dit : « Holà, minute ! Ce n'est pas toute l'histoire ! » Et les jours suivants, chaque fois qu'elle parlait de cette descente, elle se rappelait sa souffrance, qui avait duré peut-être un dixième du trajet, et oubliait l'héroïque sacrifice de son père, qui avait duré les neuf autres dixièmes. »

(Il est quatre heures du matin, une valse nostalgique passe à la radio et Beth danse avec Federico sur le balcon de sa chambre d'hôtel. Elle lui caresse les tempes aux boucles grises serrées. Elle dort dans ses bras. Ils prennent une douche ensemble et les lèvres de Federico ruissellent de salive et d'eau tiède, son ventre est rond et doux contre le sien, sa peau brune est lisse et tendue, sa poitrine glabre. Brian, lui, a des poils sur tout le corps. Elle a oublié à quel point les corps des

232

hommes peuvent être différents, sexuellement; c'est la première fois depuis de longues années qu'elle voit de près un vrai corps d'homme, nu et vivant, sans devoir prendre d'urgence une décision médicale le concernant.)

« Je veux dire, insiste Brian – et sa voix monte d'un cran car il sent que certains convives l'écoutent maintenant pour de vrai –, les gens vont voir des psychanalystes, ils leur déversent tous leurs malheurs, ils s'apitoient sur leur sort, ils mendient de la pitié, ils chialent en racontant comme leurs parents les ont maltraités... et personne n'est là pour remettre les pendules à l'heure : hé ho! Et les autres neuf dixièmes de la descente ? Et la brillante solution qu'a trouvée ton papa pour que tu ne reçoives plus la neige à la figure ? Oui, il me semble qu'on devrait réviser la théorie psychanalytique en fonction de...

— On s'en fout, de la théorie psychanalytique, dit Sean en lui tendant la bouteille de champagne. *Och*, Brian, ton verre est vide! Laisse-moi te le remplir. »

(Beth est dans l'ascenseur avec Federico, il est neuf heures du matin et c'est son dernier jour à Miami; professionnellement parée d'un tailleur-pantalon bleu ciel, d'une montre-bracelet et d'un badge avec son nom dessus, elle se dirige vers la dernière réunion de son colloque. Tandis que l'ascenseur plein de médecins descend vers la salle des réunions, Federico ne peut s'empêcher de ricaner à la vue de leurs badges : « Elisabeth V. Raymondson [Beth] »; « Joseph L. Black [Joe] »; « Doris R. Darlington [Dorrie] »; « Nancy G. Savitzsky [Nan] »... Quand ils arrivent au rez-de-chaussée, le Dr Savitzsky les laisse sortir les premiers et Federico lui souffle à l'oreille en passant : « Merci, Nan. » Celle-ci saute en l'air, puis, confuse, lui lance un « De rien ! » retentissant tandis qu'ils glissent ensemble à travers le hall, en proie au fou rire et à l'amour fou. Dehors, en haut des marches de l'hôtel, éblouis par le soleil matinal déjà éclatant, les amants s'enlacent pour un dernier long baiser... puis Beth se détourne. Revient d'un pas chancelant dans la sombre fraîcheur du hall. Entend « *Quelle honte !* » et sursaute, se disant que non, qu'elle se trompe, que cette phrase ne lui est sûrement pas destinée, mais elle l'est : voilà Doris Darlington qui la toise d'un air haineux, et Beth met un instant à comprendre : ah oui, le baiser ! Le Dr Darlington est choquée par notre baiser public, passionné, sensuel et transracial. Elle reprend l'avion pour Boston en fin de journée et n'entend plus jamais parler de Federico mais, apprenant quinze jours plus tard qu'elle est enceinte, elle laisse poindre en elle le fantasme, aussi effrayant qu'irrésistible, que l'enfant est le sien, qu'elle sera trahie par la peau foncée du bébé et que Brian, le voyant naître, fondra en larmes ou tournera froidement les talons...)

C'est terrible quand on y pense, se dit Hal à propos de rien. Les capacités de notre cerveau sont si prodigieuses et on exige si peu de lui. C'est un aigle traité en canari ; enfermé dans une cage ; condamné à sautiller au lieu de fendre les airs.

« Brian n'a pas tort ! dit Rachel. On pourrait dire la même chose de la littérature. Elle est plus sombre que la réalité parce que les écrivains sont obsédés par la douleur et le conflit...

— Plus sombre que la réalité ? dit Sean. Tu plaisantes ? »

Quelques personnes rient.

« Non, sérieusement, insiste Brian. La place qu'occupe la souffrance dans notre mémoire est sans proportion avec celle qu'elle occupe dans la réalité. Les expériences « quelconques », qui sont tout de même majoritaires, passent à la trappe. »

Tout passe à la trappe, pauvre imbécile, se dit Sean. Tout se dissipe et disparaît, c'est justement pour ça que c'est si beau. Ce texte qu'a écrit Ionesco à sa mort... non, bon, un peu avant sa mort, car même le grand maître de l'absurde ne pouvait pas nous envoyer des fax de l'au-delà... Regardez les pauvres chères mains de ma femme, disait-il, les mains dont je suis jadis

tombé amoureux, des mains si fines et douces et déli-
cates, regardez-les maintenant, tachées par l'âge et
bosselées par la douleur… Au fond, disait-il, le but de
chaque chose est de finir : on va à l'école pour cesser
d'y aller, on mange un repas pour l'achever et on vit
pour ne plus vivre. Mais il avait tort, poursuit Sean à
part lui tout en déchirant l'emballage d'un nouveau
paquet de Winston, il avait tort, le cher rhinocéros
roumain, parce que tout cela *sert* quand même à quelque chose, à quoi, eh ben à *cela*, justement : les gens
dans cette pièce et dans les autres pièces, les choses
qu'ils se disent et qu'ils se font, la chorégraphie com-
plexe et imbriquée de leurs destins, les rêves qu'ils
chérissent et partagent, les paris gagnés et perdus, les
faits appris et oubliés, les livres lus et écrits, et *j'adore*
ça. J'adore ça j'adore ça j'adore ça – précieuse vie, vie
merveilleuse – pas la *moindre* envie de la quitter.

« Elle me plaît bien, ton histoire, dit Hal – et Brian
de rougir, fier d'avoir parlé avec énergie et cohérence,
fait passer son message, apporté quelque chose à un
romancier qu'il admire ; ça ne te dérangerait pas si je
m'en servais dans mon nouveau roman ?

— Tu crois vraiment qu'ils avaient des télésièges
dans le Klondike ? dit Beth, pince-sans-rire.

— Non non, je changerais tous les détails, bien sûr.
Je ne garderais que la structure du récit. Son sens glo-
bal, tu vois ce que je veux dire ?

— Je serais profondément honoré », dit Brian,
voyant déjà son nom imprimé dans les remerciements
à la fin du livre.

XXI

BETH

QUAND BETH apprend la mort de Brian, elle est convaincue que le glas vient de sonner pour elle aussi. Elle quitte le commissariat de police et, arrivant dans sa chambre d'hôtel qui donne sur la bruyante rue de Rivoli, se met à rouler les yeux et à ahaner, secouée de spasmes. C'est une authentique crise d'asthme : la première depuis Decatur, le jour de Pâques, la robe jaune, le sous-sol aux relents de salpêtre. Mais elle a beau agiter son inhalateur, elle n'arrive pas à reprendre son souffle : et, n'était le jeune policier qui l'a raccompagnée depuis le commissariat jusqu'à sa chambre (parce que Beth, par sa chair généreuse et ses cheveux teints au henné, lui faisait vaguement penser à sa mère), et qui, voyant la crise s'aggraver, a eu la présence d'esprit d'appeler une ambulance sur son portable, Beth serait peut-être venue me rejoindre ce jour-là aussi.

Mais tels n'étaient pas mes projets pour elle. Non : avec mon sens inimitable de l'arbitraire, j'ai préféré cueillir cette fleur-là avec une dextérité et une mansuétude inaccoutumées.

Ainsi, bien des années plus tard, devenue une personne ronde, replète, plantureuse, pétulante et incroyablement vieille, dotée de sept petits-enfants (dont deux sont à Vanessa et… cinq à Jordan !) et de dix-sept arrière-petits-enfants (passons) – qu'elle aime régaler avec des sourires, des clins d'œil, de bons conseils et de vieilles histoires du XXe siècle –, Beth se mettra au lit un soir dans une jolie petite auberge à Rockport dans le Massachusetts, soigneusement choisie par Vanessa pour leurs vacances ensemble, et commencera la lecture du deuxième tome des Confessions de Jean-Jacques Rousseau. En éteignant sa lampe de chevet, somnolente et satisfaite, elle pousse un grand soupir... et c'est cet instant-là que je choisis pour venir l'éteindre, elle. Ma main traverse comme du beurre sa chemise de nuit mauve, la peau affaissée et ridée de ses seins volumineux et les os de sa cage thoracique, pour s'emparer de son cœur. Beth pousse un petit cri de surprise ; son cœur s'affole brièvement, palpite trois ou quatre fois, puis s'arrête. C'est Vanessa qui, entrant dans la chambre le lendemain matin pour voir si sa maman est réveillée, fermera avec tendresse, une fois pour toutes, ses grands yeux bleus.

XXII

ON SOMBRE UN PEU

LES GENS n'imaginent pas la quantité infernale de *travail* que demande l'écriture d'un roman, se dit Hal, tout en vidant sa troisième flûte de champagne et en s'en versant une quatrième. Ils croient qu'on couche simplement sur le papier des choses qu'on a vécues, et *basta*. Alors que c'est du *boulot*, les mecs! C'est comme construire une putain de *pyramide*! Le champagne dans son cerveau s'empare de cette image et décide de s'amuser avec. Je suis l'esclave nègre, se dit-il : pieds nus, dos nu, traînant des blocs de pierre sur de vastes étendues de sable brûlant. Je suis le corps momifié du pharaon, enfoui dans le creux sacré de la pierre, pour que son âme puisse voyager au royaume de la vie éternelle. Je suis l'architecte et le contre-maître qui supervise les travaux, le trésor et la sueur, la nourriture et le soleil lancinant, le désert et le mystère. Hm! c'est pas mal, ça, se dit-il, sentant le souffle divin de l'inspiration lui gonfler la poitrine. Peut-être pourrais-je le glisser dans un chapitre quelque part...

Chloé s'est doucement affaissée contre lui, les yeux fermés, les mains posées sur la jupe de sa robe rouge, paumes vers le haut, en une pose de parfaite confiance enfantine. On lui donnerait quatorze ans, se dit Hal. Cette chère petite. Heureusement que je l'ai arrachée du caniveau avant que son âme ne soit atteinte.

(En fait, Chloé ne dort pas. Elle se sent malade. Sans le vouloir, elle est retournée dans l'inoubliable après-midi avec Colin... Ils sont là, le frère et la sœur, allongés côte à côte sur le lit. Comme il fait chaud, ils ont laissé la fenêtre ouverte ; la brise légère sur leur peau nue aux éclats diamantins a fait partie, tout à l'heure, de l'enivrement de leur amour. Entre alors, par la fenêtre ouverte, un oiseau. Frère et sœur se lèvent en riant. Ils sont nus, blancs, sublimes et gigantesques : la cocaïne agit toujours ; ce sont toujours des dieux. De quelle espèce d'oiseau s'agit-il ? Ils n'en ont pas la moindre idée, ils ne versent pas dans l'ornithologie, mais c'est un moineau. « Une providence surveille jusqu'à la chute du passereau, comme dit Hamlet, même s'ils n'ont jamais lu Shakespeare non plus. Le tout est d'être prêt. » Ils coincent l'oiseau dans la cuisine et Colin parvient à l'attraper sous une serviette. Riant d'aise, il le porte jusqu'à la table, où il s'assied. Les doigts de sa main droite forment un anneau autour du minuscule cou tremblant du moineau et Chloé étudie, fascinée, la panique patente de l'animal. À quoi bon lutter pour survivre ? se demande-t-elle. Ça n'a aucun intérêt. Ils cessent alors de rire et prennent un air grave… tout comme, dix ans plus tôt, l'ami de leur mère prenait un air grave en leur ordonnant de baisser leur culotte. La lumière dans leurs yeux devient très concentrée. Les pouces de Colin appuient sur le cou du moineau. L'oiseau bat follement des ailes et les dieux nus sont électrisés. Un frisson de plaisir les rapproche : plus sombre que celui, lumineux, de leurs corps dorés sur les draps blancs tout à l'heure. Irrésistible. Chloé prend son nécessaire de couture et sort une aiguille. S'installant aux côtés de son frère, elle l'enfonce lentement dans l'œil droit du moineau. « Pas trop loin, murmure Colin. Faut pas toucher le cerveau, hein ? Faut pas le tuer. » « D'accord », dit Chloé dans un souffle. Sous la table, leurs orteils nus miment les spasmes du moineau. Chloé sort l'aiguille de l'œil droit et la plonge dans l'œil gauche. Est-ce bien grave ? se demande-t-elle maintenant, quatre ans et demi plus tard, assise blême et nauséeuse sur le canapé de Sean Farrell, les yeux fermés, à se remémorer la scène. Ils avaient plumé l'oiseau, ensuite. Ils lui avaient arraché les plumes une à une, tandis que la petite chose pépiait et se tordait piteusement dans leurs mains de dieux géants. Quand, comment avait-il rendu l'âme ? Et qu'avaient-ils fait ensuite de son petit corps ? Elle ne s'en souvient pas : alors que le crépuscule poignardait le jour, ils avaient été comme nappés par un voile de sang. Elle se rappelle un couteau... oui c'est cela : tout en l'encourageant à le garder vivant le plus longtemps possible, Colin avait tranché les ailes du moineau à l'aide de son canif. La première fois que le moineau avait perdu connaissance, Colin avait même demandé à Chloé de lui asperger la tête avec des gouttelettes d'eau fraîche... et le moineau était revenu à lui, pour se voir percer le ventre par la pointe du canif... Oh, arrêtons là ; c'est tout ; Chloé ne se rappelle rien d'autre...)

Elle rouvre les yeux.

« Tu dormais, dit Rachel, avec un rire attendri.

— C'est fatigant d'allaiter, dit Beth.

— Tu ne veux pas monter te coucher ? lui demande Hal sur le même ton caressant que tout à l'heure.

— *Laisse-moi tranquille !* lui rétorque Chloé dans un chuchotement féroce.

— Quelle chance tu as de pouvoir t'endormir comme ça ! dit Rachel. Tu avais l'air si paisible...

— Rachel est une accro de l'insomnie », explique Sean.

Faut vraiment que tout le monde sache que tu as couché avec elle, se dit Derek.

« Moi aussi, j'avais des problèmes de sommeil autrefois, dit Aron, et j'ai souvent trouvé apaisant d'écouter la radio. » (Les dernières années de sa vie en Afrique du Sud, il mettait la musique très fort au moment de se coucher car il redoutait d'entendre dans son sommeil les cris du jeune homme qu'il avait vu soumis au supplice du collier à Johannesburg : tandis que des flammes rouges et vertes et bleues montaient de ses cheveux dans le pneu inondé de pétrole, que ses yeux éclataient, que sa peau fondait et que sa langue commençait à frire, la victime avait émis une plainte aiguë et inhumaine... insoutenable... inoubliable...)

« Hé, ho ! dit Derek. N'oubliez pas qu'il y a un mari dans son lit ! »

Faut vraiment que tout le monde sache que tu couches avec elle, se dit Sean.

« Certes, dit Aron... mais peut-être pourrait-elle mettre un casque ?

— Tu as essayé la lecture de Kant ? demande Charles.

— Très drôle, dit Rachel.

— Pardon, dit Charles.

— Et si tu comptais les moutons ? suggère Patrizia.

— Ça ne sert à rien, dit Rachel. Chaque fois que j'essaie de compter les moutons, l'un d'eux a la toison qui s'accroche dans la barrière. Plus il se débat, plus il s'empêtre, et au bout d'un moment il est complètement lacéré par le fil de fer barbelé. Le berger arrive et le trouve par terre, pantelant, une masse de chair sanguinolente, alors il décide de mettre fin à ses souffrances en lui donnant un grand coup de maillet sur la tête... Comment voulez-vous que je m'endorme ? »

Presque tout le monde rit, mais Charles est choqué par ce que vient de dire Rachel. Pas étonnant que la fille de Derek soit morbide, se dit-il en se levant pour mettre un nouveau disque : une sélection de « meilleurs slows ». Puis il va à la fenêtre et, se rendant compte qu'il est furieux, mais conscient, aussi, du taux d'alcool qu'il a dans le sang, fermement décidé à se contrôler au lieu de tonner et de tempêter comme l'aurait fait son père, il décide d'épargner les autres en conduisant les deux parties de la dispute dans sa tête...

(Il commence en demandant à Rachel pourquoi les juifs se complaisent tant dans la souffrance, enchaîne, sans logique particulière, en dénonçant la domination juive à Hollywood, responsable selon lui du racisme pérenne de l'imagination blanche aux États-Unis; lui demande pourquoi, pendant la première moitié du XXe siècle, les présidents américains n'ont pas été frappés, pour la haine raciale érigée en système, du même ostracisme international que Staline pour la haine de classe; dessine enfin, d'une main de maître, la vieille rivalité entre juifs et Noirs : ceux-là un peuple du Livre dont l'identité est inséparable de la mémoire, ceux-ci une culture orale dont jusqu'à la mémoire a été anéantie... Et la compensation due aux descendants des esclaves spoliés de tout? Et la douleur comme seul et unique héritage pour nos enfants? Ouf! au bout de cinq minutes, ayant fait brillamment le tour de la question et emporté sur Rachel une victoire retentissante, il se sent mieux. Il a réussi à épancher sa bile sans blesser personne. C'est Myrna qui lui avait appris cette technique : les gens ne changent jamais d'avis au cours d'une conversation, disait-elle. Ils ne le font que dans le silence et la solitude, à force de lire et de méditer seuls dans leur coin... «C'est pourquoi tes écrits sont tellement importants», lui avait-elle dit, en l'embrassant avec passion... Plus personne ne lui disait que ses écrits étaient importants...)

Quand il revient s'asseoir, les autres parlent littérature. Allez savoir comment ils ont fait pour passer des moutons massacrés à la littérature; toujours est-il que Hal pontifie maintenant au sujet de Tolstoï : de la folle disparité entre l'homme et l'écrivain.

«Le conteur était meilleur que le moralisateur, dit-il, et le moralisateur, meilleur que l'homme. Après sa crise mystique, Tolstoï est devenu de plus en plus névrosé et insupportable. Ça le mettait hors de lui de ne pouvoir renoncer aux verres en cristal et aux parties de jambes en l'air avec Sophie, alors il passait son temps à fustiger les biens matériels et à prôner l'abstinence sexuelle. Il a même voulu empêcher ses filles de se marier! Octogénaire, c'était un vrai salaud : rigide, intolérant, haïssable.»

Pourquoi si rigide, Myrna ? se dit Charles. (Il avait consacré sa thèse à la jalousie : six cents pages durant, il avait comparé les deux grands « épousicides » de la littérature occidentale – *Othello* de Shakespeare et *La Sonate à Kreutzer* de Tolstoï... Dans cette thèse, dont une version très abrégée forme l'un des chapitres de *Noir sur blanc*, il avait fait ressortir la contradiction suivante : alors que la plupart des commentateurs expliquent la folie meurtrière d'Othello par sa peau noire – « le triomphe de son essence africaine, meurtrière et inférieure, sur son apparence européenne, civilisée et chrétienne » –, il ne s'en est pas trouvé un seul pour suggérer que Pozdnychev, lui, cède à la folie meurtrière en raison de sa peau blanche. Et pourquoi ? parce que le blanc n'est pas une couleur, pas un trait déterminant ; la démence de Pozdnychev relève de la tragique « nature humaine ». Ô Myrna ! toi aussi, Blanche trahie pour une Noire, tu m'as assassiné... par jalousie ! « Sur elle-même conçue, par elle-même engendrée... » Ne t'ai-je pas tout donné, pourtant ? En quoi mon instant de faiblesse t'a-t-il menacée ? M'as-tu cru capable une seule seconde de bazarder notre bonheur pour aller me la couler douce avec Anita Darven en Caroline du Sud ? Ah ! prise de rage fondée ou infondée, juste ou injuste, Des-de-Myrna a puni l'adultère de l'hôtel-oh !)

« Ouais, dit Leonid. Pas bien sérieux, de prôner l'abstinence sexuelle quand on a déjà engendré quinze moutards. »

Katie rit, ayant compris par le ton de sa voix que Leo vient de faire une blague. Mais elle n'écoute pas la conversation ; ses pensées sont coincées dans la chambre sur Power Street.

(C'est alors qu'ils avaient été submergés par l'odeur, une odeur d'urine et d'excréments et de chair avariée. La chair de leur chair, dans un état de putréfaction avancée. « Ne t'inquiète pas, mon ange, avait-elle dit à Leonid dans un murmure, tout en sortant un mouchoir pour essuyer les traces de sueur et de vomi qu'il avait sur le visage. Tout va bien se passer, ne t'inquiète pas. » Ils étaient restés ainsi un moment, cramponnés l'un à l'autre dans le couloir ; et puis, main dans la main, ils étaient retournés dans la chambre de David. Et avaient vu. Sur le sol. Le matelas nu sans draps. Le combiné du téléphone. Et, au-delà, affalé, inerte, le corps sans vie de leur fils cadet. Ou ce qu'il en restait. Car Cleopatra, enfermée avec le cadavre de son maître (combien de jours ? peut-être pas seulement trois, peut-être sept ou huit jours ; quand lui a-t-on parlé pour la dernière fois ? Katie s'était efforcée de faire le calcul dans sa tête : il a appelé le 24 juillet pour l'anniversaire d'Alice, donc ça ferait...), lui avait mangé l'épaule gauche, une bonne partie du bras droit et un morceau du visage. Oh, c'est mieux ainsi, se disait Katie, encore et encore. Au moins, comme ça, il ne souffrira plus. Tu es bien maintenant, n'est-ce pas, mon amour ? disait-elle à David dans son esprit. Se penchant sur le corps ravagé et émacié, Leonid l'avait ramassé comme s'il ne pesait rien et en avait drapé son épaule, de sorte que la tête et les bras pendaient devant et les jambes derrière, dans son dos. Et Katie, marchant à leur suite jusqu'à la porte, puis le long du couloir, avait vu que le blue-jean de David avait glissé sur ses hanches trop maigres, lui dénudant le haut des fesses... Ça l'avait perturbée : elle aurait voulu lui remonter le pantalon, comme elle l'avait fait tant de fois quand il était petit, mais elle n'osait pas déranger Leonid en lui demandant de poser le corps pour une raison aussi futile... Alors, elle l'avait suivi dans l'escalier en se répétant : « Tout va bien, mon ange, tout va bien se passer à partir de maintenant... » Son sentiment d'euphorie l'avait maintenue à flot pendant les funérailles, les visites de condoléances et les semaines suivantes, au cours desquelles ils s'étaient occupés de la liquidation de la vie interrompue de leur fils ; ce n'est que six mois plus tard, une nuit au cœur de l'hiver, dans le *no man's land* entre la veille et le sommeil, que Katie avait enfin saisi l'immensité de sa perte. Se redressant brusquement dans le lit, baignée de sueurs froides, elle avait passé des heures à fixer le vide. En lui apportant le petit déjeuner au lit le lendemain, Leonid avait failli laisser tomber le plateau : depuis la veille, la chevelure noire de son épouse était devenue entièrement blanche.)

« J'ai lu un roman russe formidable le mois dernier, dit Beth. Ça s'appelait... euh... comment ça s'appelait, Brian ?

— J'en sais rien, moi ! » dit Brian, avec un petit haussement d'épaules, qui n'écoute plus du tout la conversation mais erre à nouveau dans le ravin du fleuve Sa Thây.

(L'après-midi tire à sa fin, le soleil couchant a déjà commencé à incendier les hautes crêtes des montagnes quand soudain, contre toute attente, Zack trouve une piste. Enfin quelque chose. Peu importe quoi. Un événement. Un espoir auquel amarrer leurs pensées embrouillées par la peur. Non pas que nous ayons tellement envie de les *rattraper*, les Viet-congs, se dit Brian, mais... n'importe quoi... pourvu que ça hâte la fin de cette journée. Cent quatre-vingts jours écoulés, cent quatre-vingt-cinq à tirer. C'est le lieutenant Doug Johnson, un Noir costaud de l'Oklahoma, qui tient le chien en laisse : il fait un signe urgent aux autres et, aussitôt, chaque nerf de leur corps se tend à se rompre, au degré maximal d'éveil et d'attention. Ensuite, de façon incroyable comme à chaque fois, éclate un coup de feu : une explosion apocalyptique, dans leurs oreilles aux aguets. Affolés, ils regardent autour d'eux pour voir qui est frappé, qui a les tripes par terre cette fois-ci... Mais non. C'est Zack. C'est le chien qui est blessé. Pas mortellement. Enragé par la douleur, il s'élance vers l'endroit d'où est parti le coup, tirant de toutes ses forces sur la laisse. Doug le lâche. Le chien bondit furieusement en direction d'un taillis de bambou ; deux balles le frappent en pleine poitrine et il tombe comme une masse. Ensuite, l'impossible se produit. Une femme. Une femme sort du taillis. La femme des Viets. Longs cheveux noirs. Chemise kaki à manches courtes; short kaki. Membres à demi nus, lacérés par les ronces. Elle jette à leurs pieds son K59 vide et tous restent là un temps, sidérés, à se dévisager. Une femme vietnamienne et sept hommes américains. Figés, immobiles comme l'air. Brian n'arrive à rien lire dans le regard de la femme. Ni peur ni intrépidité, ni séduction ni bravade, ni désespoir ni défi... rien. Comme il l'a appris au cours de ces six derniers mois, ça vous abîme comme être humain de ne pas pouvoir déchiffrer le visage de l'ennemi, mais ça vous améliore comme soldat. Puis la femme détale et ils la suivent en silence, foulant le sol dans une course leste et puissante : tout ce qui, tantôt, leur pesait de façon si atroce est devenu soudain léger comme l'air. Malgré l'avance qu'elle a prise, ils savent avec certitude qu'ils la rattraperont – leurs jambes sont deux fois plus longues que les siennes – et, au bout d'une ou deux minutes, c'est chose faite. Ils l'entourent, s'emparent d'elle, la jettent à terre et poussent à l'unisson un rugissement sauvage. Un trophée inespéré. Une compensation pour la journée éreintante qu'ils viennent de vivre. Dans le souvenir de Brian, ce qui se produit ensuite baigne dans une nuée d'irréalité : il ne l'a pas oublié et il ne l'oubliera jamais, mais il n'en a jamais soufflé mot à personne. Parce que... les mots pour le dire n'existent pas. Tel un rite ancien, appris non par les individus mais par l'espèce, l'événement se déploie dans un silence religieux. L'ordre étant déterminé par la hiérarchie militaire, Doug ira en premier et Brian en dernier. Et, tandis que la lumière du jour se meurt, et que la jungle perd peu à peu ses contours et ses couleurs, Brian se sent envahi par le désir. Chacun de ses souffles est empli de désir; son cœur est un joyau d'extase vibrante; rien n'existe dans l'univers hormis ce cercle sacré d'hommes noirs et blancs avec, en son centre, la fille jaune. Au moment où son centre à elle est percé, elle laisse échapper un cri; elle saigne, et

Doug, le crâne rasé étincelant de sueur, marmonne un juron entre les dents, surpris de la trouver vierge ; puis les mots s'évanouissent à nouveau et il ne reste plus que le mouvement. Sans hâte, sans parole, les hommes permettent aux forces les plus sombres de l'espèce humaine de traverser leur corps pour se déverser dans celui de la femme. Voici ô femme, aimée, exécrée, prends, prends ma semence de vie, et meurs ! Quand vient enfin le tour de Brian, il est déjà si chaviré par cette messe de vraie chair et de vrai sang que tout se passe très vite : il n'a pas plus tôt pénétré la fille que la jouissance le foudroie littéralement, le transforme en pur conducteur électrique ; sa pensée et sa personnalité disparaissent et, l'espace d'un instant, il perd même connaissance. Revenant à lui, il se relève et remonte son pantalon, tanguant sur ses pieds, complètement désorienté, et les autres lui demandent en s'esclaffant, en le bousculant, en le charriant, pourquoi il a baisé un macchabée. Il baisse le regard sans comprendre, et Doug, riant toujours, vide le chargeur de sa mitraillette dans la tête de la femme. Maintenant la nuit est tombée tout à fait et ils sont persuadés que la journée est terminée, mais ils se trompent. Il leur reste encore une chose à vivre. Une grenade explose parmi eux, lancée par un des Viets à qui la fille servait de guide dans ce ravin du Sa Thây et qu'elle a réussi à protéger, sachant d'avance à quel prix, en éliminant le chien. Trois GI's sont tués sur le coup ; Doug a les deux jambes arrachées ; mais Brian... eh bien, Brian s'en sort sans une égratignure. Il n'aura pour toute séquelle que ce léger bourdonnement dans l'oreille droite...)

« Si si, je t'en avais parlé ! insiste Beth. Ça s'appelait... euh, *Les Enfants de la Méduse*, quelque chose comme ça.

— Tu es sûre que ce n'était pas » Le Rire de la Méduse « d'Hélène Cixous ? demande Patrizia, qui a photocopié ce texte à de nombreuses reprises pour des enseignantes de littérature française contemporaine.

— Non, pas du tout. L'auteur est russe, je te dis.

— Beth, dit Brian, excédé, si tu ne te souviens ni du nom de l'auteur ni du titre, on va avoir du mal à...

— *Les Enfants de Médée*, voilà ! Pas *Les Enfants de la Méduse*, *Les Enfants de Médée* !

— Médée a tué ses enfants, fait remarquer Rachel.

— Je sais, dit Beth, mais il ne s'agit pas de cette Médée-là, l'héroïne est une femme ordinaire qui habite la Crimée et qui s'appelle Médée, du reste elle n'a pas d'enfants...

— Tiens ! dit Leonid. C'est vrai... je connaissais une Médée autrefois, à Choudiany. »

(Quand il était arrivé au cimetière de Mitino pour l'enterrement de Grigori, sa sœur avait braqué sur lui des yeux vides et n'avait rien dit. Rien. Mais son amie Natasha, la rondelette et ridée bibliothécaire à la retraite dont Leonid reconnaissait encore, bien que vaguement, les yeux noirs malicieux qui l'avaient attiré pendant un camp de Jeunes Pionniers, un demi-siècle plus tôt – Natasha, donc, l'avait pris à part sur le chemin du retour et lui avait raconté la fin de Grigori. Ton beau-frère a souffert le martyre, lui avait-elle dit... et, en évoquant la désintégration du corps de Grigori, elle ne lui avait épargné aucun détail. Il fallait que Ioulia injecte de la vodka pure dans les veines de son mari pour qu'il arrive à se détendre un peu et à déconnecter. Tout le pays baigne dans la vodka, lui avait dit Natasha. Les employés de la morgue, pourtant rompus à toutes les formes d'horreur, demandent toujours de la vodka en venant chercher un Tchernobylien. Pour les pompiers venus de loin pour décontaminer la région, les consignes officielles étaient d'en boire le plus possible, sous prétexte que seule la vodka aidait à combattre les effets de l'irradiation... Ainsi, c'est dans une stupeur éthylique que ces pauvres garçons avaient erré à travers les campagnes, saccageant tout, tirant sur les chiens et les ensevelissant dans des charniers, dévastant les potagers des paysans, découpant et enroulant la terre, assassinant des millions d'insectes, enterrant la terre dans la terre. C'est un monde de folie auquel tu es revenu, Leonid, lui avait dit Natasha. Certes, comme le lui répéta mille fois Katie quand, rentré aux États-Unis, il se mit à sangloter chaque nuit dans ses bras, Léonid n'était pas personnellement responsable de la catastrophe de Tchernobyl. Et pourtant... S'il avait fait un effort, s'il avait été un meilleur fils, s'il avait remué ciel et terre pour faire venir ses vieux parents aux États-Unis, ou au moins les installer dans un centre gériatrique à Minsk, rien de tout cela ne serait arrivé. Grigori et Ioulia n'auraient pas été contraints de déménager dans le Sud, Grigori aurait été épargné, Svetlana aurait encore son papa, et Ioulia ne serait pas folle d'angoisse pour la santé de son enfant, et celle de ses petits-enfants, et ainsi de suite, au long des quatorze milliards d'années dont le thorium a besoin pour se désintégrer.)

« C'est vrai, chéri ? » dit Katie, et la conversation s'achève en queue de poisson, sans que Beth ait réussi à communiquer aux autres l'immense bonheur qu'elle avait éprouvé à nager dans le roman de Loudmila Oulitskaïa, avec sa triste et munificente héroïne paysanne – une femme qui, tout en étant rongée par un vieux chagrin secret, avait passé sa vie à prodiguer des soins maternels à ses nièces, neveux, cousins et sœurs.

« Ne t'en fais pas, Beth, lui dit Derek. On fait ça tout le temps, Rachel et moi. Nos conversations ressemblent de plus en plus aux bandes enregistrées du Watergate, sauf qu'au lieu des jurons ce sont les noms propres qui sautent. Tu te rappelles ce film qu'on a vu à, euh, biiiiip, tu sais bien, réalisé par biiiiip, avec biiiiip dans le rôle principal, attends attends, ça va me revenir...

— De quoi se souviendra-t-on, à votre avis ? » demande Sean.

XXIII

LEONID ET KATIE

La mort des Korotkov ne sera pas aussi propre et harmonieuse que celle de Beth, mais au moins partiront-ils ensemble. Une perle de mort, vraiment, pour un couple aussi amoureux que ces deux-là. Chacun aurait eu du mal à survivre sur la Terre sans l'autre. Alors, la voici : un accident d'avion. Dans six petites années.

En fait, ce voyage à Kiev était une folie ; ils avaient dû emprunter de l'argent pour les billets ; mais l'occasion était suffisamment importante, estimaient-ils, pour mériter cette dépense : Svetlana la jeune nièce de Leonid allait se marier ! Il va sans dire que l'heureux élu, Vadim, était lui aussi une «luciole» (comme on appelle là-bas les victimes de l'irradiation).

Svetlana était toute petite lors de la catastrophe. Son père Grigori travaillait dans l'usine de Tchernobyl et ils habitaient tout près. Ainsi, quand le quatrième réacteur prit feu, il appela sa femme Ioulia, attrapa Svetlana dans les bras, et tous trois sortirent sur le balcon pour admirer la vue. Spectacle grandiose, en vérité ! C'était plus éblouissant que le 4-Juillet à Manhattan, plus spectaculaire que les aurores boréales au Nunavut. Une fabuleuse luminescence, une aveuglante lueur incandescente, couleur framboise. Pour la voir, les gens se précipitèrent depuis des kilomètres à la ronde – en voiture, à bicyclette et à pied. Ils s'entassèrent sur les balcons, jouant des coudes pour avoir une meilleure vue, et restèrent là pendant des heures, les yeux et la bouche tout ronds, indifférents à la poussière noire qu'ils avalaient. «Regarde ! murmura Grigori dans l'oreille de sa petite fille. Regarde ! Ça te fera un beau souvenir plus tard. »

Oh j'étais déchaîné, ce jour-là. Je soufflais dans le cou de tout un chacun, faisant des ravages dans leurs chromosomes. En une seule soirée j'ai emporté plusieurs millions d'habitants potentiels de la Biélorussie et de l'Ukraine. Le lendemain, Grigori fut convoqué pour aider à creuser un tunnel sous le réacteur. Un monsieur très sympathique, Grigori. J'étais content de le voir venir. Oh oui, je me suis occupé des liquidateurs vite fait bien fait. Les autres, je les ai laissés traîner un peu sur la Terre, rien que pour la nouveauté de la chose, pour voir ce qui se passait quand ma création radioactive se combinait avec ma création humaine. J'adore ce genre d'expériences.

Svetlana perdit rapidement tous ses cheveux et dut être hospitalisée ; le reste de son enfance fut partagé entre la maison et l'hôpital, surtout l'hôpital... Mais, ayant survécu jusqu'à la vingtaine, elle décida d'épouser Vadim et d'avoir des enfants avec lui malgré les risques...

Voici donc Katie et Leonid Korotkov, dans un DC-10 entre Prague et Kiev. Juste au moment où le vieil avion cahotant approche des Carpates de l'Est (il date de la révolution de velours en Tchécoslovaquie, de l'époque où « la Tchécoslovaquie » existait encore), un court-circuit se produit dans le système électrique et le poste de pilotage prend feu ; la fumée s'infiltre lentement dans la cabine et l'avion commence à tanguer. C'est une belle journée ensoleillée, la visibilité est excellente et les passagers ont donc tout loisir pour comprendre que l'avion n'atteindra pas une altitude suffisante pour survoler cette partie des Carpates de l'Est. Au-dessous, il n'y a qu'une forêt de pins : pas le terrain idéal pour un atterrissage d'urgence. Les cerveaux se mettent à courir dans tous les sens à la recherche d'une sortie de secours. Mais il n'y a pas de secours, c'est la fin de partie, comme dirait Samuel Beckett. Mmmmmmh, oh oui, je tiens désormais tous ces êtres humains dans le creux de la main. *La plupart d'entre eux bondissent de leur siège et se mettent à vitupérer les pauvres hôtesses de l'air tétanisées. Ils finissent par tomber à genoux, simplement parce que les muscles de leurs jambes lâchent : mais, une fois accomplie la génuflexion, ils commencent à prier par réflexe, déversant dans mon oreille des propos incohérents, m'implorant d'opérer un miracle qui les sortira de cette mauvaise passe. Eh non ! Désolé ! Cet avion va tomber, mes amis. Il plonge à pic, tout en continuant d'avancer vers la face de la montagne. Si les cheveux de Katie n'étaient pas déjà blancs, ils auraient de quoi blanchir en ce moment. Mais les Korotkov ne prennent aucune part au charivari ambiant. Ils ont défait leur ceinture de sécurité et, se tournant l'un vers l'autre, se sont étroitement enlacés. Les yeux fermés, ils se parlent à voix basse. Si les phrases qu'ils prononcent sont prévisibles et répétitives, au moins n'ont-elles rien d'hystérique. Leonid dit : « Je t'aime, Katie. » Il se rappelle comme elle avait adoré faire l'amour quand elle était enceinte. Il pense à chacune de ses quatre grossesses, Marty Alice David et Sylvia, alors de petits têtards anonymes nageant dans ses profondeurs, il serre sa femme contre lui et se rappelle les nombreuses positions qu'ils avaient explorées alors pour leurs étreintes, car il ne devait pas peser de tout son poids sur ce ventre enflé de vie... et Katie se pâmait de plaisir quelle que fût la position choisie, jouissant et se réjouissant de la fécondité de leur amour. Maintenant Katie serre son mari contre elle en pensant aux histoires qu'il a toujours aimé raconter en public, toutes les histoires qu'elle l'a entendu raconter à d'innombrables reprises au cours de leurs presque quatre décennies de vie commune, elle les connaît par cœur mais ne s'est jamais lassée de les entendre. « Je t'aime Leo, je t'aime », dit-elle tout bas, et puis un peu plus fort, car le bruit et la température ambiante ont brusquement augmenté, çà et là les vitres des hublots commencent à sauter, l'avion gémit sous le poids qu'il n'arrive plus à transporter... Et c'est ainsi qu'à mi-chemin entre Tîrgu Mureș et Pia-*

tra Neamţ, ces deux individus, certes plus très fringants mais néanmoins émouvants par leur attachement réciproque, viennent vers moi dans des volutes de fumée, les lèvres jointes, les cerveaux éteints par manque d'oxygène, bien avant de fondre dans la chaleur.

XXIV

On se souvient

« DE QUOI se souviendra-t-on, à votre avis ? demande Sean.

— Parce qu'on a le choix ? demande Derek.

— Je veux dire, pensez-vous qu'on retient les choses importantes, ou la sélection est-elle plus ou moins… ah… arbitraire ?

— Comme je le dis toujours à mes étudiants, dit Hal, si on veut écrire, il faut accepter la faillibilité de la mémoire.

— Moi j'oublie mes étudiants ! » dit Rachel. Passablement ivre, elle ôte ses chaussures et se laisse glisser de son fauteuil sur le tapis entre Sean et Derek, les deux hommes qu'elle aime. « J'oublie *tout*, les concernant. Pas seulement leur nom et leur visage mais nos rencontres, nos conversations, *tout*. Je les croise quelques mois plus tard, ils me disent : "Tenez, j'ai une idée formidable pour un livre sur Machin Truc, basé sur une de vos conférences sur Machin Chose", et je ne sais même pas de quoi ils parlent ! »

Charles rit de bon cœur. Ayant écrabouillé Rachel dans son esprit tout à l'heure, il ne ressent plus que de la bienveillance à son égard. « Moi, dit-il, j'oubliais les anniversaires de mes enfants. Avant, quand je vivais avec eux. Maintenant, je ne pense plus qu'à ça. » (Il meurt d'envie de jouer au base-ball avec ses garçons. Il appuie ses paumes l'une contre l'autre, crispé par le désir de tenir à nouveau une batte dans les mains et de sentir la balle la frapper – crac – oui ! – même sans regarder, on sait qu'on a réussi son coup, que ça va être bon, très bon… Et l'euphorie, quand il était enfant, de courir longtemps et vite, sans la moindre résistance dans les jambes, le mouvement des coudes tels des pistons à ses côtés faisant sauter son blouson à droite à gauche, flic flac, flic flac, et son souffle régulier, infatigable…)

« Je n'ai pas demandé ce qu'on allait oublier, dit Sean, mais ce qu'on pensait pouvoir, ou devoir, retenir.

— Moi, dit Hal, je me rappelle un soir d'été dans la ville de Bath. En Angleterre, ajoute-t-il pour Chloé. Ça doit remonter à une trentaine d'années mais, va savoir pourquoi, le souvenir est gravé dans ma mémoire de façon indélébile. Des hirondelles tournoyaient dans le ciel crépusculaire… Derrière l'abbaye, un violoniste solitaire jouait des airs irlandais – mais ralentis, gauchis, comme tordus par la tristesse. Je me rappelle la douceur mauve du ciel, et les pierres blanches de l'abbaye qui viraient à l'ocre à mesure que le jour baissait, et… une sorte de paix ineffable qui émanait de toute chose.

— Vous avez raconté ça dans un de vos romans, dit Brian. N'est-ce pas ? Celui où deux jeunes Pakistanais se rencontrent pendant une visite des bains romains… Comment ça s'appelle ?

— *L'Heure du bain*, dit Hal, mi-gêné, mi-flatté.

— Exact ! dit Brian. Ce doit être pour ça que vous en avez gardé un souvenir si précis : parce que vous l'avez écrit. »

Assise sur le canapé, Patrizia a ramené sous elle ses pieds couverts de bas nylon, révélant encore quelques jolis centimètres de cuisse.

« Je me rappelle, dit-elle, quand j'étais malade et que ma grand-mère me faisait du citron chaud au miel. Je m'installais à la table de la cuisine et j'étais toute heureuse à l'idée qu'elle faisait ça *rien que pour moi* ! Je la regardais – une femme corpulente au pas léger – se déplacer dans la cuisine ; il était clair que pour rien au monde elle n'aurait voulu être ailleurs ni faire autre chose que préparer une boisson chaude pour sa petite-fille qui souffrait d'une angine…

— Oui, dit Derek. Ce sont les *moments* qui restent. Je me souviens du jour où j'ai découvert le concept du moment. C'était mon anniversaire, je devais avoir quatorze, quinze ans et mes parents m'avaient emmené à la foire de Staten Island. C'était un samedi mais, pour une raison x, mon père devait partir l'après-midi vérifier quelque chose dans son usine. On l'a accompagné au ferry, ma mère et moi, et on est restés un long moment sur la jetée à le saluer de la main. Dans la foule autour de nous, tout le monde saluait quelqu'un dans le bateau, et soudain j'ai compris que *nous vivions un moment*. On était là, à lever la main en l'air et à l'agiter à droite à gauche pour dire : On t'aime ! On est encore avec toi ! On te voit encore ! Le ferry s'est éloigné du port, il a manœuvré pour faire demi-tour, il a pris de la vitesse et on saluait toujours. Mon père portait un pull rouge ce jour-là, on le voyait de loin parmi les passagers sur le pont, il agitait son petit bras rouge et, à mesure que le ferry s'éloignait, on l'a vu rapetisser… L'instant a duré, il a duré… puis il a pris fin. Les bras sont retombés ; les gens avaient cessé de former un groupe. Sur la jetée, ils se sont détournés un à un avant de se disperser ; sur le bateau, ils se sont assis en dépliant leur journal respectif… Et c'était terminé. Nous n'étions plus en train de saluer mon père sur le ferry de Staten Island, le 18 août 1969. »

Il y a un long silence, au cours duquel le disque des « meilleurs slows » prend fin, et Charles décide qu'il en a assez de jouer les disc-jockeys pour les Blancs. Qu'ils choisissent leur propre musique !

« Depuis ce jour-là », poursuit Derek, mais pour Katie le reste de son exposé est englouti par la suavité d'une matinée du printemps 1960… C'est une petite ville dans l'Ouest de la Pennsylvanie, elle a treize ans, elle se tient debout dans le cimetière et son père à ses côtés lui serre le coude de sa main ferme, la soutient littéralement ; pour l'instant, ils écoutent la prière du pasteur mais bientôt il va falloir approcher de la tombe, c'est à eux d'aller les premiers, puis les autres parents et amis suivront, ils défileront devant la tombe de sa mère au rythme de la musique d'orgue qu'ils viennent d'entendre à l'église, s'arrêtant un à un devant son cercueil et se penchant pour y déposer des fleurs, Katie sent le moment approcher, elle comprend par le ton du pasteur que son prêche est sur le point de prendre fin, et puis, après un bref silence, le moment est venu, elle marche vers la tombe, les fleurs à la main, tant qu'elle a les fleurs dans sa main sa mère ne sera pas complètement morte, mais maintenant elle se penche, sa main se tend en avant et, alors qu'elle respire le parfum des fleurs et voit danser leurs couleurs à travers ses larmes, l'impossible se produit : ses mains lâchent les fleurs, le geste est doux et silencieux mais impossible à faire durer, et une fois les fleurs lâchées il faut qu'elle se redresse, recule d'un pas, s'éloigne de la tombe, oui, c'est ce qu'elle fait maintenant, tandis que son père lui serre le coude plus fortement encore, elle a fait un pas, deux, trois : sa mère est morte.

« Je me rappelle quand j'étais en dernière année de lycée, dit Beth après un autre silence. Chaque fois qu'ils jouaient *Le Temps des fleurs* à la radio, je l'écoutais de toutes mes forces. Parce que... j'étais consciente de n'être *pas encore entrée* dans l'époque de ma vie dont parlait la chanson, vous voyez ? Je me sentais à l'orée de cette bohème pour laquelle j'éprouverais de la nostalgie plus tard, et j'essayais de comprendre l'ironie dans la voix de la chanteuse... Pardonne-moi, Sean. » Elle se met à chanter. « "C'était le temps des fleurs/On ignorait la peur/Les lendemains avaient un goût de miel/Ton bras prenait mon bras/Ta voix suivait ma voix/On était jeun's et l'on croyait au ciel !" Je me suis juré que *moi*, je ne me laisserais pas avoir, je profiterais pleinement de ma jeunesse parce que j'étais prévenue... et puis... eh bien... il me

261

semble que "les bons vieux temps" ne sont jamais venus ! Je n'ai aucun souvenir d'une période de joies et d'illusions et de danses déchaînées... Hein Brian ? Rien que... bref... Et maintenant, en faisant mes courses au supermarché, il m'arrive d'entendre une version synthétisée de cette chanson et... ça me tue.

— Oui, dit Rachel.

— Je me rappelle, dit Brian, tellement ivre maintenant que ses paroles sortent un peu brouillées, le jour où j'ai mis le feu au garage. Mon père a enlevé sa ceinture et il m'a fouetté les fesses nues, je n'ai pas pu m'asseoir pendant une semaine... Je me rappelle le jour où mon hamster est mort : quand j'ai pleuré, mon père m'a giflé en me traitant de poule mouillée...

— Mais comme chacun sait, dit Sean en souriant, les souvenirs négatifs occupent une place disproportionnée dans notre mémoire...

— Je me rappelle comme j'avais horreur d'être envoyé au camp », dit Charles.

Comme toujours quand elle entend le mot « camp », Rachel doit se corriger mentalement, se rappeler que personne ne fait allusion à un camp de concentration, non, pas du tout ; Charles n'a pas été envoyé dans un camp comme l'ont été des millions de juifs européens, pour se faire tatouer l'avant-bras et raser la tête et rouer de coups et affamer et gazer ou pendre ou abattre, ici, aux États-Unis, les camps sont conçus exclusivement pour les loisirs, la distraction, les activités saines et sportives destinées à renforcer les muscles et l'esprit communautaire ; Sean et elle avaient partagé une certaine méfiance vis-à-vis de ce genre d'activités, Rachel parce qu'elles lui rappelaient des films de propagande nazie dans lesquels on voyait des corps jeunes et forts et aryens, avides de conquérir tous les sommets, gagner toutes les courses de relais et exterminer tous les juifs ; Sean parce qu'elles renforçaient son soupçon que les Américains aimaient à entretenir un fond de sauvagerie : fiers de dévorer à belles dents des hamburgers sanglants et des légumes crus, de traverser à pied des forêts grouillant d'ours affamés et de serpents venimeux, de dormir à même le sol en dépit du froid polaire ou des millions de moustiques, de communiquer entre eux par des aboiements monosyllabiques... alors que, depuis belle lurette, l'humanité avait inventé les lits moelleux, les automobiles, la cuisine raffinée et la poésie exquise ! « Pourquoi, avait-il demandé une fois à Rachel avec un hochement de tête perplexe, les yuppies en vacances se transforment-ils en hommes des cavernes ? »

« Ma seule envie, poursuit Charles, c'était de passer l'été à la maison à traîner avec mes copains et à me gaver de BD... Au lieu de quoi, sous prétexte que j'avais besoin d'air pur et d'exercice et de je ne sais quoi encore, on m'envoyait au diable Vauvert passer l'été avec de parfaits inconnus.

— Moi pareil, dit Hal. Ah ! qu'est-ce que j'ai pu détester les camps ! »

Les camps d'été, se dit Rachel. Pas les camps de concentration.

« Je me rappelle, dit Aron, comme j'étais triste à la naissance de ma première fille. Sheri... Je suis revenu de l'hôpital, le matin, et j'ai écouté, le *Magnificat* de Bach, le soleil entrait à flots dans la maison...

— Pourquoi vous étiez triste alors ? demande Chloé, qui suit la discussion en pointillé, sombrant périodiquement dans le sommeil et cousant les images fugaces de ferries et de supermarchés et de hamsters dans le patchwork mouvant de ses rêves.

— Parce que tout était tellement parfait... et je me suis rendu compte que ça ne pouvait que se dégrader à partir de là. »

(Il se rappelle aussi ce jour de l'été 1939 où, avec Nicole sa toute nouvelle épouse, ils avaient conçu Sheri. Nicole avait tenu à l'emmener en Bretagne pour faire la connaissance de ses parents : un voyage de noces harassant qui, avec les restrictions de déplacement, la surveillance maniaque des frontières, les fouilles et les interrogatoires, leur avait pris six semaines. Flottant dans une bulle de bonheur dans un monde au bord de l'apocalypse, ils avaient pris le bateau à Lorient pour débarquer sur l'île sauvage et rocheuse de Groix. C'était l'après-midi : oh, la beauté *insensée* de ce jour de notre arrivée ! Bord de mer, saillie de rocher gris sous un ciel gris, et la mouette qui s'élançait contre nous encore et encore, chevauchant le vent, montant et descendant, son fol instinct aveugle me remuant jusqu'aux tripes. Nicole était simplement ravie de se retrouver chez elle... mais moi j'étais abasourdi, frappé de stupeur par ce paysage... le soleil qui perçait l'amoncellement de nuages et transformait les couches de schiste cristallin en un feuilleté de vieil or... et, un peu plus loin, les millions d'étoiles scintillantes imprimées par le vent à la surface de la mer... les géométries complexes, si satisfaisantes pour l'œil et pour l'esprit, des squelettes de poisson et des plumes de mouettes que je ramassais... Oui, les efforts inlassables et ingénieux de la vie pour se renouveler, son talent implacable pour la forme, sa superbe indifférence vis-à-vis de nos frontières tracées et retracées, nos barreaux et nos barbelés, nos fusils-mitrailleurs et nos contrôles d'identité, nos zones libres et occupées... Sous peu, les Groisillons se mettraient à construire, à même la saillie où l'on se tenait avec Nicole, un affreux bunker en ciment... mais ce jour-là, nous étions submergés par la beauté : la ligne presque imperceptible de l'horizon, l'odeur du poisson, le cri des mouettes, les lapins qui détalaient à travers champs, le parfum entêtant de la bruyère et du chèvrefeuille poussant parmi le trèfle, la fougère et le mûrier sauvage, et la machinerie de nos propres corps qui battaient, s'échauffaient et se lubrifiaient pendant qu'on marchait enlacés, les cheveux et le cœur fouettés par le vent, se laissant glisser ensuite jusqu'au sol pour faire l'amour dans un champ où ondulaient, à perte de vue, des plants de camomille jaune vif.)

«Moi, dit Sean, je me rappelle avoir passé six heures à attendre une correspondance à l'aéroport de San Diego.

— C'est terrible, les temps morts, dit Rachel.

— *Och*, dit Sean, il faut bien être quelque part.

— Katie! s'exclame Leonid. Tu te rappelles cette place du parking à l'aéroport Dorval, quand on est allés rendre visite à Alice à Montréal? C'était bien la place C52, je ne me trompe pas?

— Inoubliable! dit Katie. Et tu te rappelles cette merveilleuse rampe de sortie sur l'autoroute 84, tu sais, quand on va vers Manhattan et qu'il faut passer sur la route 684?

— Ô incomparable rampe de sortie! dit Leonid. Oui oui, on l'a prise une fois en 1972, une fois en 1985, et, à partir de 1990, on a dû la prendre au moins une fois par an... Et ce couloir, tu te rappelles, à l'hôpital général de Boston... oh! ha ha ha, ce cher vieux couloir aux murs beige vomi, où on a attendu plus de quatre heures, le jour où Marty s'est écrasé le doigt dans le gaufrier?

— Mais oui! dit Katie. Et la station-service... tu te rappelles cette mignonne petite station Exxon, à mi-chemin entre Metuchen et Newark?

— Et comment! dit Leonid.

— Tiens, moi aussi je la connais! dit Derek.

— Et tu te rappelles le jour où tu as pris le bus n° 79, chéri? dit Katie. Je crois que c'était vers la fin des années soixante, on habitait sur Amsterdam et tu avais cet emploi sur la Troisième Avenue?

— Ouais... euh... mais je ne suis pas sûr de savoir de *quel* jour tu parles, dit Leonid. Étant donné que j'ai pris le même bus tous les jours pendant onze ans.

— Si, tu ne peux pas avoir oublié! C'était en juin, un jour de canicule à l'heure de pointe, et le bus a été pris dans les embouteillages, les gens étaient en sueur, excédés, ils se poussaient et se piétinaient...

— Ça vient, ça vient, dit Leonid, je ne vois plus qu'une petite cinquantaine de jours possibles, continue...

— Euh, comment te dire… Ah oui, je sais ! J'ai fait des croquettes de poisson pour le dîner, ce soir-là !

— Ah, oui *d'accord* ! Ça me revient maintenant… Mais oui, mais oui… Des croquettes avec du ketchup, c'est bien ça ?

— *Exactement* ! Et je les ai servies avec du pain Wonder et de la margarine, tu y es ?

— J'y suis ! Euh… c'est bien ce soir-là qu'Alice s'est coupé les ongles des orteils, je ne me trompe pas ?

— Tout juste ! s'écrie Katie sur un ton de triomphe.

— Et l'aire de repos, dit Leonid. Cette adorable aire de repos sur l'autoroute 2A, tu vois celle que je veux dire ? On s'est arrêtés là avec Marty pour faire pipi, quand il avait trois ans.

— Je ne suis pas sûre », dit Katie. Une fois de plus, elle sent la vague de chaleur démarrer au niveau du cou, puis monter lentement, inexorablement, jusqu'à son front… Oh ! pourvu que les autres attribuent ce rougissement à la honte de sa mauvaise mémoire.

« Comment peux-tu avoir oublié cette aire de repos ? C'est à deux miles du *Burger King*… Tu vois ? Juste avant qu'on arrive au magasin *Ames*…

— Oh, ce *Ames* ! s'écrie Hal, ne voulant pas être en reste. On parle bien du même *Ames*, n'est-ce pas ? Celui avec une machine à chewing-gums près de la caisse, c'est ça ? Oh mon Dieu, je compte bien acheter mes slips dans ce *Ames*-là quand je serai au Paradis !

— Je me rappelle les poignets de Daniela Denario, dit Patrizia, la voix épaissie par l'alcool. Vous vous souvenez, vous, de ses poignets ?

— Mais oui, acquiescent plusieurs convives en même temps. Mais oui, bien sûr. Ça fait combien de temps… ? »

(Elle a rêvé de Daniela la semaine dernière, ce professeur de littérature italienne classique, originaire de Lucca qui, de façon improbable, s'était intéressée à elle, Patrizia, simple secrétaire du département, Italienne de troisième génération, ayant grandi dans le quartier pauvre de South Boston. Daniela lui avait posé mille questions sur sa vie, elle l'avait invitée chez *Starbucks* pour une mauvaise imitation d'un cappuccino, puis chez elle pour un vrai… En un mot, elle l'avait prise en amitié. Deux années durant, elles s'étaient retrouvées plusieurs fois par semaine pour papoter ensemble en italien, fumer des cigarettes, coudre des rideaux, échanger des potins et des recettes… et aussi, une fois, de façon maladroite mais inoubliable, un long baiser frémissant. À Daniela et à elle seule, Patrizia avait avoué comment, adolescente, elle avait volé de l'argent dans la sébile de l'église, quelques sous par semaine pendant des mois, et comment, ayant amassé la somme impressionnante de quinze dollars, elle avait quitté sa chambre en catimini un samedi soir pour retrouver Conchita, sa meilleure amie du collège Porte-du-Ciel. Les deux filles étaient allées dans la boîte disco de leur quartier et là, galvanisées par les pulsations des lumières stroboscopiques et la musique assourdissante, elles s'étaient trémoussées comme Travolta jusqu'à l'aube. «Je n'ai jamais osé avouer ça au curé», avait dit Patrizia. «Mais ce n'est rien, ça ! s'était exclamé Daniela. C'est un petit péché gentillet, comparé au mien ! Une fois, quand ils promenaient la statue de la Vierge dans les rues de Lucca pour l'Assomption, j'ai piqué plusieurs billets de dix mille lires qui étaient épinglés à sa robe. Je faisais mine d'en attacher d'autres, mais en fait j'arnaquais la Vierge, tu te rends compte ?» Comment peut-elle ne plus exister ? se dit Patrizia. Cancer du cerveau. À la fin de sa vie, elle n'arrivait plus à se repérer dans son propre quartier… puis elle avait perdu la vue. Oh Daniela… Comment peux-tu être morte depuis si longtemps ? Que me reste-t-il de toi ? La douceur de ta peau. Tes allures élégantes et fantasques… L'extrême délicatesse de tes poignets… Ta façon de te coiffer, les cheveux tirés en arrière. Et ton amour pour moi. Merci, Daniela.)

Pauvre Patrizia, se dit Sean. Daniela doit être l'un de ses premiers deuils importants. Elle ne se doute même pas de ce qui l'attend. Elle ne sait pas ce que c'est de vivre entouré de fantômes, de voir ses parents et amis glisser dans l'abîme les uns après les autres et de rester là, ébahi, impuissant... Non, pas *toi*! Pas *toi aussi*! Chaque fois, on est persuadé que la douleur sera trop grande, que la Terre cessera de tourner ou qu'à tout le moins on deviendra fou... Mais non, tout continue comme avant. On encaisse les pertes comme autant de coups de pied au ventre; elles vous coupent le souffle mais vous n'osez pas broncher, alors vous vaquez à vos occupations, honteux de la force d'inertie qui vous fait vivre encore, malgré la disparition de tous ceux dont, croyiez-vous, l'amour vous faisait vivre...

«Je me rappelle les derniers mots de mon père, dit Rachel. J'avais treize ans. Avec ma mère, on est allées le voir à l'hôpital et il nous a dit : «Elle marche bien, la chaudière?» Il venait de passer quatre jours dans le coma et c'était sa toute première pensée au réveil : «Elle marche bien, la chaudière?» On était au milieu de l'hiver, dehors il faisait moins quinze et on venait juste de faire installer une nouvelle chaudière au sous-sol. Alors ma mère lui dit, comme ça, en lui lissant les cheveux : «Oui, Baruch. La chaleur est merveilleuse.» «Bon alors c'est bien, dit mon père. Je veux que vous n'ayez jamais froid.» Ça m'inquiétait, que mes parents échangent de telles gentillesses. En temps normal, ils se chamaillaient du matin au soir : tous les prétextes étaient bons, depuis Yasser Arafat jusqu'à la meilleure manière de faire des œufs au plat. Puis mon père est retombé dans le coma. Et quand on est revenues le lendemain il était parti. J'ai pris ses mains dans les miennes et elles étaient glacées.» (M'entendent-ils? se demande Rachel. Je ne vais pas leur faire un dessin... Il ne voulait pas que nous ayons froid, et puis...)

«Et toi, Chloé? dit Sean enfin, avec un grand soupir. Des souvenirs qui en valent la peine?

— Pas grand-chose, dit Chloé d'une voix rêveuse. Mais je me rappelle, une fois, avoir couché avec mon grand frère.

— Ton *frère*? dit Hal.

— Oh mon Dieu! » dit Beth dans un soupir. Et, son esprit fatigué l'ayant ramenée une fois de plus à son oncle Jimmy au sous-sol, mais aussi à son propre désir d'épouser son père, elle fond en larmes, provoquant la consternation générale. Elle renifle, hoquette, grimace…

De façon méchante mais involontaire, Rachel s'émerveille de la rapidité avec laquelle les pleurs enlaidissent Beth : au bout de quelques secondes, elle a le nez cramoisi, les joues marbrées, les traits convulsés en un repoussant masque de désespoir.

D'un mouvement vif et irréfléchi, Brian s'élance pour la consoler… mais une de ses grosses cuisses se coince sous la table basse et la renverse : cendriers, bouteilles et verres vacillent, basculent, glissent et dégringolent par terre dans un terrible fracas de verre cassé.

« Aïe-aïe-aïe-aïe-aïe! » s'exclame Charles.

« Oh merde! » dit Patrizia, dont le corsage aux dentelles blanches vient d'être copieusement éclaboussé de champagne. Sans se rechausser, elle part à la cuisine pour chercher la pelle et la balayette.

« J'ai comme l'impression que cette soirée tire à sa fin, dit Rachel.

— C'était un accident, dit Aron sans quitter son fauteuil à bascule. J'ai vu ce qui s'est passé. Il n'a pas fait exprès, c'était un accident. »

Beth pleure encore à chaudes larmes, la tête enfouie dans l'épaule de son mari, et Brian la berce en lui lissant les cheveux, comme si c'était sa fille.

« C'était pour rire, murmure Chloé à Hal, qui l'a emmenée un peu plus loin, au bas de l'escalier, et qui, pour l'obliger à le regarder dans les yeux, tient son petit menton pointu entre le pouce et l'index.

— Tu n'as pas de frère? lui demande-t-il.

— Bien sûr que non. Je voulais juste les secouer un peu.

— Eh ben, si c'est ça que tu voulais, tu as réussi ton coup ! » dit Hal, avec un rire où se mélangent soulagement et admiration.

Et, tandis que Patrizia ramasse dans la pelle les mégots et les éclats de verre, et que Katie, armée d'un rouleau de papier absorbant, éponge de son mieux le tapis imbibé de champagne, Sean allume sa dernière cigarette de la journée.

« Si on allait dormir ? dit Derek.

— C'était quand même une bonne fête, Sean », dit Patrizia en remettant ses escarpins. (Lors de sa première communion, sa mère lui avait acheté pour une fois exactement les chaussures qu'elle convoitait : des souliers en cuir noir verni, si brillants qu'on pouvait se mirer dedans ; chaque fois qu'elle baissait les yeux, elle ressentait une bouffée de plaisir de les voir si chic, la lanière et la boucle ressortant à merveille sur les socquettes blanches.) « On s'est bien amusés... même si on a un peu trop bu à la fin.

— Allez, mec, lui dit Charles. C'est l'heure d'aller faire dodo. » Il tapote l'épaule de Sean, comme il tapotait l'épaule de son petit frère Martin, avant, quand ils étaient adolescents et que la pire chose qui pouvait leur arriver était de recevoir une mauvaise note en maths ou de perdre leur match de base-ball ou de ne pas obtenir la permission d'aller au cinéma.

« Tenez », dit Rachel. Elle revient avec, dans les bras, une pile de couvertures, de coussins et de duvets qu'elle a pris dans l'armoire à linge de Sean. « Attrapez une couverture chacun, et allez trouver un coin où dormir quelques heures. »

Mais, au lieu de s'exécuter tout de suite, tous se tiennent là un moment, immobiles, ensemble mais séparés. Le silence qui suit est plus long que tous les autres silences de la soirée. Leurs yeux errent sur le tapis ou fixent des objets arbitraires, tandis que pensées, mots, images et souvenirs se bousculent et s'entremêlent dans les circonvolutions de leur cerveau... Il est trois heures du matin et ils sentent peser sur eux le poids de la nourriture, du sommeil, de l'alcool et des années…

Les amis, c'est tout ce qu'on a, se dit Derek. C'est avec eux qu'on vit ; c'est comme la famille, il faut les accepter avec leurs qualités et leurs défauts, même si les défauts ont tendance à s'exacerber avec le temps alors les qualités ne font que s'estomper. Hm… Ça m'a l'air assez profond, ça… mais je le verrai sans doute d'un autre œil demain matin. Le problème avec l'illumination, c'est que c'est provisoire. D'après les écritures bouddhiques, il suffit qu'un maître prononce un *kôan* pour que les écailles tombent des yeux de son disciple. Mais personne ne nous dit ce qu'il en est de ces mêmes yeux le lendemain, ou l'année d'après. Personnellement, les écailles me sont tombées des yeux des tas de fois… Je vois, puis je deviens aveugle, et puis, éphémèrement, je vois à nouveau.

Dieu invente l'homme, se dit Hal à propos de rien, qui invente Dieu, qui invente l'homme, et ainsi de suite, *ad infinitum*.

Les chevreuils sont un vrai fléau cet automne, pense Katie, rédigeant mentalement une lettre à sa mère morte. Ils dévastent les jardins… mangent l'écorce des jeunes arbres…

Jamais on n'aurait imaginé à quel point la vie adulte serait rude, se dit Charles. Bon Dieu, Marty, t'as même pas eu le temps de l'apprendre ! Tu as rendu ton ticket en *1985* ! Je trimbale dans ma tête une photo de toi, les années passent et la photo ne bouge pas : tu sais que tu commences à avoir l'air ridicule, mec ? Il serait temps de te débarrasser de cette afro ! Plus personne ne se coiffe comme ça ! Tu es encore un *môme*, Marty ! Merde, quand est-ce que tu vas te décider à grandir ?

Les choses les plus importantes font défaut, se dit Rachel, dans les livres que l'on écrit et qu'on enseigne. Si peu d'entre eux évoquent le déclin du désir. L'enlaidissement, la fragilité, l'effroi. La douleur qui nous obstrue la gorge.

Oh la lucidité qui point, lancinante, se dit Leonid, quand on commence à saisir enfin les règles du jeu. On voit ses parents faiblir et mourir, ses enfants redoubler de force et d'insolence, et on comprend : oui c'est leur tour maintenant, de rougir, de glousser et de flirter...

Sean fixe en silence la bouteille de Chivas Regal, irréfutablement vide, et se demande à quoi ressemblera la mort. Il fait le tour de tous ceux à qui il doit des excuses. Pardon, p'pa. Pardon, m'man. Pardon, Patrizia. Pardon, Jody. Pardon, Rache. Pardon, Derek. Pardon, Leo. Pardon, Clarisse. Pardon, Katie. Pardon, Zoé, si c'est bien ainsi que tu t'appelais. Pardon, Chloé. Pardon, Charles. Pardon, Aron. Pardon, mes chers étudiants si appliqués et assidus. Pardon, mes braves collègues et compatriotes. Pardon, Patch... Mais, *och*, j'aurai tout de même écrit quelques bons poèmes !

XXV

SEAN

La DISPARITION de Sean Farrell n'est pas aussi imminente que vous pourriez le croire. Il a deux bonnes années devant lui. Enfin, « bonnes » : façon de parler. Pas le genre d'années que l'on aime avoir devant soi, en règle générale. Le genre d'années qu'on préfère nettement avoir derrière soi, et même aussi loin derrière que possible…

Donc, Sean. Tout comme Svetlana, il perdra ses cheveux – sauf qu'il en avait déjà perdu beaucoup, et du coup sa calvitie sera moins bouleversante pour ceux qui l'aiment. Ses amis le soutiendront… comme les Américains stressés se soutiennent les uns les autres au début du XXIe siècle, c'est-à-dire un peu distraitement. Avec davantage de coups de fil que de visites quand il est à l'hôpital, et davantage de plaisanteries que de vraies questions quand il en sort. La seule exception sera Rachel qui, comme la sœur que Sean a toujours rêvé d'avoir, restera près de lui jusqu'à la fin.

Au cours des derniers mois de sa vie, il passera beaucoup de temps à réfléchir. À son père, pour commencer. Il n'arrive pas à s'habituer à l'idée qu'il est déjà plus âgé que son père au moment de sa mort. (Le cher bonhomme m'est arrivé tout jaune, jaune de la tête aux pieds, y compris le blanc des yeux ! Cirrhose du foie, quarante-quatre ans.) Chaque fois qu'il pense à son p'pa, Sean redevient petit : il se voit dans les pubs de Clonakilty, de Kinsale et de Courtmacsherry, glissant timidement sa menotte dans l'immense patte de son p'pa et levant les yeux vers lui, l'écoutant rire, chanter et échanger avec ses potes des opinions politiques passionnées, admirant son incroyable bagou. Une fois, son père l'avait emmené au château de Blarney pour poser ses lèvres sur la célèbre pierre qui, prétend-on, confère à ceux qui l'embrassent le don de l'éloquence. Pourquoi le mot de blarney a-t-il dégénéré avec le temps, se demande Sean, pour ne plus signifier que boniments et balivernes ? Pourquoi suppose-t-on, dorénavant, que l'éloquence ne sert qu'à embobeliner les filles ? Voilà ce que je n'admets pas, pas plus que toi tu ne l'admettais, p'pa...

Par ailleurs, il passera beaucoup de temps à pleurer. Les hommes précocement privés de leur père sont très souvent enclins aux larmes, je ne sais pas si vous l'avez remarqué. Au bout d'un an passé à vivre au jour le jour avec l'idée de moi, la moindre chose est susceptible de lui arracher des larmes. Un moineau qui becquette des miettes de pain sur le rebord de la fenêtre. The Thrill Is Gone chanté par Chet Baker, le garçon à la voix de fille, si douce, si mélancolique. La bague de fiançailles, bon marché et tape-à-l'œil, que porte Janice la caissière du supermarché, lui rappelant qu'elle a un avenir et lui, non. La vue de Daniel le jardinier, de dix ans son aîné, qui s'affaire à couper du bois, à élaguer les branches des arbres et à soulever comme si de rien n'était de grosses pierres pour réparer le muret... alors que pour lui, Sean, le simple effort de s'accroupir pour attacher ses lacets ou pour cueillir une pâquerette lui fait tourner la tête : il se redresse, le visage en feu et le cœur au bord des lèvres, éprouve le besoin de s'asseoir, s'assoit, pleure. Ou ce rêve dans lequel il retrouve sa mère, à nouveau jeune et pleine de vivacité ; elle lui parle de façon animée, avec force sourires et gesticulations, mais il n'arrive pas à entendre ce qu'elle lui dit ; ses lèvres remuent et il tend désespérément l'oreille mais il n'y a pas de son du tout dans le rêve. Est-ce cela, la mort ? se demande-t-il au réveil, avant d'éclater en sanglots...

Réfléchir et pleurer sont des activités prévisibles, pour ceux qui ont rendez-vous avec moi dans un avenir proche. Mais Sean Farrell étant ce qu'il est, il écrira aussi des poèmes. Ceux-ci seront rassemblés après la disparition de leur auteur dans un mince volume intitulé Dolce agonia, qui se vendra mieux que tous ses autres recueils réunis et lui vaudra même plusieurs prix à titre posthume.

Mais il ne faut pas que je me devance.

Pendant le dernier mois de sa vie, Rachel ne le quitte plus. Un jour, il l'amène avec lui rendre visite à la tombe de sa mère. (Rachel, on s'en souvient, a un faible pour tout ce qui est lugubre et ne rate jamais une occasion de saluer ses amis et ses connaissances de l'au-delà.) Ils se tiennent là un moment, côte à côte, perdus dans leurs pensées. Puis Sean dit, mettant un bras autour des maigres épaules pointues de Rachel :

« Mon p'pa me parlait autrefois de la Cloche de sagesse.

— La Cloche de sagesse ?

— Oui... C'était une grosse cloche d'église en bronze, très solide, dans un village du comté du Kerry où il est né. Chaque fois qu'on était turlupiné par une question, on allait la poser à la cloche et elle était toujours de bon conseil. « Que faire, ô Cloche, pour arracher à ma bien-aimée un sourire ? » « Rire », répondait la cloche. « Combien de temps, ô Cloche, va durer mon malheur ? » « Heure », disait la cloche. Et ainsi de suite. On passait parfois toute une soirée, p'pa et moi, à inventer ces questions-réponses. "À quoi pense le curé, ô Cloche, quand les nonnes sont à confesse ?"»

Rachel rit.

« Plus tard, poursuit Sean, j'ai compris que cette Cloche de sagesse n'était pas une simple histoire de rimes enfantines, que c'était une jolie métaphore pour Dieu. L'homme hurle ses questions, il entend l'écho de sa propre voix, et, débordant de gratitude, il suit les conseils ainsi reçus. »

Rachel hoche la tête et attend.

« Donc voilà, dit Sean. Je viens de poser à la Cloche la question ultime : « Pourquoi cette maladie, ô Cloche ?

À quoi ça correspond ? » Et voici ce qu'elle m'a dit :
« Réponds ». »

Rachel rit, puis cesse de rire, et tous deux retombent
dans le silence. Ils restent là, immobiles, à fixer le
simple bloc de granit avec son inscription gravée : Maisie Farrell née MacDowell.

« J'aimerais lui chanter quelque chose, dit Rachel
enfin, mais je ne sais pas quoi. »

Ils se mettent à la recherche d'une chanson appro-
priée, rejetant Molly Malone et Lay Lady Lay en succession rapide pour tomber enfin d'accord sur I've
Grown Accustomed to her Face. Ils la chantent avec le
plus grand sérieux, debout près de la tombe de Maisie,
en évitant de se regarder, pour ne pas éclater de rire...
À la fin de la chanson, Rachel a l'impression que le
poids accru du bras de Sean sur ses épaules est dû
moins au chagrin qu'à l'épuisement.

Sur le chemin du retour, il lui dit tout bas, en gardant
les yeux fixés sur la route : « Je serai mort dans six
mois.

— Tu dis n'importe quoi, fait Rachel.

— On parie ?

— D'accord, dit Rachel. Mais... pas de tricherie,
hein ?

— Pas de tricherie.

— C'est promis ?

— Ouais... promis. Tope là ?

— Tope là, mec. »

On lui enlève le poumon gauche et, quelques mois
plus tard, un nouveau nodule apparaît sur le droit. Il
téléphone à Rachel pour le lui dire.

« C'est peut-être un... je ne sais pas, moi, une simple
bosse, dit-elle. Une espèce de petite bosse ordinaire.
Comme un bouton d'acné.

— Je n'ai jamais eu d'acné, dit Sean.

— Alors, dit Rachel après une longue pause pensive,
peut-être qu'on pourrait prier l'un pour l'autre.

— Och, dit Sean, en voilà une bonne idée. Que
demande-t-on ?

— Eh bien, moi je demande que ton nouveau nodule soit bénin, et toi tu demandes que mon livre sur Kant soit accepté par la Harvard University Press.

— Affaire conclue. »

Mais je n'exaucerai ni l'une ni l'autre de leurs prières.

Trois semaines avant que je ne l'emporte, Sean invite Rachel à déjeuner. Elle n'est pas retournée chez lui depuis le mémorable repas de Thanksgiving deux ans plus tôt, et cela fait plus d'une décennie qu'ils ne s'y sont retrouvés en tête-à-tête. Entre deux quintes de toux atroces, Sean leur grille des côtelettes d'agneau... Rachel met la table... Sean débouche une bouteille de cabernet californien... Rachel fait une salade... et ils s'installent pour manger. Sean tousse. Rachel mange et boit en savourant chaque bouchée, chaque gorgée.

« Le vin est délicieux », dit-elle, levant son verre et regardant Sean au fond des yeux, ne cherchant même pas à dissimuler son désir d'enregistrer la beauté exacte de son regard brûlant et sombre, pour le garder en elle à tout jamais. « La viande est délicieuse », dit-elle, consciente que c'est ma présence dans la pièce qui rend ce repas si succulent. « Tout est absolument délicieux.

— Il ne manque qu'une chose, dit Sean, pour que cet instant soit parfait.

— À savoir ? dit Rachel.

— Une cigarette », dit Sean.

Il la raccompagne ensuite, une partie du chemin, marchant très lentement. Sur Main Street, ils entrent chez un fleuriste et Sean achète une douzaine de pensées noir et violet dans de minuscules pots en plastique. Rachel a toujours raffolé des fleurs sombres. Celles-ci survivront à leur donneur. Au moment d'embrasser Sean, Rachel sent mon parfum sur son haleine.

Une semaine plus tard, il lui téléphone de l'hôpital. Sa voix est altérée. « J'ai mal au cœur, Rache, dit-il. J'ai mal à l'âme, Rache.

— Ce doit être la chimio, dit Rachel.

— Non, dit Sean. Ils n'ont pas encore commencé la chimio. Jésus, qu'est-ce que ça va être ? »

Rachel ne connaît pas la réponse à cette question, alors elle ne dit rien.

« Il y a un type dans ma chambre qui est mort hier soir, dit Sean. Sa femme était assise à son chevet, elle regardait un vieux Seinfeld *à la télé.*

— C'était quel épisode ? demande Rachel.

— Celui où il veut convaincre tout le monde qu'il n'était pas en train de se curer le nez, *seulement de le frotter.*

— Ah oui, c'est très bon, ça ! C'est un de mes préférés !

— Toujours est-il que le type était là en train de rendre l'âme. Il avait les yeux fermés, la tête rejetée en arrière, j'entendais son râle, et sa femme n'arrêtait pas de lui dire : « C'est assez fort, mon chéri ? Tu veux que je mette plus fort ? » Je suis foutu, Rache ! s'écrie Sean tout à coup. Je suis foutu ! »

Elle reste là pour lui, au bout du fil, sans mots, loyale. Enfin il raccroche.

Le lendemain il a une embolie au cerveau gauche. Parole perdue. Main droite, main d'écriture, perdue.

Rachel se tient près de son lit et regarde tandis que, de sa main gauche, il griffonne maladroitement dans un calepin. Une forme de cœur apparaît, un cœur tordu mais reconnaissable, avec leurs quatre initiales à l'intérieur.

« Tu m'aimes ? » dit Rachel.

Sean fait oui de la tête.

« Moi aussi, je t'aime. »

Puis une série d'autres lettres : T-H-R-I-L-L, *péniblement élaborées puis barrées d'un geste rageur.*

« Je ne comprends pas », dit Rachel.

Sean dessine deux notes de musique.

« The Thrill Is Gone ? »

Sean fait oui de la tête… et retombe en arrière sur l'oreiller, éreinté.

Cette nuit-là, très tard dans la nuit, je viens le délivrer. Cela ressemble beaucoup à un accouchement, quand on y pense, mais à rebours.

Pendant que j'y suis, j'embarque Patchouli aussi.

XXVI

ON RÊVE

CELA PREND FIN, leur contemplation inquiète du cosmos intérieur. Brusquement, ils reviennent à eux et se mettent à cligner des yeux et à se lancer des regards incertains… L'instant d'après, tous sont happés par une lourde vague de fatigue : l'envie de renoncer, de plonger, oui de succomber enfin au sommeil, rien que le sommeil, ils n'aspirent plus qu'à s'abîmer dans le sommeil, à rien d'autre.

« Euh… où penses-tu… ? » dit Leonid à Sean, dans l'espoir que leur hôte aura une idée de la répartition possible des différents lieux de repos dans sa maison… mais Sean est pris, à ce moment, par un nouvel et violent accès de toux. Le dos voûté, la respiration sifflante, il tousse jusqu'à ce que les larmes lui viennent aux yeux, puis il tousse encore, levant enfin une main en direction des femmes pour leur signifier : Vous voulez bien vous occuper de ça ? Ce sont les femmes qui gèrent ce genre de choses, la literie, la distribution des lits…

« Dis donc, c'est une méchante toux que tu as là ! dit Charles en tapotant le dos voûté de Sean… et Sean de hocher la tête, et de tousser encore. Pour ma part, poursuit Charles en s'adressant aux autres, je n'aurai pas besoin de lit. Je sens les premiers frissons d'un poème… Je vais aller me terrer dans la cuisine pour voir s'il acceptera de se coucher gentiment sur la page d'ici demain matin… ce qui ne doit plus être bien loin, du reste. Quelle heure est-il ?

— Trois heures et demie, dit Patrizia. Encore cinq bonnes heures, tout de même, avant le lever du soleil. Tu es sûr que ton poème va frissonner pendant cinq heures ?

— Oh, dit Charles, je peux m'endormir n'importe où. » (C'est vrai : adolescent, il avait appris à dormir les yeux ouverts pendant les sermons à l'église ; et, plus tard, chaque fois que petite Toni avait de la fièvre, il s'endormait dans sa chambre, le front appuyé contre le rebord métallique de son lit.)

« Laisse-moi au moins te dégager un coin de table », dit Patrizia. (Sa *nonna*, jadis, lui dégageait toujours un coin de la table pour faire ses devoirs, près de l'endroit où elle hachait les oignons et les tomates pour le repas du soir.)

« Ce n'est pas la peine, dit Charles en se dirigeant vers la cuisine. Je vais faire un peu de vaisselle moi-même, ça m'aidera à mettre de l'ordre dans mes idées. » Et il disparaît.

Déçue, Patrizia le suit du regard. Moi, j'adore qu'on me chouchoute, se dit-elle. Pourquoi plus personne n'a envie d'être chouchouté ?

Katie s'efforce de surmonter la confusion de ses pensées pour organiser la transformation en dortoir de la maison de Sean. « La chambre d'amis, c'est pour vous deux, dit-elle à Hal et Chloé. Ça va de soi, puisque le petit s'y trouve déjà.

— Nous on peut dormir par terre, dit Beth, à la consternation de Brian. Il suffit d'étaler quelques couvertures sur le parquet. Ça nous rappellera notre jeunesse baba cool.

— Moi, je n'ai besoin de rien, dit Aron. Du moment que personne ne vole mon fauteuil à bascule pendant que j'ai le dos tourné… » Et il se dirige vers les toilettes pour une dernière confrontation avec le démon Diarrhée.

« Ce canapé-là s'ouvre en lit », dit Sean, ayant enfin repris son souffle, et il se lève en vacillant.

« Prenez-le, vous, dit Rachel à Katie et Leonid.

— Non, prenez-le, vous, dit Katie à Rachel et Derek.

— Non, vous, insiste Rachel. C'est plus confortable que les lits jumeaux dans le bureau de Sean, et Leo a mal au dos.

— Comment sais-tu que j'ai mal au dos ? demande Leonid, indigné.

— Difficile de ne pas le savoir, vu ton air penché depuis le début de la soirée, dit Rachel, taquine.

— Et moi, ça me laisse où ? » demande Patrizia, qui s'est déchaussée à nouveau parce que son oignon lui fait mal. Ma *nonna* avait un oignon, elle aussi, se dit-elle.

« Ça vous laisse, ma chère, dit Sean, très précisément à votre place, à savoir dans mes bras.

— Oh Sean ! c'est ce que j'espérais t'entendre dire ! » Ravie, Patrizia lui saute au cou. « Je serai sage, je te le promets.

— Non, dit Sean. *Moi*, je serai sage. »

Bonne nuit bonne nuit bonne nuit bonne nuit bonne nuit...

Et c'est ainsi. Six des convives grimpent l'escalier, les six autres restent au rez-de-chaussée, et tous entament des préparatifs minimaux pour le sommeil. Les ceintures sont défaites, les soutiens-gorge dégrafés, les chaussures et les lunettes ôtées ; des nez sont mouchés, des médicaments avalés, des pieds massés et des vessies vidées, mais le maquillage et les sous-vêtements demeurent en place, les dents vraies et fausses se passent de brossage, aucune prière n'est prononcée.

« Je rêve de ça depuis le début de la soirée, dit Sean, embrassant longuement et tour à tour les os iliaques de Patrizia sous la soie blanche de sa combinaison. Il se peut que tes seins aient changé légèrement de forme, ces dernières années, mais tes os iliaques sont immuables.

— Tu es sûr, pour les seins ? » dit Patrizia d'une voix somnolente, et, posant les mains de part et d'autre de la tête de Sean, elle le tire doucement vers le haut et pose un baiser sur son crâne dégarni. Il tourne le visage vers la gauche, vers la droite, mordille ses bouts de seins à travers le tissu, et se met à tousser. « Je t'ai apporté un verre d'eau, au cas où », murmure Patrizia. Tendant le bras, elle attrape le verre sur la table de chevet et le lui donne.

« Merci. »

Sean avale une gorgée d'eau, puis il éteint la lampe et se couche en chien de fusil, tournant le dos à Patrizia. Elle se colle contre lui et glisse une jambe entre ses deux jambes, comme elle le faisait jadis, quand ils étaient amants. En l'espace de quelques secondes elle se trouve derrière sa mère en train de gravir l'escalier de l'opéra, et, l'instant d'après, c'est le contraire, c'est elle qui monte l'escalier la première, et sa mère la suit ; mais ni dans un cas ni dans l'autre sa mère ne la voit, comme d'habitude elle est pressée, affolée, au bord de l'hystérie, le spectacle va commencer, non il a déjà commencé, et elles entendent par bribes la voix gutturale d'une contralto, *calvo dentello, calvo dentello*, chante la voix. Comme c'est beau ! se dit Patrizia, ça veut dire une cape de dentelle, non ? *Och*, se dit Sean, si l'eau pouvait m'aider. S'il suffisait d'un verre d'eau. La traversée. De l'eau... des étendues sans fin d'eau grise agitée houleuse... d'abord ton p'pa meurt et ensuite tu le quittes, peut-être que si tu ne l'avais pas quitté il ne serait pas mort, comment as-tu pu faire une chose pareille, mettre des étendues sans fin d'eau grise agitée houleuse entre toi et ton p'pa, il tombait des cordes le jour de son enterrement, la pluie se déversait dans la tombe ouverte et transformait la terre en boue, dans le cortège funèbre les gouttes de pluie glissaient sur les chapeaux des dames et le long du nez des messieurs, comment savoir s'ils pleuraient ou non puisque tout était mouillé, les chaussures détrempées, la terre brune et molle comme de la merde, schloc, schloc, les pelletées de boue sur le cercueil comme les pelletées de fumier que soulève le père de Leonid à Choudiany, ah qu'il a les biceps puissants ! que sa moustache est épaisse et broussailleuse !

En fin de journée il est trempé de sueur, il a le visage et la nuque cramoisis à force de travailler aux champs en plein soleil, alors la mère de Leonid le fait asseoir sur le perron, elle apporte une bassine d'eau et y plonge un torchon, puis se met à lui tapoter doucement la nuque et le front brûlants avec le torchon, l'eau dégouline sur son torse nu… Elle rit, oui, la mère de Léonid rit aux éclats, tout en lavant son mari après sa journée de labeur, il fait une chaleur torride, la Terre tourne autour de son axe, il fait un froid glacial et la neige tourbillonne encore dans l'air, elle enveloppe la maison, elle est montée jusqu'aux premiers carreaux des fenêtres et Charles, depuis sa place à la table de la cuisine, la contemple distraitement, la voyant sans la voir, puis il se penche à nouveau sur sa page, oh mais j'avais envie de revoir la strophe suivante, oui, « Le silence d'un homme qui dort/Dans le jour mourant un chevreuil filera/à travers la forêt ravagée comme un visage »… Ne sais-tu pas que je t'aime Myrna, ne le comprends-tu pas, cherches-tu vraiment la mort du Maure ? « Affreuse amie ! Que mon âme soit damnée/Mais je t'aime pour vrai, et quand ne t'aimerais pas, le Chaos serait de retour. » « Une branche craquera toute seule/balançant ses griffes dans les congères », c'est pas trop mal ça, les griffes donnent vie à la branche en quelque sorte, la transforment en animal, « et les traces des hommes et des loups/se croiseront comme autre chose ». Non, « autre chose » est faible, surtout comme chute. Faut que je trouve… autre chose. Ha ha ha. « Veines des fossés, jaillissements de neige », ça c'est bien, ça peut rester, mais « qui flottent tels des cheveux dans le vent » j'en suis moins sûr, c'est une métaphore pauvre et indigente, aux mains vides. « Si on ne peut pas le voir, on ne va pas le croire », comme je dis toujours à mes étudiants… Du reste, à qui sont-ils, ces cheveux qui flottent dans le vent ? Pas à moi. Même au beau milieu d'une tornade du Kansas, les miens ne décollent pas. Dans les écoles d'Afrique du Sud, c'est ce qui permettait de trancher entre Noirs et Blancs : le test du crayon. On prenait une mèche de cheveux au-dessus de l'oreille du gosse et on l'enroulait fermement autour d'un crayon : si le crayon tombait par terre l'enfant était blanc, s'il restait accroché dans les cheveux il était noir. Un jour, se rappelle Aron en se balançant doucement près du feu mourant, Anna était rentrée en larmes de l'école parce que sa meilleure amie Hetty venait d'être renvoyée; jusque-là personne ne s'était douté qu'elle était noire mais la maîtresse boer lui avait fait passer le test du crayon, une première fois devant la classe et une deuxième fois, triomphalement, devant les parents de Hetty, le directeur de l'école et un comité de fonctionnaires municipaux... et voilà, c'était indéniable, le crayon restait emprisonné dans la mèche de Hetty, ce qui impliquait que sa mère avait commis un crime répugnant et que son père n'était pas son père, c'était en quelle année ça ? se demande Aron. En 1957 je crois : Anna devait avoir huit ans, peut-être est-ce ce jour-là qu'ont été semées les premières graines de sa révolte, graines qui fleuriraient plus tard en clichés marxistes, hérissés de pointes... Car sa petite Anna était devenue une militante, une révolutionnaire, un personnage intraitable et intolérant, cuirassé de vérités dogmatiques, aussi rigide et impitoyable que les hommes qui avaient poussé les parents d'Aron à fuir Odessa un demi-siècle plus tôt, c'étaient les mêmes mots, les mêmes concepts haineux, les mêmes punitions et les mêmes contraintes pour votre bien, oui, pour le bien de ce pays, du peuple, du mouvement de libération, des raclées au *sjambok*, des tortures, des assassinats, des camps de concentration gérés par l'ANC, ça ne s'arrêtera jamais, se dit Aron en se balançant doucement, tandis que les flocons tourbillonnent encore au-delà des vitres : le cycle d'espoir et de désespoir, de destruction systématique et de reconstruction volontariste, mon Dieu que se passe-t-il ici ? Il est dans un village palestinien aux rues jonchées de décombres et de débris ; des soldats israéliens munis d'Uzi et de lunettes noires arrêtent les gens pour vérifier leurs papiers, il fait une chaleur écrasante et il y a des barrages partout, des sacs de sable, du fil de fer barbelé, des éclats de verre, pour avancer il faut grimper par-dessus des monceaux de gravats, ce n'est pas facile, se dit Aron, pas facile à mon âge, comment vais-je faire pour passer, le grincement régulier du fauteuil d'Aron empêche Beth de dormir, elle l'écoute malgré elle, c'est un remonte-pente qui la hisse sur une colline à la pente absurdement raide, comment peut-elle être aussi raide, presque à la verticale, Beth a la tête rejetée en arrière et ses skis fendent l'air au-dessus de son corps, arrivée en haut il y a une pause terrible, interminable, et puis elle est jetée dans la descente, elle plonge en avant, tête la première, comment fait-on pour ralentir ? Vaut-il mieux plier les jambes ou les garder droites ? Elle ne sait plus, elle s'agrippe convulsivement au bras de Brian qui, se retournant dans son sommeil, met un bras autour de sa femme et l'attire contre lui, oh la chair, la bonne chaleur de cette chair si familière, il a déjà le dos tout courbaturé à cause de la dureté du sol, ils ne sont plus des hippies en train de rouler leur bosse à travers le Mexique et de vivre de bière et de marie-jeanne, capables de crécher n'importe où, plage ou forêt, *zócalo* ou jardin public, tribunal public : « Mesdames et messieurs du jury... Dans un premier temps, si vous me le permettez, je voudrais m'adresser directement au juge. » Il se tourne vers le juge et voit, ahuri, qu'il s'agit de son propre père, immense et impérieux dans sa robe noire. Comment ne l'ai-je pas reconnu ? se dit Brian. « Allez-y ! rugit son père, en le fusillant du regard. Qu'as-tu à dire pour ta défense ? » Terrorisé, Brian se met à fouiller dans la liasse de papiers qu'il tient à la main, à la recherche de son argument. Où a-t-il bien pu passer ? se demande-t-il, de plus en plus affolé. Comment plaider mon cas, si je ne trouve pas mon argument ? « Alors ! répète son père en frappant la table du marteau. C'est pour aujourd'hui ou pour demain ? » Puis le tribunal s'évanouit, et ils sont dans le jardin de leur maison à Los Angeles : Brian essaie d'installer le barbecue, la liasse des papiers est devenue le livret d'instructions mais il manque plusieurs pièces métalliques et il n'arrive pas à comprendre comment ça marche. « Pour l'amour du ciel, siffle son père, fou d'impatience. Tu ne sais vraiment *rien* faire comme il faut ? Allez, un peu de nerf ! » Là-dessus, Brian se met à pleurer et son père lui saute dessus : « Fils à sa maman ! fils à sa maman ! Poule mouillée ! Tapette ! Pleurnichard !... » Plus Brian pleure, plus son père s'acharne sur lui, sadique et furieux : il danse autour de lui et le tape avec le coin mouillé d'un torchon, il le frappe, le pince, le tourne en bourrique... « Pauvre bébé ! Il n'arrive pas à monter le barbecue, hein ? C'est trop compliqué pour lui ! Espèce de cornichon ! Bon à rien ! » Enfin, saisissant Brian par les épaules, il le pousse de toutes ses forces, l'envoyant valdinguer dans le barbecue à demi monté qui s'écroule sur la pelouse dans un fracas de métal. Mais ce n'est que la casserole que Charles, voulant se faire du thé, cherche à extraire de la pile de vaisselle dans l'égouttoir. Il n'est pas mécontent des progrès de son poème jusque-là, mais « le silence d'un homme qui dort » est assez plat. Trop évident. Il faut trouver le moyen de faire *entendre* le silence du paysage hivernal. Le rythme est bon, par contre : « le si-LEN-ce d'un HOMme qui DORT ». Les mots s'animent dans son cerveau, prennent vie, assument une clarté et une réalité extrêmes, comme à chaque fois qu'il parvient à s'immerger ainsi dans le travail, au cœur de la nuit, à la cuisine, pendant que Myrna et les enfants dorment près de lui ; « le silence » (ce *en* qui s'étend devant vous tel un chemin, avant d'aller se perdre à l'horizon), « d'un » (syllabe aussi rassurante que le teuf-teuf d'un train), « homme » (la main tendue, paume vers le haut), « qui dort » (la main refermée en un poing), Patrizia tape du poing sur la table : « Je n'en peux plus! s'écrie-t-elle, et Gino et Tomas lèvent vers elle des yeux remplis de peur. Pourquoi vous avez dessiné sur le sol?» «C'est parce que le bleu turquoise était si joli», dit Gino d'une voix tremblante. «Ne t'inquiète pas, maman, dit Tomas. Ce n'est que du lino, ça partira.» Une petite fille est là aussi, dans l'arrière-fond; mais Patrizia ne peut la voir que du coin de l'œil. «Pourquoi tu ne me vois jamais?» demande la fillette. «Mais bien sûr que je te vois, ma chérie!» dit Patrizia, bouleversée. «Non, insiste l'enfant. Même maintenant, tu refuses de me regarder!» Patrizia s'effondre en sanglots sur la table, la tête sur les bras, et Gino et Tomas se précipitent pour la consoler. «Tout va bien, maman, tout va bien», disent-ils en lui caressant la tête et les épaules, mais leurs mots dégénèrent en gazouillements et en pépiements, leurs mains deviennent des oiseaux qui volettent et palpitent autour des épaules de leur mère. Tous les oiseaux dorment, ils dorment profondément et la tempête s'est apaisée, les flocons de neige tombent plus lentement maintenant et de façon intermittente, comme s'ils étaient fatigués, il règne un silence de mort mais en fait la maison est vivante, toute bourdonnante des rêves de ses occupants, Hal Junior lâche un jet d'urine et se délecte de la sensation de chaud mouillé, dans son cerveau se chevauchent des images sans suite, couleurs et intensités, pointes de plaisir, syllabes éparses, *ma, ma, Hal, ba, bo*, douces possibilités fragmentaires de la langue anglaise, aussi concrètes et sensuelles pour lui que du jus de pomme ou de la bouillie d'avoine. Droite et raide et réveillée, Rachel est allongée dans son lit étroit... comme Mrs Dalloway, se dit-elle. Se redressant sur un coude, elle avale un deuxième somnifère et son esprit se détend enfin, se laisse aller, les griffes de l'angoisse relâchent provisoirement leur prise sur son âme... mais elle a un cours à donner et il est tard, comment peut-il être aussi tard, elle se précipite vers l'université, mais partout il y a des congères glissantes et traîtresses qui l'empêchent d'avancer, elle les escalade en s'aidant des pieds et des mains mais comme elle porte une jupe étroite, des bas nylon et des talons aiguilles, elle ne cesse de glisser et de s'écorcher les genoux sur la glace, elle est à bout de nerfs, au bord des larmes : Jamais je ne pourrai donner mon cours dans l'état où je suis! se dit-elle, et, prenant un tube de tranquillisants dans son sac, elle en avale toute une poignée... Non c'est trop, ça m'assommera, me transformera en zombie... je n'arriverai pas à organiser mes idées... alors elle se met à régurgiter les comprimés... à les recracher dans la neige en essayant de calculer combien de comprimés il faudrait garder pour être calme sans être hébétée... Son angoisse est si forte qu'elle réveille Derek, dans son lit étroit et inconfortable de l'autre côté de la pièce. Aux aguets, il tend l'oreille, scrute les ténèbres... Y a-t-il quelque chose...? Non, apparemment tout est tranquille... mais il ne se sent pas bien du tout. Tête lourde. Douleur cuisante à l'abdomen. N'aurais pas dû boire tout ce champagne, surtout après le vin, sans parler du punch. Oh mon Dieu, pas la moindre envie de passer sur le billard une deuxième fois... « De quoi te plains-tu ? dit sa mère Violet. Ton père est mort, ça t'a fait tellement d'effet que tu n'es même pas venu lui dire adieu, ta mère a une phlébite et des rhumatismes, de l'hypertension et la goutte, et toi tu pleurniches pour un petit mal de ventre ? Vieux, mon œil, tu ne sais même pas de quoi tu parles. Reviens me voir quand tu auras soixante-quinze ans et on en reparlera, du vieillissement. » « C'est impossible », lui dit Derek. « Pourquoi ? » demande sa mère, et il n'ose lui dire que quand il aura soixante-quinze ans, elle sera morte. « Ne t'en fais pas, Violet, lui dit-il. Tout ira bien, je viendrai te voir dès que je pourrai, il faut juste que je termine cet article et puis je te téléphone, c'est promis. » Il commence à se diriger vers la maison où il travaille. « Promis, mon œil. Je les connais, moi, tes promesses! » lui susurre la voix hargneuse de sa mère tandis qu'il gravit péniblement une colline dans cette ville à la fois familière et étrangère, aux rues pavées et aux vieilles maisons délabrées en brique. Katie aussi est dans une ville étrangère, mais elle n'a aucune idée de comment elle est arrivée là : elle avait pris le bus n° 79 avec sa fille Alice, mais le bus s'est arrêté dans un quartier qu'elle n'avait jamais vu et le chauffeur est allé tranquillement s'asseoir à une terrasse de café : « Ça me convient très bien ici », a-t-il dit en guise d'explication. De fait, l'endroit est d'une beauté à couper le souffle... et de plus, une espèce de carnaval s'y déroule ! Le chauffeur a raison, se dit Katie, pourquoi voudrait-on aller plus loin ? Elle est ravie de pouvoir partager cela avec Alice : bras dessus, bras dessous, elles avancent vers un campement de gitans... et... ô miracle... la *mère* de Katie est là ! « Maman ! exulte Katie. Je te croyais morte ! » « Mais non, dit sa mère, en riant aux éclats. Je n'avais pas envie de te gêner, c'est tout. C'est merveilleux ici, n'est-ce pas ? » Katie sourit dans son sommeil, et son sourire flotte doucement à travers la pièce jusqu'à l'endroit où le corps de Beth, à même le sol, est enlacé à celui de Brian. Le sourire reste suspendu un instant au-dessus de la tête de Beth, sans parvenir à défaire le nœud d'inquiétude qui lui plisse le front parce que, derrière cette coquille d'os, dans son cerveau endormi et cependant actif, Beth subit une importante intervention chirurgicale. Elle est à la fois la patiente, étendue sans connaissance sur le bloc opératoire, et la chirurgienne qui réclame aux infirmières les instruments dont elle a besoin au fur et à mesure. Elle a le ventre béant et il y a quelque chose à l'intérieur ; elle essaie de voir ce que c'est mais les nombreux bras du corps médical l'empêchent de l'identifier ; c'est assez volumineux... lové entre l'estomac et le foie... et ça frétille... Qu'est-ce que ça peut bien être ? Un poisson. Il faut absolument qu'ils arrivent à le sortir. Un poisson qui frétille, là... sous la surface étincelante de la rivière Pripiat... Oui ! Ça y est ! Leonid l'a attrapé ! Fou de joie, il se redresse sur la pierre et, debout derrière lui, son père lui tient les hanches pour le caler pendant qu'il remonte la truite... bon Dieu, elle est *énorme* !... Elle se débat, fouettant l'eau de sa queue... C'est une sensation fantastique, les mouvements paniqués du poisson transmis à la ligne, à la canne puis aux bras maigrichons de Leonid... Oui, c'est bon ! Il l'a ramenée ! Ça alors ! Ça alors ! Le soleil commence à se coucher, la journée touche à sa fin mais l'instant est tellement parfait qu'il redoute d'entendre son père lui dire qu'il est l'heure de rentrer. « Dans le jour mourant », écrit Charles. Bon, ça c'est bien ; de ça, au moins, je suis sûr. « Le jour mourant »... cette assonance, cet écho du *our* comme un sombre présage, c'est magnifique... « un chevreuil filera/à travers la forêt ravagée comme un visage ». Peut-on « voir » un chevreuil filer comme si c'était un visage ? Pourtant, je sais ce que je veux dire. Quand on surprend un chevreuil en pleine forêt... cet échange de regards, cette reconnaissance soudaine, on retient son souffle et puis... ah ! parti. Seulement, le mot « ravagé » a tendance à vibrer avec le mot « visage » : on parle plus volontiers d'un visage ravagé que d'une forêt ravagée. Peut-être « un chevreuil filera/comme un visage à travers la forêt ravagée »... Oui, c'est mieux. Bon Dieu, il tousse trop, ce pauvre Sean. Je pourrai peut-être lui monter une tasse de thé ? Mais je ne veux pas gâcher sa nuit avec Patrizia. Mignonne, la Patrizia. Extrêmement sympathique. À l'étage au-déssus, tirée momentanément de son sommeil, Patrizia glisse une main sous le T-shirt bleu marine de Sean et lui caresse le dos. « Dis donc, lui chuchote-t-elle entre deux quintes, elle m'inquiète, cette toux. Tu ne veux pas aller voir un médecin ? » Son rêve de l'opéra lui revient soudain : *calvo dentello*, la cape de dentelle... mais non, se dit-elle, *calvo* ne veut pas dire cape, ça veut dire chauve. Dentelle chauve... n'importe quoi. « C'est fait », dit Sean. « Il ne t'a pas donné de médicaments ? » Mais la réponse de Sean est engloutie par une nouvelle éruption volcanique de toux et, à mesure que Patrizia se laisse glisser dans le sommeil, la toux se transforme en aboiement de chien. Elle s'approche de la cathédrale de son enfance, ou plutôt, quatre murs autour d'un beau jardin où des hommes et des femmes, habillés pour la messe, pelles à la main, s'attaquent joyeusement à une série de monticules. « Que faites-vous ? » leur demande Patrizia, pendant que le chien aboie sans discontinuer. « Ce sont les tombes de nos ancêtres, lui expliquent-ils. Il faut que ce cimetière redevienne un lieu de culte. » Et, en effet, elle voit que sur l'un des murs, un homme trace rapidement les branches de la rosace qui s'y trouvait jadis. « C'est génial ! » s'exclame-t-elle, en proie à l'euphorie. Levant les yeux, elle voit que les chérubins sculptés sur les chapiteaux sont vivants, qu'ils bougent lentement et s'entrelacent les uns aux autres, que des vrilles de fleurs de pierre leur glissent à travers la tête et le corps. « C'est génial ! » répète Patrizia, extatique, et le chien aboie toujours et la neige a cessé de tomber et du reste, dans l'esprit de Chloé, dans la chambre d'amis à l'autre bout du couloir, c'est l'été. Oui : une journée ensoleillée, aux éclats brillants et menaçants comme un couteau, et elle est venue avec Hal Junior voir quelqu'un à Los Angeles. Elle a posé le couffin sur la pelouse – l'enfant est plus petit que dans la réalité, excessivement menu et fragile ; peu à peu, le couffin se retourne et le bébé roule sur l'herbe... et puis, sans qu'il y ait eu le moindre coup de feu, deux énormes corbeaux noirs tombent du ciel : morts, saignants, le corps criblé de balles : l'un sur le perron et l'autre... sur l'enfant. L'oiseau mort sur le bébé vivant. Chloé se réveille en sursaut et regarde autour d'elle, éperdue : où suis-je où suis-je où suis-je ? Elle ne voit que des murs de livres... Ah mais oui, nous sommes chez Sean Farrell, pourquoi ils ont besoin de tant de livres ces gens, ils croient que les livres peuvent les protéger du monde mais c'est faux, hein Col ? Il n'y a pas de protection, pas de secours, les livres voudraient transformer la vie en histoires mais c'est des conneries tout ça... Tu te rappelles les tortues, Col? Où est-ce qu'on a bien pu les dégoter, je ne sais plus... Tu te rappelles comme c'était bizarre de les tenir par le bord de leur carapace et de sentir leurs petites pattes faire des moulinets sous nos doigts comme pour dire : « Hé! Où est passé le sol?! » Et les jolis motifs brun et jaune qu'elles avaient sur le ventre... une surprise quand on les retournait, après le gris terne de leur dessus... On leur faisait faire des courses, tu te rappelles? On prenait chacun une tortue, on la tenait au bord de la pelouse – « À vos marques, prêts, partez! » – et on les relâchait. Mais, au lieu de filer en ligne droite pour gagner la course, elles se mettaient à errer sur la pelouse au hasard. C'est ça la vie, hein, Col? Les gens font comme si c'était une course, comme si, en allant tout droit, on pouvait arriver quelque part, mais en fait on n'est qu'une bande de tortues débiles. On ne sait pas où on va, on ne sait pas où est la ligne d'arrivée, et, si jamais on la trouvait, il n'y aurait pas de prix pour le gagnant. Tu ne sais toujours pas ça, Hal? À quoi elles te servent, toutes tes années d'études, si tu ne sais même pas ça?

Se retournant dans le lit, elle tire sur la couette pour mieux se recouvrir, de sorte que le grand corps de Hal se trouve soudain exposé à l'air frais de la chambre (afin d'économiser sur le chauffage, Sean a réglé le thermostat pour chuter automatiquement de vingt à quinze degrés pendant la nuit). Grelottant, Hal s'embarque aussitôt dans un rêve que, plus tard, il intégrera à son roman sur le Klondike : un rêve dans lequel plusieurs Esquimaux découvrent un orpailleur mort de froid, le décongèlent, le débitent en morceaux et en font un ragoût. J'espère que les Esquimaux n'en prendront pas ombrage, se dit Hal quand le froid le réveille de nouveau. Il note le rêve dans le calepin qu'il garde toujours près de son lit, s'éclairant avec une torche électrique miniature pour ne pas perturber le sommeil de son épouse et de son fils. Les Inuits, je veux dire. J'espère que les Inuits n'en prendront pas ombrage. S'ils protestent, je leur dirai que ce n'était qu'un rêve : dans l'esprit du Blanc moyen en 1890, tous les non-Blancs étaient des sauvages et des cannibales. C'est le cauchemar d'un raciste, voilà, et pas du tout le point de vue personnel de l'auteur. Bon Dieu, on se les caille ici. Il se retourne vers Chloé et tire doucement sur la couette, jusqu'à ce qu'elle le recouvre à nouveau. «Et les empreintes des hommes et des loups», répète Charles à voix basse pour la soixante-quinzième fois depuis une demi-heure mais les mots finissent par se dissoudre devant ses yeux et, posant la tête sur la page griffonnée et raturée en tous sens, il s'endort. Entre-temps, le feu s'est éteint dans l'âtre près du fauteuil à bascule, Aron a les mains et les pieds engourdis par le froid et sa mère les frotte énergiquement, tout en lui récitant *Le Pèlerin* de Pouchkine ; quand elle arrive au vers qui parle du feu – «*Nash gorod plameni i vetrom obrechën*» – elle lui souffle sur les mains pour les réchauffer, puis les glisse sous ses aisselles, où elles lui frôlent les seins : Aron est parcouru par un violent frisson de plaisir et de dégoût. Ensuite sa mère lui met ses pieds entre les jambes et resserre les cuisses tout en lui disant : «Tu es mon prisonnier !» et en éclatant de rire. Il veut à tout prix lui échapper mais, plus il se débat pour s'arracher à l'emprise de sa mère, plus elle le retient avec fermeté, et enfin – apeuré, geignant, tirant de toutes ses forces – il parvient à se libérer. Sa mère le relâche si abruptement qu'il est projeté en arrière et se réveille, pantelant, dans son fauteuil à bascule ; ce sont les ronflements tranquilles et réguliers de Leonid sur le canapé, Brian par terre et Charles à la cuisine qui le ramènent au réel… Bien, bien. Glissant les mains entre ses propres cuisses, il les frotte l'une contre l'autre pour se réchauffer, puis repart vers un autre rêve.

C'est le matin, c'est très tôt le matin et tous les amis dorment, ils ont les paupières closes mais cela n'empêche pas leur vie d'avancer ni la Terre de tourner autour de son axe et bientôt, très bientôt, la partie du continent nord-américain qui renferme cette petite maison sera exposée aux rayons obliques et incolores du soleil hivernal ; la neige a cessé de tomber et les nuages sont devenus épars, fins, évaporés, l'aube commence à poindre, c'est le matin d'un jour appelé vendredi dans un mois appelé novembre dans une année qui est affublée, elle aussi, d'un numéro pour l'identifier... mais les amis dorment et aucun d'entre eux ne verra le sublime chariot d'Apollon franchir l'horizon au sud-est dans un éclat d'or.

Ouvrant les yeux un peu plus tard, Katie voit filtrer par les rideaux du salon une lumière pâle et incertaine. Le bras lourd de Leonid lui pèse sur la poitrine, l'immobilisant. Elle tourne la tête vers le visage de son mari endormi et l'étudie, dans la pénombre qui blanchit lentement, jusqu'à ce que les traits se distinguent : le grand nez d'abord, puis les lèvres lourdes, les bajoues affaissées, la blanche broussaille des sourcils... Elle sent le picotement de la chaleur lui incendier le visage et se rappelle, émue, ce jour d'il y a treize ans où, se réveillant chez Ioulia à Choudiany le lendemain des funérailles de Grigori, ils avaient fait l'amour sur le canapé du salon... Elle avait senti son homme venir sur elle puis en elle, et, tout en le serrant et en le berçant avec le moins de bruit possible pendant la longue montée de leur désir puis son débordement, elle avait pleuré de joie à l'idée de recevoir sa semence : oui *toi*, *ici*, mon amour, dans ta patrie enfin, ton pays d'origine, la terre de tes ancêtres, le lieu où sont morts tes parents et où vivent ta sœur et ta nièce, oh, je te remercie d'exister Leo, je remercie cette terre de t'avoir porté, je t'aime Leo et je voudrais tant te prolonger, dans et par mon corps... Ce n'était pas, oh pas du tout, le désir de concevoir un autre enfant ; c'était, plutôt, la perception aiguë, ce matin-là, de leur accouplement comme d'un accord joué dans la musique des générations, un accord qui les reliait, par chance et par choix, à ceux qui les avaient précédés et à ceux qui viendraient après... alors qu'à Choudiany, même si personne n'avait encore pris la pleine mesure du désastre, la chaîne était rompue à tout jamais... Et nous voilà ce matin chez Sean, se dit-elle, essuyant la sueur qui lui perle au front et tournant à nouveau la tête vers le ciel, devenu entre-temps bleu pâle : nous voilà en vie, avec notre cœur animal battant sous la peau tiède de notre corps usé, dans le silence d'une maison solitaire ensevelie sous la neige, dans la clameur d'une culture frénétique, sur ce continent, au tournant d'un nouveau millénaire...

À l'étage au-dessus, un deuxième cerveau vient de surnager aux abords de la conscience : celui de Hal Junior. Aucune phrase n'y est encore inscrite ; aucun souvenir n'y est gravé de manière indélébile ; son esprit est une vaste étendue d'intelligence générale sur laquelle les images et les sensations s'impriment et se dissipent, s'assemblent et s'éparpillent. Se réveillant dans ce lieu inconnu, l'enfant regarde autour de lui, de plus en plus surpris et inquiet. Il est sur le point de pousser un cri d'alarme quand l'odeur de ses parents, flottant jusqu'à ses narines, le rassure. Sans bruit, il ramène les genoux sous le ventre, se met maladroitement debout et empoigne les draps du grand lit. Enfin, après force coups de pied dans le vide et balancements de son volumineux arrière-train alourdi par une couche mouillée, il parvient à se hisser sur le lit. Eurêka ! Les voilà tous les deux ! Il est sur le point de se jeter sur eux, pour les réveiller et être serré dans leurs bras, caressé et nourri dans l'odeur âcre de leur chair matinale et les chaudes vibrations de leurs voix, l'une sable, l'autre velours, quand soudain... son regard est happé par une lumière éblouissante.

Il tourne la tête... et là, au-delà de la vitre... *Oh là... quoi ?* Rampant par-dessus ces monceaux à la respiration lourde que sont les corps de ses parents, il saisit des deux mains le rebord de la fenêtre et se redresse pour regarder dehors... *Oh là... quoi ?* tout ce blanc...

quoi ? blanc, *quoi*, oh, blanc, oh !... une *telle* blancheur une *telle* beauté... écarquillant les yeux, ouvrant grande sa bouche baveuse et presque sans dents, il regarde regarde et regarde encore, stupéfait, le monde qui depuis la dernière fois qu'il l'a vu a été intégralement et inexplicablement transfiguré et qui, là... *oh là, quoi ?*... n'est rien d'autre que de la blancheur somptueuse, du blanc à perte de vue... pur, éblouissant, aveuglant... *oui, là*... étincelant en silence sous le soleil... page blanche... intouchée... parfaite... neuve.

Lux fit.

THANKSGIVING

Je dois le titre de ce livre à mon ami sculpteur Pucci De Rossi qui, même s'il pense s'en servir lui-même un jour pour un recueil de nouvelles, a généreusement accepté de le partager avec moi.

L'idée d'un livre intitulé *Noir sur blanc* (sur les conflits raciaux aux États-Unis) appartient au dramaturge et poète haïtien Jacques Rey Charlier.

Les passages sur Tchernobyl sont inspirés par le livre de reportage de Svetlana Alexievitch, *La Supplication*.

L'état d'esprit de Hal Hetherington après ses attaques cérébrales doit beaucoup au livre de May Sarton, *After the Stroke*.

La citation de Gertrude Stein vient de *Trois Vies*.

La nouvelle de I. B. Singer à laquelle il est fait allusion est « Mes voisins », in *Le Beau Monsieur de Cracovie*, trad. fr. Marie-Pierre Bay, Stock, 1985.

Le film pornographique auquel assiste Chloé est *Star 80*.

L'histoire de la neige au visage m'a été racontée par l'écrivain allemand Peter Schneider.

Les réflexions de Ionesco sur la mort ont été publiées dans *Le Figaro littéraire* du 1er octobre 1993.

Le Temps des fleurs (Those Were the Days) de Gene Raskin, paroles françaises d'Eddy Marnay, © 1962 et 1968 par Essex Music, Inc., New York.

La scène du fleuve Sa Thây est racontée (d'un autre point de vue) dans le roman de Bao Ninh, *Le Chagrin de la guerre*.

Le poème récité par la mère d'Aron est *Le Pèlerin* de Pouchkine (1835).

À ceux-là et à bien d'autres, à tous ceux qui ont partagé leurs histoires avec moi au long des années, du fond du cœur, merci.

Table

6934

Composition
CHESTEROC LTD

Achevé d'imprimer en France
par MAURY IMPRIMEUR
le 24 juillet 2011.
Dépôt légal juillet 2011. EAN 978229037560

1er dépôt légal dans la collection : août 2004

ÉDITIONS J'AI LU
87, quai Panhard-et-Levassor, 75013 Paris

Diffusion France et étranger : Flammarion